HAN XIANG
LONG TUTENG 4

2018年度中国作

汉乡

龙图腾4

子与2 著

时代出版传媒股份有限公司
安徽文艺出版社

图书在版编目（CIP）数据

汉乡.龙图腾.4/子与2著.—合肥：安徽文艺出版社,2020.1
ISBN 978-7-5396-6665-5

Ⅰ．①汉… Ⅱ．①子… Ⅲ．①长篇历史小说－中国－当代 Ⅳ．①I247.5

中国版本图书馆CIP数据核字(2019)第089166号

出 版 人：段晓静
策　　划：朱寒冬　段晓静　统　筹：张妍妍　宋晓津
责任编辑：张妍妍　柯　谐　装帧设计：田星宇　张诚鑫

....

出版发行：时代出版传媒股份有限公司　www.press-mart.com
　　　　　安徽文艺出版社　www.awpub.com
地　　址：合肥市翡翠路1118号　邮政编码：230071
营 销 部：(0551)63533889
印　　制：安徽新华印刷股份有限公司　(0551)65859551

....

开本：700×1000　1/16　印张：14.5　字数：250千字
版次：2020年1月第1版　2020年1月第1次印刷
定价：39.80元

....

（如发现印装质量问题，影响阅读，请与出版社联系调换）
版权所有，侵权必究

目　录

第一三五章　谁是谁的家产／001

第一三六章　混乱,极度混乱／005

第一三七章　阿娇的新视野／010

第一三八章　防止死灰复燃的那泡尿／015

第一三九章　刘彻的逆反心理／020

第一四〇章　毕竟东流去(一)／025

第一四一章　毕竟东流去(二)／030

第一四二章　毕竟东流去(三)／034

第一四三章　毕竟东流去(四)／038

第一四四章　始皇帝／042

第一四五章　项羽的阴魂／046

第一四六章　自寻死路／050

第一四七章　发狠的云琅／055

第一四八章　大病／059

第一四九章　东方朔／064

第一五〇章　喜欢离婚的东方朔／068

第一五一章　不畏人言东方朔／073

第一五二章　英雄易老　红颜难久 / 078

第一五三章　急功近利 / 083

第一五四章　平天下 / 087

第一五五章　傻乎乎的大汉人 / 091

第一五六章　霍去病的野望 / 096

第一五七章　商业化养殖的初级阶段 / 101

第一五八章　阿娇的第一桩生意 / 106

第一五九章　安宁的日子 / 111

第一六〇章　歇斯底里 / 116

第一六一章　别把自己当人 / 120

第一六二章　不准在水中哭泣 / 124

第一六三章　莽夫 / 129

第一六四章　始皇陵的后时代开发 / 134

第一六五章　和匈奴的第一次偶遇 / 138

第一六六章　杀敌（一）/ 142

第一六七章　杀敌（二）/ 146

第一六八章　杀敌（三）/ 150

第一六九章　风雨欲来 / 154

第一七〇章　云家需要更多的资源 / 158

第一七一章　刘彻要来了 / 162

第一七二章　能收钱的就不收人情 / 166

第一七三章　少上造 / 170

第一七四章　与身份匹配的好安排 / 174

第一七五章　一心为云家好的酷吏 / 178

第一七六章　明珠暗投这是必然 / 183

第一七七章　温柔乡拦不住刘彻／188

第一七八章　天理不容／193

第一七九章　鸡同鸭讲／198

第一八〇章　知恩图报？或许是！／203

第一八一章　好人就该被奖励／208

第一八二章　待机而动／213

第一八三章　山鬼祈福／218

第一八四章　来之不易的高兴生活／223

第一三五章 谁是谁的家产

刘邦当年是一个无赖子,他的父亲经常说他不如他的二哥会置办产业,他经常以此为羞。等到刘邦安定天下之后,在一场酒宴上,他拉着父亲的手,指着窗外的大好江山道:"耶耶当年说我不如二哥会置办家业,不知孩儿现在置办的这番家业如何?"刘邦的父亲连连道:"不可比,不可比!"就在刘邦说这些话的时候,他的臣子如萧何、张良之辈一起恭贺刘邦,丝毫不觉得皇帝说天下是他家的家产有什么不妥。广义的家天下的说法也就从此开始……也就是说,阿娇要用云家的房子,云琅必须无条件地给人家腾出来,然后像公孙敖说的那样,在草窠子、麦秸堆里凑合,或者露宿荒野,且不得有怨言。因为这天下是皇帝的!云琅觉得有些屈辱,曹襄、霍去病、李敢却不这样认为,他们觉得这是一件再平常不过的事情了。莫说云家,皇帝要平阳侯府或者长平侯府的人立刻把宅子给他腾出来,这两家一样没有别的选择,只能乖乖照办。刘彻不单是大汉国的皇帝,他也是大汉国的族长,这一点在每年上辛日祭天的时候,表文里面说得非常清楚。即便是太宰向始皇帝祝祷,开篇也是——吾族之长……

帐篷里面非常热，两大堆蓍草正在冒着浓烟，即便如此，也驱赶不走如同轰炸机一般侵扰众人的蚊子。云琅当然是有蚊帐的……然后他的蚊帐里就钻进来了三个几乎赤条条的大汉。

"蓍草是用来卜卦的，你拿来熏蚊子是不是有些过分？"曹襄到了任何时候都不忘彰显一下他的臭嘴。

李敢舒坦地躺在蚊帐里，瞅着蚊帐外面的蚊子，喘口气道："能摆脱这些害人精，用一点蓍草算什么！阿琅，明日让你家的仆妇多做一些蚊帐，我阿爷、阿娘还在家里受苦呢。"

云琅迷迷糊糊道："好吧，这东西其实很简单，只要把麻布织造得稀疏一些就成，如果想要高级一些的，就用纱，算不得什么秘技，告诉你家的仆妇，她们就能做。我家的仆妇我现在没法子调动。"

霍去病翻了一个身道："我突然发现我们好像很蠢，既然害怕蚊子，找个罩子把蚊虫隔绝在外面就是了，这能有多难？为何我们就想不到呢？"

曹襄一骨碌爬起来，站在蚊帐里大声道："是因为我们从来都没有去想，我们一门心思地考虑如何能获得军功，获得功劳，如何能把门楣发扬光大，自然就不会考虑这些鸡毛蒜皮的事情。"

李敢皱眉道："你看看阿琅，他弄出来的元朔犁、水车、水磨这些东西都很重要啊，不见得比军功差。"

霍去病不耐烦道："什么人什么命，我们的命就是拿来上战场争雄的，阿琅的命就是拿来做这些事情的，不能比，也没法子比。我们要是抛弃了自己唯一的长处跟阿琅干一样的事情，我保证我们一定会一事无成的。"

云琅不想说话，因为老虎也钻进来了，肥硕的身体有一大半倒在云琅的身上……成功的人之所以成功，就是他们明白地知道自己要什么，并且知道怎样才能获得自己想要的。就这一条，霍去病就要比曹襄跟李敢高明一些。

云家的清晨总是忙碌的，每一个清晨都是在鸡飞狗跳中开始的。厨娘永远都是早晨的主宰者，当她拎着大马勺站在粥锅边上的时候更是威风凛凛。头发梳得整齐、衣衫整洁的妇人能多得一勺子米汤，邋遢一些的妇人就只能喝上面的稀汤。云家从来就不缺妇人孩子们的那口食物，厨娘之所以会这样，完全是刘婆要求的。

"黄赵氏，头发都不梳你就这样出来了？妇人家的颜面看样子你是不要了是不是？"头发梳得一丝不苟、衣衫整洁得没有褶子的刘婆看了一眼走过来的妇人，张嘴就骂。妇人犹豫了一下，见所有人都盯着她看，连忙红着脸回自己的屋子梳洗去了。刘婆在粥锅边走了两步，面对所有仆妇道："云家是一个体面人家，处处都要讲规矩的，不是你们的死鬼男人家，可以不穿衣衫就跑进田地里干活。你们给我记住了，以后要记得要这张老脸皮，要是你们的娃子学到了你们的邋遢样子，看老身会不会剥了你们的皮！这些好孩子，少爷都有大用场，万万沾不得你们身上的穷酸气，听见了没有？"妇人们稀稀落落地回答了几声，见刘婆离开了粥锅，就继续端着饭碗领饭吃。

阿娇正好从角门走进来，一进到云家，就看到了这一幕，她不由得笑着对大长秋道："好威风的妇人！"

大长秋笑道："这个妇人可不简单，人家可是统御这四百多名仆妇的领头人物。仅仅是一季春蚕，就给云家生产了七千束丝。听说今年的秋蚕长势更好，据说生产一万束丝毫无问题。云家的农庄也大多靠这些妇人操持，您看看，这么大的一片庄稼都收割得干干净净，半点都没有耽误农时，很了不起。"

大长秋一番话说得阿娇好奇心大起，她从来没有见过这么一大群人一起吃饭的样子，就挪步来到粥锅边，准备看个仔细。锅里是浓稠的小米粥，咕嘟咕嘟冒着泡，粮食的清香很浓郁，很好喝的样子。厨娘从来没见过贵人，尤其是阿娇这种天生就有生人勿近气息的贵人，见阿娇来到了粥锅边，一时间不知道自己该干什么了。阿娇皱眉道："继续干你的活！"厨娘连忙给正在等候的一个妇人盛了一碗米粥，又往她的另一个碗里放了一大块饼子跟一勺子腌菜。阿娇朝后面看了看，没发现大长秋说的小孩子，就问道："怎么，云家不给当不成劳力的娃子们吃饭？"

早就得到云琅吩咐的刘婆连忙走过来笑道："好叫贵人得知，娃子们金贵，不像我们这些没用的妇人，他们吃的饭食要好得多，不跟我们一起吃。"

阿娇撇撇嘴道："带路！"刘婆连忙闪身在一边，走在路边为阿娇带路。

小虫跟红袖今天很忙，从今天起，她们两个就要负责家里少年的饭食。昨天红袖跟小虫琢磨了一下午才决定包包子——老虎从山林里带回来一头野猪，除了留足老虎的晚饭，大部分都拿来包肉包子。毛孩、危笃、宣真是孩子中除了褚狼之外最大的三个，他们很自然地承担起帮助小虫跟红袖分发食物的工作。大葱肉馅的包子闻起来香喷喷的，每一个都有成人拳头大，平日里，云琅、曹襄、霍去病、李敢他们吃的也是这东西。小米粥跟仆妇那边的是一样的，只是没有腌菜。云琅从来就不喜欢吃腌菜，仆妇们却很喜欢，她们每天都要进行艰苦的劳作，必须摄入大量的盐分。

"这是什么？"阿娇穿过一道月亮门，就看见摆得高高的蒸笼，红袖正站在一个梯子上，从最上面往篮子里捡拾热包子。红袖见阿娇过来了，吓得腿发软，身子不由得一歪，就从三角梯子上掉下来了，装包子的篮子也倾倒了。阿娇依旧笑吟吟地瞅着马上就要摔倒在地上的红袖。大长秋不知什么时候已经站在梯子边，挥手就把倾倒的梯子拍到一边，探手揽住了掉下来的红袖，那只拍走梯子的手稳稳地接住了篮子。他甚至有工夫晃动篮子，把散落在空中的包子一一接住，这才松手放开了红袖，拍拍她的小脸道："干活的时候仔细些。"

第一二三六章 混乱，极度混乱

"红袖拜见贵人！"红袖施礼拜倒，旁边张大嘴巴的小虫这才想起来施礼。跟红袖相比，小虫显得有些笨拙。阿娇对礼仪周到的红袖不理不睬，反而拉着小虫的手笑吟吟地问她多大了，有没有许配人家，还从袖笼里取出一颗珠子赏赐给了小虫。惊慌失措的小虫被巨大的幸福击垮了，嘴里不断地吐着气，却一句完整的话都说不出来，最后灵机一动，居然从笼屉里取出四个最大的包子装在盘子里请阿娇吃。大长秋想要阻拦，阿娇的凤眼一瞪，大长秋只好退下，眼看着阿娇准备找个地方坐下吃饭，恨恨地跺跺脚，就跟了过来。

云家的小少年们似乎很镇定，齐齐地朝阿娇拱手为礼，然后就让出来一张最新的桌子给阿娇。阿娇愣了一下，瞅瞅大长秋。大长秋叹息一声道："都是读书人！"阿娇举着盘子晃了一下问道："都是？"大长秋点点头道："全是！"阿娇坐在长条凳上，放下盘子道："了不起！"

小虫巴巴地端着一碗粥跟一碟子焓过的香醋放在阿娇的面前，喜滋滋地道："请贵人尝尝我家的包子。"阿娇笑吟吟地谢过，居然真的拿起筷子，在万众瞩目中开始吃包子,而大长秋则是一副痛不欲生的模样。"包包子的肉是野猪肉,是我家老虎抓回来的……昨晚特意选了野猪身上最好的肉包成了包子,还特意在里面加了花椒,吃起来麻麻的,是不是很好吃?"

正在吃包子的阿娇停顿了一下,把嘴里的包子咽下去之后惊奇地问道:"老虎?"小虫一点都没看见大长秋那要杀人的眼神,更是不理睬不断拉她袖子的红袖,将手指放在嘴里,打了一个响亮的呼哨……

云琅、曹襄、霍去病、李敢也在吃早饭,老虎懒洋洋地趴在帐篷里,嘴里不断地玩着一根肉骨头。一声响亮的呼哨传来,老虎腾地就站起来了,一头拱开帐篷的帘子冲了出去。云琅脸色大变,向前一扑想要捉住老虎的尾巴,谁知道老虎把尾巴一卷就避开了,扑得太急的云琅吧唧一声摔倒在地上。第二个反应过来的是霍去病,他原本坐着,双手一按凳子,整个人就向帐篷外面蹿了出去。阿娇要是被老虎吓死,他们几个也就不用活了。爬起来钻出帐篷的云琅绝望地发现,老虎避开了霍去病伸出去的手,顺着门缝钻进了云家。

大长秋的两颗眼珠子咕噜噜乱转,他知道云家有一只很听话的老虎,可是,这种猛兽是阿娇这种娇滴滴的贵妇能见的吗?等他发现老虎从门外跑进来的时候已经晚了,阿娇看见了老虎。阿娇的手哆嗦得很厉害,以至于手里的包子都掉了。大长秋老鹰一样地飞了出去,准备在老虎靠近小虫之前就把它给弄出去。老虎不满地咆哮了一声,避开大长秋,一个虎扑来到了小虫身边,用大脑袋蹭着小虫的腰要肉吃。

小虫拍着老虎的脑袋对呆若木鸡的阿娇道:"贵人您看,这就是我家的老虎。"

原本快要被吓傻的阿娇忽然打了一个激灵,惨白的面容一瞬间就变得潮红,颤声问小虫:"不咬人?"

小虫露出一嘴健康的大白牙笑道:"不咬人,也不臭,婢子每天都会给它洗澡,它可听话啦。"

阿娇欢喜得似乎身子都在颤抖，连忙问道："你会养老虎？"

小虫笑道："会啊，会啊。我家少爷说，养老虎一定要从小养起，一定要跟老虎当朋友，时间长了，老虎就会认为你是它的朋友，就再也不会咬你了。"

阿娇闻言大喜，探出发抖的手猛地触碰一下老虎的耳朵，然后高声叫道："大长秋，我要老虎！小小的那种！"

云琅、霍去病耷拉着脑袋走了进来，看都不敢看阿娇，一人揪着一只老虎耳朵就匆匆地出去了。"哼！你们谁要是敢处罚这个婢子，我饶不了他！"阿娇冷冷的声音从云琅背后传过来了。

云琅无奈地回身施礼，跟霍去病一起带着老虎出去了。才出门，霍去病就怒道："早就叫你换贴身丫鬟的，你怎么就是不听啊？她就是一个傻子！"

云琅哭丧着脸道："过了今天就换！"

曹襄拿着一个咬了一口的包子道："阿娇被吓死了没有？"

"闭上你的乌鸦嘴！"云琅跟霍去病一起断喝。

"那就是没被吓死喽！"曹襄耸耸肩膀表示遗憾，然后重新进了帐篷。

阿娇被老虎吓了一跳，反而胃口大开，一面听小虫叽叽喳喳地跟她讲老虎的种种日常，一面大口吃着包子。小虫很会讲故事，比如，她家老虎会爬树啦，她家老虎会自己洗澡啦，她家老虎还会从水里把调皮的小孩子叼出来啦，甚至她家老虎出去找老婆完毕之后，连毯子都衔回来啦……阿娇笑得前仰后合，不知不觉一连吃了四个拳头大小的包子，一碗粥也喝了个精光。大长秋很想捏死小虫。红袖一边给其余的少年分发包子，一边幽怨地看着小虫，她实在是想不明白，以自家少爷的睿智，为何会有一个这么愚钝的侍女？

"红袖，给我十个包子，要最大的。"一个大大咧咧的声音把红袖从自责中拖拽了出来，抬头看的时候，她的一张小脸立刻变得有些绿……孟大、孟二不知什么时候排队排到了跟前，一人脑袋上顶着一只鸭子，将一个硕大的盆子递给了红袖。见红袖不接他们的盆子，孟大放下盆子摊开双手道："我们洗手了，真的洗了。"孟二在后面帮腔道："刚刚洗的，洗得很用心。"

红袖偷眼瞅了一下阿娇。还好，阿娇正跟小虫说老虎说得开心，完全没有注意到这里有两个头顶鸭子的傻瓜。红袖打了一个激灵，用最快的速度往孟大、孟二的盆子里装满了包子，然后指着大门笑道："少爷正好要找你们，在外面的帐篷里面，快去吧！"

"粥呢？光吃包子没有粥，你想噎死我们啊？"孟二不满地又递过来一个盆子，示意红袖快点盛粥。

等盆子盛满了粥，孟大却大刺刺地来到阿娇的身边，扶着脑袋上的鸭子对阿娇道："二主子，您也来云家混饭了？"阿娇没好气地白了孟大一眼，催促小虫继续讲养老虎的好处。

"二主子，云家的饭食很好吃，我爹说了，只要我肚子饿了，就一定要吃饱。你也要多吃些，免得吃亏！"孟二端着装满了米粥的盆子来到了阿娇的身边，神神秘秘地对阿娇道。

阿娇把牙齿咬得咯吱作响，一巴掌拍在孟二没鸭子站立的另半边脑袋上，怒道："你们两个夯货怎么也在云家？"

孟二打了个哆嗦，急忙护住脑袋上站立不稳的鸭子道："养鸭子啊，赚钱啊，养老娘，养老婆！"

"咦？你们两个变聪明了？"阿娇狐疑地瞅瞅孟大，又瞅瞅孟二，不确定刚才那番话是孟二说出来的。

大长秋连忙在一边道："他们说的是真的。云琅从野地里捡来了几颗野鸭蛋，交给他们兄弟俩孵化，结果还真的被他们给孵出来了。中军校尉孟度已经给陛下上表彰显他儿子的功绩，他认为他儿子驯化了鸭子，给大汉添加了一种家禽，有功于社稷，应该受到嘉奖。如今，这道奏章已经遭到群臣弹劾，认为孟度这是在谎报功劳，为子徇私呢。"

阿娇冷笑道:"孟度一向憨厚,生的儿子更是朴拙,那些人连一个老臣最后的一点希望也要剥夺吗?你告诉阿虓,就说我看见了孟大、孟二驯化的鸭子,如果还有谁不服气,就来问我!"

第一三七章 阿娇的新视野

大长秋很想告诉阿娇她已经不是皇后，可是看到阿娇怒气勃发的面容，叹了口气，点头道："您放心，此事自有公论！"

阿娇探手用手帕擦拭掉孟二嘴角的油渍道："这也是两个吃过苦的孩子。以前，他们兄弟俩总是跟在我后面讨要糕饼吃，几年不见，已经长成大人了……"

大长秋看着猛吃猛喝的孟氏兄弟，想想孟度与妻子这几年遭的罪，也觉得有些凄然。孟度是皇帝的贴身侍卫，在皇帝最凶险的日子里不离不弃，身上到底受了多少伤，恐怕数都数不清楚。这样的一位猛士，却因为术士的一句话而遭受奇耻大辱，也不知道是谁的错。

孟大、孟二的两只鸭子很乖巧，就蹲在他们的手边，在地上捡拾一些残羹剩饭。灰色的鸭子一点都不好看，阿娇却看得很认真，过了半晌才对大长秋道："这是野鸭子，我认识。"

孟大笑道："它以前叫大黄，后来变成灰色的了，就只好叫作大灰。再过一阵子它们就能飞了。"

阿娇笑道："鸭子都飞走了，你还怎么养鸭子赚钱，养你母亲，养你妻子？"

孟大认真道："大灰、二灰必须放走，如果不放走，明年我就再也没有野鸭子抓了。别的鸭子，我会剪掉它们的翅膀，把它们养得肥肥的，这样它们就飞不起来了。"

阿娇吃了一惊，再次疑惑地看看大长秋。大长秋笑道："只要不谈论别的事情，只谈论养鸭子、养鸡、养鹅，他们比一般人都要聪慧一些。"

"既然如此，他们就一辈子养鸡、养鸭子、养鹅好了。农桑历来是国之大事，养好这些家禽，未必不能建功立业！阿甍的眼睛瞎掉了吗？这么大的事情都看不见？他要是看不起养家禽的，就让孟大、孟二来我长门宫饲养，我就不信没有一个好结果！"

就在阿娇与孟大、孟二纠缠的时候，红袖连忙把小虫拽过来，低声地告诫她，在贵人面前万万不能放肆，这样会给少爷带来灾难的。小虫听得面色煞白，她无论如何都没有想到，自己召唤老虎过来会有这么严重的后果，一时间泫然欲泣。

阿娇在，孟大、孟二就很自然地跟在阿娇身后，如同小时候一样，阿娇似乎也很享受孟大、孟二的殷勤。见红袖在教训小虫，阿娇一张脸就变得阴沉下来，朝小虫招招手，示意她过来。等小虫过来了，阿娇牵着小虫的手道："我就是喜欢傻丫头，最讨厌那些狐媚子。傻丫头的心思浅，一眼就能看个通透，不像那些表面恭敬，暗地里却无恶不作的贱人。"红袖无端招了一顿骂，觉得很委屈，却无处去诉，眼看着阿娇带着孟大、孟二、小虫三个傻子在院子里乱转，一时间不知道该怎么应对。

大长秋拍拍小丫头的脑袋道："没事的，好好做你的事就好。顺便告诉你家主人，小老虎不需要他去找，只是，大老虎要是再敢进门，他就等着为他的爱宠收尸吧。"红袖答应一声，把手里的活计交给了毛孩、危笃跟宣真，自己匆匆地出门了。

老虎继续无聊地咬着一根没有肉的大骨头，大骨头一会从嘴巴的左面出来，一会又从嘴巴的右边出来。它玩得很开心，只是口水滴了一地。

"阿娇不怕老虎！"云琅半天才憋出一句话。

"她是母老虎，还怕什么老虎？"曹襄的嘴里从来就没有好话。

"这才是贵族，一个妇人面对老虎而不惊，堪称典范。"霍去病赞叹了一声道。

"这时候了你们还说这样的屁话。我很担心陛下已经知道了这件事，赶紧想想怎么应对吧。"

云琅吧嗒一下嘴巴道："没办法，只要涉及陛下，基本上没有办法补救，听天由命吧，但愿来的人是张汤。"

就在四人喋喋不休地讨论的时候，红袖进来了，把大长秋的话原原本本地给云琅说了一遍。

曹襄打了一个哈哈道："那就没事了，老太监帮我们扛了。"

云琅也松了一口气，他虽然没有见过皇帝，这个世界却充满了皇帝存在的痕迹，不论是被满门抄斩的来家，还是张汤战战兢兢的做事方式，无不充满了刘彻暴戾的气息。皇帝就是靠影响力跟压制力混日子的，这一点云琅很清楚。不过，刘彻能把自己的威压贯彻到每一个子民的生活中，这让云琅非常佩服，皇权到了他的时代，确实已经被拓展到了极致。

阿娇拿着一根柔柔的柳枝，不断地抽打着走在她前面的孟大跟孟二。这俩兄弟小心地护着自己的鸭子，即便被阿娇轻轻地抽打了，也傻乎乎地笑着，还磕磕巴巴地给阿娇讲养鸡比养老虎好。小虫提着篮子，篮子里装满了云家产的瓜果，其实只有甜瓜跟黄瓜，这两种东西都是才种出来的，外面还看不到。就在刚才，她接到了父亲传来的消息，要她不要再胡说八道，只要把这个贵人伺候到走就很好了。

大长秋走在最后面，心里感慨得厉害，今天应该是阿娇四年多来笑得最多的一天。

"前面是缫丝的地方，我们不能进！"孟大、孟二在松林边停下了脚步。妇人们昨日就开始缫丝了，所以，那里不是他们两个能去的地方。

"为什么？"阿娇摇着手里的柳枝问道。

"我们是男子汉，不能进妇人们的地方。"孟二连忙道。

阿娇鄙视地瞅瞅孟大、孟二道："有我在呢，进去！"

孟大、孟二脸色大变，立刻坐在地上，一人抱着一棵松树大声道："二主子，不能去，去了我们就当不成男子汉了。"

阿娇怒道："你们敢不听我的话？"

大长秋笑道："他们确实不能进去。老奴听说，缫丝的时候妇人身上没有几片布，男子进去不好。"

"缫丝？什么是缫丝？为什么不穿衣服？"

大长秋指指从树梢漏下来的几缕阳光道："天太热，缫丝作坊里面更热，穿不住衣衫。"

阿娇皱眉道："田地里干活的妇人也不穿衣衫，还不是走来走去的？"

小虫小声道："那是宫奴。"

阿娇转过身瞅着小虫道："她们不是仆妇吗？"

"云家的仆妇是穿衣裳的，哪怕是干活的时候，只是缫丝作坊里面实在太热，才穿得少些。"

"进去看看！"阿娇说着就向前走，这一次她不要求孟大、孟二跟她一起进去了。两个宫女匆匆跟上，小虫也只好追上去。

不大工夫阿娇就从作坊里狼狈地跑出来了，指着那个冒着热气的房子对大长秋道："蚕丝是这样抽出来的？"

等候在外面的大长秋笑道:"就是这样一根根抽出来的,这是一项很苦的活计。"

阿娇沉默了一下道:"我还以为蚕直接吐丝,然后就能制成绸布,最后变成漂亮衣衫,原来是这么来的。那些妇人汗流浃背,每一个都像是从水里捞出来的一般,依旧劳作不休……"话没有说完就瞅着小虫道,"云家给这些妇人多少钱?"

小虫疑惑地摇头道:"不给钱,只是过节的时候有一些赏赐,我家没钱。"

"不给钱?难道给丝绸?"

"也不给丝绸。"小虫被阿娇凌厉的眼神吓得连连后退。

"该死的,我还以为云琅是个不错的少年郎,没想到他也是一个黑了心的!那些妇人快要累死了,他居然不给人家钱!大长秋——"

大长秋无奈地搓搓面颊对阿娇解释道:"这些妇人都是流民,被云家收留,才有衣服穿,有饭食吃,要不然会饿死。不给钱是该的,别人家的仆役也没钱可拿。"

"怎么可能会饿死?我朝自文皇帝就开始重视农业,曾多次下令劝课农桑,根据民户比例设置三老、孝悌、力田若干人员,并给予他们赏赐,以鼓励农民生产。先帝时期,重视'以德化民',天下大治,百姓富裕。到陛下登基之时,国家的粮仓丰盈起来了,积粟如山,用陈粮喂马,马都不吃,府库里的大量铜钱多年不用,以至于穿钱的绳子烂了,散钱多得无法计算。这一幕乃是我亲眼所见,阿翁带着我看的,还对我夸口说,即便天下三年颗粒无收,粮仓里的粮食也够天下人吃的。国家如此富庶,百姓怎么可能会饿死?"

第一三八章 防止死灰复燃的那泡尿

大长秋沉默不语……他觉得没有办法跟阿娇把这个事情说清楚。阿娇自从成为皇后，就陷入了无穷无尽的后宫争斗。她这些年过的其实是一种与世隔绝的生活，即便她想知道外面的事情，所有的精力也被无休止的斗争消耗得干干净净。失去皇后的位子之后，她又枯守在长门宫，心中充满了幽怨，恨世上所有的人，哪来的心思去了解外面的世界？她对大汉国的认知，依旧停留在文景大治的辉煌之中。

阿娇见大长秋不言语，就什么都明白了，叹了口气道："阿彘这些年都干了些什么？就一点都不怜惜祖宗留下的江山社稷吗？"她的话注定不会有人回答，她也不指望有人能回答，再看一眼蒸汽缭绕的木棚子，重重地叹了口气就往回走。

等她回到云家的时候，那座最大、最漂亮的两层楼阁已经被侍女们给收拾出来了。云家的破烂被那些人全部丢了出来，再被云家的仆役们小心地收到仓库里，等少爷回家之后再做处理。云家的小楼跟长门宫的小楼完全不一样，至少那个净桶就非常讨阿娇喜欢。慵懒地坐在云琅的躺椅上，瞅着外边形状如奔马一般的骊山，阿娇很久没有说话。

红袖提着一个小小的红泥炉子走了上来，在下风位上点燃了里面的松果，将一个小小的黑铁壶坐在炉子上，轻轻地扇着蒲扇烧水。不大工夫，水就烧开了。红袖用竹木小铲子取出一些茶叶放在一个扁平的黑陶茶盏里，滗掉第一遍水，重新将茶叶冲泡了一遍，就把茶盏放在阿娇顺手的位置上。

"这是什么？"阿娇闻到了茶香，睁开眼睛看了一眼道。

"这是茶，是我家少爷亲手炮制的。"

"'茶为涤烦子，酒为忘忧君'，这两行字也是你家少爷写的？"

红袖抬头看了一眼墙上的两行字，小声道："是我家少爷在一个红霞满天的傍晚亲手所书。"

"有些意思。"

阿娇从未喝过茶，却好像天生就知道如何优雅地喝茶，拎起茶盏轻轻地啜了一口淡黄色的茶水，品了一下味道，然后把茶盏放在鼻下闻闻香，又喝了一口道："有些苦。"

红袖连忙道："喝茶时苦，回味却好，贵人不妨慢慢品味。"

阿娇又喝了一口茶，不置可否地摇摇头，看看已经走到中天的太阳，曼声道："匠奴可曾齐备？"

红袖低声道："已经来了，就是将作不让我家少爷支派匠奴。"

阿娇嗯了一声，然后对侍立在一边的侍女道："去告诉那个将作，我不需要他，让他从哪里来就回哪里去。"红袖面有不忍之色，却听阿娇继续道，"这么些年过去了，那些人好像已经忘记了我阿娇是谁，忘记了我也是一个不容忍悖逆的人。如今，见我不是皇后了，一个小小的将作也敢质疑我的主张，好啊，那就让皇帝看着处理吧。"侍女躬身领命，就匆匆出去了。阿娇看了一眼红袖道："以前就不喜欢你们来家的人，他们就是一个个顺杆爬的猴子，谁有权势就靠向谁，却不知道这是最危险的。一个大家族，频繁地改变立场，你们不死，谁死？也不知道来老头临死的时候觉悟了没有。"

红袖的小脸涨得通红，忍不住仰头道："婢子如今是云家的婢子，少爷待我极好，婢子在这里活得也快活，已经快要忘记来家了。"

阿娇笑道："这样做很好，快些把来家忘掉，你才能活得真正开心，反正来家也没什么好人是不是？"红袖垂着头不敢回答，阿娇却哈哈大笑起来，一个女子竟然能笑出男子一般的豪迈气势来。

云琅站在门口，眼看着那个将作跪在大门口把脑袋都磕烂了，依旧拿自己的脑袋跟石头过不去，忍不住道："你就回去吧，这里的事情我们会干好的。"

将作绝望地看着云琅怒道："都是你……"

云琅有些莫名其妙。曹襄在一边大笑道："刚才要你听使唤，现在晚了，人家不要你了。就是不知道陛下会不会砍你的脑袋。真不知道你们这些人的心思是怎么转动的，难道以为阿娇不是皇后了，你们就能羞辱她一下？当年韩安国被狱卒羞辱的旧事怎么一个个都记不住呢？"

将作大声道："我只是……"

曹襄打断将作的话道："这里是云家，那边是长门宫，能说话的就两个人，你算老几？快点滚开，不要打扰耶耶们干活！"

将作凄凉地看看云家依旧紧闭的大门，哀号两声，坐上一辆马车孤独地向长安走去。

一千五百名劳役，再加上八百一十三名曹襄的人，动用这么多的人手来挖一个大水池、两个小水池，简直就是靡费人力。在云琅的指挥下，这些人给耕牛套上元朔犁，先将要挖坑的地方齐齐地犁了一遍，然后由挑着箩筐的劳役们将松软的土全部运走，填进长门宫边上的一个大坑里——云琅准备在那里垒起一座小山。六头耕牛轮换犁地，仅仅一个下午的时间，整座水池的地基已经下降了三尺余。这是一个一边深一边浅的水池子，深处足足有六尺，浅处只有四尺，这么多的人手，一日夜就可以挖好，难的是后期的工作。

大长秋老于世故，如何会放过这个机会？趁着霍去病他们准备石料的工夫，他驱使这些劳役，将偌大的长门宫重新整修了一遍。

傍晚的时候，兄弟四人重新聚首，一个个长吁短叹的，除了云琅挖坑挖得顺利无比之外，其余三人没有一个顺利的。霍去病找石头，结果处处碰壁——上林苑里虽然到处是断壁残垣，可那里的石头都是有主儿的，主人就是皇帝刘彻。上林苑里的树木长得密密麻麻，可每一棵树也是有主儿的，主人恰好也是刘彻。平日里砍一棵树拖一块石头没人说话，到了给长门宫修建水池的时候却困难重重，上林监里的人死活要他们拿出皇帝准许砍树拉石头的文书。

曹襄吃着一只鸡腿，表现得很无所谓。霍去病也是如此，平日里那么骄横跋扈的一个人，如今被人劝阻之后就立刻退回来了，连争辩一下的冲动都没有。倒是李敢从荒野里挖了十几棵粗大的柳树，掐头去尾之后拖回长门宫，已经栽种在水池边上了。

"这是有人从中作梗，就是不知道是哪一位。总之，我们还是不要参与的好。"曹襄丢掉只剩骨头的鸡腿，拍拍肚子道。

霍去病笑道："那些支持陛下废后的人呗，还能有谁？韩安国死灰复燃的故事早就传扬天下，那些人无非是担心阿娇死灰复燃，然后他们就没有好日子过了。"

云琅笑道："皇帝表现得并不是很坚决啊，如果他真的想为阿娇做点事情，就不至于让阿娇处处受制了。"

曹襄笑道："既然如此，我们就要小心了，别被牵连进去，这种程度的较量，不是我们几个小螳螂能参与的。"

李敢大笑道："这段时间我们的日子过得真是痛快，平日里见不到的人见到了，平日里遇不到的事情遇到了。像今天这种丈夫为难妻子的事情也见到了，我倒想留在这里彻底地把这场戏看完，这对我们以后前进的路途一定大有裨益。"

　　霍去病也跟着笑道："等这个国家的风云老奸贼全部死光了,也就轮到我们兄弟上场了。现在,且让他得意一时。"

第一三九章 刘彻的逆反心理

阿娇的反应很奇怪,她不但没有发怒,反而非常欢喜。大长秋整天也笑吟吟的,既不去催促上林监的官员,也不去工地上,整天拉着云琅、霍去病、李敢在帐篷里打麻将。至于曹襄,才上牌桌就被他撵下去了,他还话里话外地讥讽曹襄输不起。阿娇的日子过得快活极了,整日里领着孟大、孟二以及小虫、老虎在田野上游荡,后来因为喜欢上了茶水的滋味,又带上了红袖。老虎就是一个没出息的,阿娇每天都喂它十斤生牛肉,它就毫不犹豫地抛弃了云琅他们,跟着阿娇尽情地在田野上嬉戏。小宦官每隔一炷香的时间就向大长秋禀报阿娇的动向,一会说阿娇在犁地,一会又说阿娇站在藤磨上磨地,一会又说阿娇正在学那些妇人往地里撒种子……

同样的消息也传进了未央宫。处理完朝政之后,刘彻的双手已经有些酸麻,每日要看五百斤重的奏章,对他来说是一个永远都服不完的苦役。"阿娇今日还是在跟孟大、孟二一起玩耍吗?"刘彻活动一下手腕子问道。

空空如也的大殿中忽然有一个尖细的声音道:"回禀陛下,阿娇今日辰时出门，一直在亲农桑，身边有孟大、孟二以及云氏的两个仆婢随行，更有一头锦毛斑斓猛虎伺候左右，状极愉悦。"

刘彻轻笑一声道："她倒是会选玩伴，这样也好，开心些总比整天愁眉苦脸的强。刘胜，宗正卿怎么说？"

一个黑衣宦官从帷幕后面走出来拜伏于地道："宗正卿刘受曰：阿娇已经是皇家弃妇，陛下启用一千五百名劳役为她修建水池已经越秩，如何再能利用上林苑物产供她一人奢靡？"

刘彻笑道："宗正卿老而弥坚，看来是人老心不老啊！去问问他，是否有意领荆州牧！"黑衣宦官再拜之后，就匆匆地出了大殿。

卫子夫提着食盒从大殿外进来，还没有来得及施礼，就听刘彻道："未央宫你以后不要轻易过来，这里是处理政事的地方，不是我们的寝宫。"

卫子夫已经很熟悉刘彻的脾气，轻笑道："伺候陛下喝过汤药之后，子夫自然退下。"

刘彻无奈道："又是汤药啊！予不过咳嗽两声，何至于此？"

卫子夫取出食盒里的汤药，又取出一碟子糖霜，放在皇帝面前，亲自用银勺喝了一口，才端给刘彻道："子夫只知道陛下治理天下乃是天职，太医令见陛下龙体有恙，开出汤药，是他的天职，至于子夫，服侍陛下进药，也是子夫的天职。"

刘彻一口喝光了汤药，将药碗丢在桌子上，抓了一把糖霜塞嘴里含着，良久才道："哪来那么多的天职啊？！太医令只想告诉朕他并非尸位其上而已，至于你，只是想找机会来看看朕是不是又在纵酒狂欢。唉，诸事纷杂，千头万绪的，不好厘清。"

卫子夫笑道："臣妾听说，陛下为阿娇造水池，不惜万金？"

刘彻大笑道："还以为你能多忍耐几日，没想到只有五日，你就按捺不住了。怎么，你也反对？"

卫子夫摇头道："此事臣妾不好多言，不论是说多了还是说少了都不好，陛下乾纲独断就好，不必理会臣妾。"

刘彻长叹一声道："阿娇如果有你半分温顺，朕也不至于废后。"

卫子夫揽着刘彻的肩膀道："但愿姐姐能够幡然醒悟。"

刘彻摇摇头道："江山易改，本性难移。阿娇的本性在她十岁的时候就已经确定了，她一个女子，被窦太后宠爱，被先帝宠爱，被馆陶那个不知进退的女人宠爱，后来又被我宠爱……说起来，是我们把她推到了天上，以至于让她变得无法无天。明知道魇镇之术乃是宫中大忌，她偏偏要逆天而行，行此恶事，即便证据确凿，她犹自不知悔改，真是不可理喻。"

卫子夫忽然笑了，这让刘彻有些愤怒，他瞪着卫子夫道："很好笑吗？"

卫子夫连忙道："臣妾并非在笑话阿娇，而是在笑话我的外甥去病儿。"

"笑话他作甚？"

"去病儿说，魇镇之术不过是术士的胡言乱语，还说如果这种邪术管用，还要我大汉的万千军马做什么？只要发动魇镇之术弄死敌人，我大汉岂不是天下无敌？陛下还担忧什么匈奴？"

刘彻愣了一下，继而笑道："胡闹！"

卫子夫摇摇头道："他可没有胡闹，而是很认真地跟我兄长说，他愿意被别人魇镇，如果一个不够就多找几个，几个不够就找一万个，看看能不能咒死他，被我兄长痛殴了一顿才算是消停了。"

刘彻摸着下巴思索了片刻，自言自语道："拿去病儿做靶子自然是不行的，找几个死囚来做这件事还是可行的。栾大、少翁都说自己通达鬼神，待魇镇一事验真过之后，我们再验证他们……"卫子夫见皇帝陷入了沉思，就微笑一下，提着食盒离开了未央宫。

也不知道过了多久，刘彻从沉思中醒来，看着空荡荡的宫门幽幽地道："你以为转移了朕的心思，朕就会忘记阿娇了吗？阿娇是谁？她是朕最初的欲望，是朕征服的第一座高山，朕如何会让这座高山蒙羞？"空荡荡的大殿里，无人回应。刘彻长出了一口气，来到大殿门口，俯视着未央宫外的长安城，直到将整座城贪婪地看了一遍，才重新回到了未央宫，轻轻地敲击一下金钟，一个黑衣宦官走了进来等待皇帝吩咐。"长门宫修缮事宜十五日完工！"

"喏！"

正在打麻将的云琅忽然被一阵阵轰隆隆的响声惊得站起来，跟同样惊讶的曹襄、霍去病一起朝外看。只见一长队满载石料的牛车从他家门前经过，径直驶入了工地。石料都是汉白玉，这种石料每一块都来之不易，原产于易州，仅仅是千里迢迢地运进长安就价比黄金了，没想到刘彻居然舍得用这样的石料来帮阿娇修一个水池子。云琅疑惑地瞅瞅依旧坐在牌桌旁的大长秋，见这个老家伙一张老脸笑得如同一朵菊花，就明白了，不管怎么说，这一场纷争是阿娇赢了。

曹襄手里握着一张"发财"走进了帐篷，笑道："木料也运送来了，都是已经阴干的好木料，据说是楠木。"

李敢大笑着走进来道："各种奇花异木，装了二十几辆牛车，看来我的差事已经提前完成了。"

大长秋丢下手里的牌笑道："没什么好奇怪的，阿娇毕竟是阿娇，与旁人终究是不同的。"说完就喜滋滋去找阿娇禀报这个好消息。

霍去病苦笑着走进来道："陛下的脾气果然是这样的，别人越是阻止他干的事情，他偏偏要干得更加过分。怪不得阿娇一点都不担心，说起对皇帝的了解，这世上恐怕无人能出阿娇之右。"

云琅笑道："青梅竹马一起长大，阿娇岂能不知皇帝？这个女人如果早早这样清醒，何至于连皇后的位置都丢掉？"

正在云琅的模型房里胡乱摆弄模型的阿娇听大长秋禀报了事情的经过之后

叹息一声道:"写封信告诉阿虢,这个缺点以后要好好改改。我能猜到的事情,别人一样能猜到。这对他很不利!"

大长秋愣了一下道:"合适吗?刚刚获得圣眷啊。"

阿娇笑道:"我如果想要什么劳什子圣眷,谁能抢得过我?我们虽然在怄气,我却不希望阿虢倒霉。"

第一四〇章 毕竟东流去（一）

这一次来了一位将作大匠。这位将作大匠很好说话，大长秋说严格按照云琅绘制的图样修建水池子，将作大匠二话不说，跟云琅校对了图样之后，就开始夯制水池地面……将作大匠的水准云琅觉得自己不该置疑，很快，他的这个判断就得到了验证。修建大水池最重要的工序就是防止渗漏，夯制过的地面，铺上一层红色胶泥土，然后继续夯制……这个过程要重复六遍之多。

重新变得无所事事的云琅，在天色黑下来之后，来到了太宰居住的木头房子。即便是炎热的七月天，太宰依旧坐在火塘边，他的身体已经感受不到多少热量了，只有依靠不断烘烤，或者晒太阳，才能稍微祛除一下他身体里的寒意。

"我没有多少时间了。"太宰扒拉着火塘，淡淡道。

"我又进了一步！"

"依靠刘彻对阿娇的怜惜，从而让这片土地永远成为大汉国统治的法外之地？"

"是的。"

"能成吗？"

"总要试过才知道。"

太宰叹息一声，摇头道："我没有时间了，而你却错过了一个十天，这让我很痛苦。"

云琅看着火光下太宰那显得有些暗黄的眼珠，点点头道："此事一了，我们继续探索。这一次，我们会直趋始皇帝灵前。"

"还是慢慢来吧，哪怕是我死了，你也不要太冒险。我又进了一次始皇陵，向前走了一段，用你的法子试探了一下，结果发现，咸阳城里面是一片深不见底的沙海。我原本以为，这是始皇帝保护陵寝，使陵寝保持干燥的一种手段，结果我在沙海边看到了很多干尸，这些干尸都是被沙子埋掉的。我们前些天触动了机关，沙子好像在流动，露出了干尸，有十一具跟我们一样，都是太宰。"

云琅诧异道："不是只有四位太宰吗？哪来如此多的太宰？"

太宰抬起头看着云琅道："以前陵卫很多……"

"这就是说，我有可能是第十七八代太宰？"

"很有可能啊。我们说的四代太宰，是指确实接受了始皇帝册封的太宰，不算那些已经死掉的备选太宰。"

"陵寝里面的沙子其实很好理解，这是用来预防盗墓贼的，因为没有人能在沙子里挖掘出一条地道，盗墓贼一旦挖掘到沙海，就会被沙子埋掉。你确定里面都是太宰而不是盗墓贼？"

太宰点点头道："有两具干尸我可能认识！"

云琅笑道："是不是你已经找不到以前进出的道路了？"太宰再次点点头。

"既然如此，我们为什么还要进去？不如直接放下断龙石，一了百了。"

太宰笑道："我试着放了，结果，断龙石没有下来。如果断龙石能放下来，你已经看不见我了。"云琅痛苦地皱着眉头，用力将手里的火钳子扔了出去，他觉得自己好像被欺骗了。太宰咕咕地笑道："我知道你舍不得让我离开，只要我还有一口气，你一定不允许我一个人留在始皇陵里面。可是，我快要支撑不住了，我真的好冷，好痛，每天只能睡小半个时辰，即便是睡着了，也总是在梦里遇见昔日的同袍，他们都在喊我的名字，希望我能早点跟他们在一起。"

云琅苦笑道："帮痛苦之人早日得到解脱的事情我做过一次，结果，不太好，她走得很舒坦、很安详，我却痛苦了很久……两个人一起痛总比一个人痛好，至少可以有个慰藉！"

太宰看着云琅那张扭曲的脸，平静地说道："是始皇陵让你痛苦吗？"

"不是，是你总想死才让我痛苦！"

"你知道的，我马上就要死了……"

云琅在帐篷外面枯坐了一整夜，身后就是灯火通明的工地，劳役们似乎不知道疲倦，一刻不停地将巨大的条石铺在水池的底部，而后用桐油和着麻线将所有的缝隙牢牢地堵住。嘈杂声对云琅并没有产生什么影响，他的目光一直落在远处那座高大的封土山上。始皇陵对太宰来说是一个归宿，对云琅来说却是一个终结。清晨的露水打湿了云琅的衣衫，他将目光从那座陵墓上收回来。他觉得自己现在就像是一个弃儿，连太宰都活得比他有意义。用阴暗的眼光看世界，这个世界就不可能有好人；用无所谓的态度去面对所有的人，别人也会报以无所谓的态度。云琅觉得自己就像眼前这座巨大的封土堆一般，没有生命，有的只是一个宏伟的外形而已。"唉，该走的终究留不住，走吧……"云琅说完这句话，就站起身拍拍身上的尘土，瞅着初升的朝阳张开了双臂，似乎在拥抱整个世界。

就在今天，云琅准备再一次跟太宰进入始皇陵。人最多的时候，恰好是最安全的时候。

吃过早饭，云琅熟练地背上了自己的背篓，对梁翁道："我预备进山一趟，可能要两三天。家里有霍去病他们照拂，应该没有什么事情，等我回来就好。"说完，不等梁翁说话，就打了一个呼哨，唤来了老虎，一人一虎走进了茂密的树林。

曹襄站在门口目送云琅远去，对依旧在吃饭的霍去病道："这家伙的心情好像一点都不好。"

李敢笑道："要是我家被人占据了，我的心情也会不好的。"

霍去病摇头道："他已经不对劲很多天了，等他回来，我们好好问问，这世上还没有过不去的坎。"

云琅熟门熟路地走进了陵卫营，这里已经灯火辉煌了，太宰就站在门前，等着云琅用锤子敲击石柱，他已经没有力气挥动锤子了。云琅熟练地挥动锤子，那些最近经常被弹出来的阶梯，出来得很顺利。太宰带着好奇的老虎踩着这些阶梯步步高升，就像走在去天国的路上。走进大门，云琅照亮了那些粗大的铁链子，一条臂膀粗的蛇缓缓地游了过来，在太宰的面前盘成蛇阵，似乎在讨要食物。云琅按住了老虎，他可不希望仅剩的这条蟒蛇被老虎撕碎。太宰从背篓里取出一块猪肉放在蟒蛇的跟前，笑道："吃吧，吃吧，上次给你的肉块实在是小了些。"

过了桥，山道里就起风了。不知为什么，这一次风声中夹杂着呜呜呀呀的声音，像是有一个妇人在悲伤地哭泣。太宰走得很慢，几乎是一步一挪。云琅搀扶着他，陪他默默地在长长的山道上顶着风前行。老虎今天很乖巧，背着两个背篓一声怪叫也没有发出，也默默地走在云琅的身后。街市上依旧热闹，只是那个倒酒的小厮笑得非常讨人厌。太宰从桌子底下取出一坛子酒，轻轻地晃晃，遗憾地对云琅道："就剩最后一口了。"

云琅从腰上解下一个酒壶递给太宰道："我这里还有好的。"

太宰笑道："其实我喝什么都没有味道了，好坏无所谓，只想临死前禀告上皇,我太宰一脉并未断绝。"

云琅陪着太宰喝完了他留存在这个集市上的最后一口酒,来到了咸阳城高大的城墙下。这一次云琅没有做任何准备就率先爬进了蛇洞,一边爬,一边用绳子拖拽着太宰一起前进。太宰喘息得厉害,山洞里全是他沉重的呼吸。云琅回头道:"不要用力,我能把你拖出去的。"太宰笑道:"老虎总是催我,看,它又用脑袋拱我了。"

第一四一章 毕竟东流去（二）

巨大的青铜鼎里火光熊熊，这可能是青铜鼎里面的最后一些鲸油最后一次照亮这个地下宫城。云琅很没道理地把一具穿着华丽衣衫的骷髅从一辆两轮轻便马车上推了下去，又从别的马车上扯下人家的垫子，拍去了尘土之后铺在那辆马车上。太宰叹息一声道："你把成荫君的尸体推下去做什么？人家是皇族。我还能走得动路。"云琅头都不回地道："他已经死了，该你坐一会。"说着又把拉车的陶马一锤子敲碎，把马车拖出来，将太宰抱上了马车。"你已经没有什么分量了。""那是自然，油尽灯枯之人，你还指望我能有多少肉？"

云琅从老虎的背上取下一个沉重的铅疙瘩放在太宰的身边道："烛龙之眼！你可以多看，就不要让我看了，我担心会忍不住从你怀里抢回来，现在，你可打不过我。""为什么用铅给封住了？""可以遏制我的贪欲！我已经用刀子帮你挑开了一条缝隙，你要是想看，掀开盖子就成。"

"哦，那我可要看好了，免得你后悔。"太宰说着将那个粗陋的铅疙瘩抱在怀里，垂下头将面颊紧紧地贴在上面，非常幸福。云琅抽抽鼻子，拉着马车向咸阳城深处走去。

地面不但平坦，而且光滑。整条大路宽丈二，中间有一条凹下去的车辙印子，马车的两个轮子正好嵌在车辙印痕里转动，云琅甚至不用去管方向，只需要给马车一点向前的力道就好了。

"这是驰道，关中地方的驰道就是这样的，即便是在夜晚，因为有车辙印痕的存在，也不担心会走错路。当年啊，始皇帝还在岭南修建了南驰道，驰道上铺了轨道，马车轮子只要卡在轨道上就可以日夜奔驰，任嚣、赵佗他们之所以能统御四十万大军进军岭南，依靠的就是这条路。虽说靡费了一些，这些驰道却是始皇帝的大功业，轻便马车在驰道上一日奔行千里，并非难事。以前，六国纷争，每个国家为了区别于其他国家，各有各的钱币，各有各的度量方式，甚至各有各的文字。始皇帝统一六国之后，为了天下统一，也就统一了度量衡，以及文字。我不知道你为什么会不喜欢始皇帝，可是你要知道，再暴虐的大秦，也比六国连年征战要好得太多。皇帝啊，不能太多，一个就好，两个就会有战争，三个就会战乱不绝，六个就会民不聊生。大汉国如今一道政令传遍天下，最需要感谢的人就是始皇帝。仔细想来，如今的汉帝刘彻也不过是始皇帝的延续罢了。一个帝王的血脉延续可能会断绝，一个国家的统继可能会断掉，唯有他留下来的典章、法度、礼仪，是不可能失传的。后世帝王，无论是不是始皇帝的子孙，只要他效法始皇帝的主张，赞同始皇帝的做法，谁当皇帝又有什么关系呢？前年大雪，我还深恨大雪不亡汉国，如今快要死了，却发现这世上的事情往往不以人的意志为转移，既然不能扭转乾坤，顺着人间大势滚滚奔流也不算是坏事。我们以前总是称呼刘彻伪帝，普天之下可能也只剩下我们两个这样称呼人家了吧？我马上就要走了，你莫要坚持了。秦帝国已经灭亡了，就让它好好地睡在坟墓里，你日后也莫要以老秦人自居，要自称汉人。我死之后，世上再无秦人，这个罪孽是我的，不是你的。你是凭空掉下来的人，因为老夫才成为秦人，让你成为秦人是老夫过于自私了。为了这座陵墓，为了一个没有用处的老秦人身份,你为友不义,为臣不忠,为人不诚,就连做情人,都不是一个好情人。哈哈哈,现在我要死了,你可以丢弃这一切了,想办法修好断龙石,把它放下来,斩断你所有名誉不佳的过往。你是我见过的人中最聪明的一个,你的前途一定无可限量,你的将来一定会璀璨无比,即便在青史上,你也一定会留下一段耀眼的文字。"太宰躺在马车上不断地说着话,他的话音不是很高,却一个字一个字说得非常清楚。

云琅拉着马车缓步向前,泪水从未停止过。道路两边黑漆漆的,只有一盏孤灯在照耀他前行。"到了!"太宰缓缓地从马车上撑起身子,费力地对云琅道。前面出现了一座大鼎,一道铁链从大鼎里伸向远方。云琅熟门熟路地扯动铁链子,点燃了大鼎外面的一条粗大的麻线……光明从脚下顺着铁链子延伸了出去,一片赭黄色的沙海出现在云琅的脚下。"沙海的另一边就是宫城,咸阳宫就在那里,最高处就是章台,始皇帝的陵寝就在章台之上。"云琅放下马车,站在石壁的边缘瞅着眼前足足有百丈宽的沙海道:"里面有很多干尸。"

"沙海边原本有一艘沙舟的,你到处找找。我上次进来的时候体力不支,没有找到。"

云琅瞅瞅着火的铁链子道:"沙舟应该系在铁链子上吧?"太宰摇摇头。

云琅仔细地检查了一下大鼎,见两条细细的青铜链子从大鼎上延伸了出去,就试着拉动其中一条。不一会,一艘一丈长的轻便平底舟从对面被拖拽了过来。小舟上并非空无一物,而是堆满了各色金器,如果不是在沙子上滑动,云琅根本就拉不动。"对面有人!"云琅淡淡地对太宰说道。

太宰笑道:"应该是死人!"

"可是装金器的袋子很新,不像是很久之前的东西。"

"或许吧。不过,凡是动金银器的人必死无疑,这一点老夫还是可以断言的。"

云琅看看太宰道:"我先过去,然后拉你跟老虎一起过来,小心无大错。"

太宰见云琅准备去搬金器，皱眉道："不要碰！活人触碰冥器不吉。"

云琅笑笑，戴上一双鹿皮手套，用铁钩子将袋子拖上来丢在一边。等所有的袋子都被拖上来了，他从巨鼎里面弄了一些鲸油泼洒在金器上，最后点了一把火。

太宰怒道："不是说不让你拿这里的器具吗？"

云琅笑道："这是贼人偷的，不是我偷的。只要一把大火将这些金器重新锻炼一番，不管有什么古怪都不必担心了。"

太宰忽然笑了，对云琅道："我现在不担心了，我死之后，你还是会活得好好的。"

云琅跳上了船，一边拉着铁链向对面滑过去，一边道："好好地活着才能对得起你们对我的付出。"

太宰坐在地上靠着老虎的肚子大笑道："这句话很好啊，我喜欢听。"

铁链子拖着沙舟在沙子上滑行，云琅脸上的汗珠子掉在臂膀上，他也毫无知觉。一具干尸探出手钩在沙舟上随着沙舟一起滑行，满是乱发的干枯脑袋上长着一张很大的嘴巴，露出半寸长的牙齿，如同恶鬼一般冲着云琅笑。云琅一刀斩断手，那具干尸就扑倒在沙子上，就像是一个趴在沙漠上将要死去的旅人。好不容易来到了对岸，云琅举着短弩，两只眼睛瞪得如同牛铃铛一般，恨不得一下就将所有的信息收入眼帘。对于高大的宫城来说，两条火链还无法照亮所有的地方，云琅总是觉得有人在暗中偷窥，他搜索了两遍一无所获，就准备把太宰跟老虎拖过来。一只枯树干一般的手突然从黑暗里探出来，抓着云琅的衣角不断地撕扯……

第一四二章 毕竟东流去（三）

一个本该只有死人的坟墓里忽然多出一个活人，云琅有些吃惊，却并不感到害怕。他只会害怕那些虚无缥缈的东西，因为他已经被那些东西狠狠地折磨过一次了，至于活人，他还是不怕的，更不要说眼前这个虚弱得快要死掉的人。

"水，给我水……"那个人喉咙里艰涩地吐出几个字。

云琅冷冷地踢开了他的手，居高临下地瞅着这个人，确认他没有任何反击的能力了，这才继续扯动青铜链子，好让老虎跟太宰也过来。老虎身上的东西太重，以至于这家伙再也不能纵跃着上高台，老老实实地等着云琅帮它卸掉身上的重物，才跳上了高台，然后就守在一边瞅着云琅背太宰上来。

太宰上来之后看了一眼趴在地上的那个人，对云琅道："项家人。"

云琅看看那个人，奇怪道："你怎么这么肯定？"

太宰笑道："那么大的一片螭龙刺青你看不见？"

云琅举着灯笼仔细看了一眼，在那个男人肮脏的肩背上果然有一大片暗青色的刺青，只是光线太暗，看得不是很清楚。"他是怎么进来的？"云琅问道。

"这要从很久以前说起。当年刘邦先项籍一步进入了咸阳，这引起项籍的极大不满，他勒令刘邦退出咸阳。刘邦当时的实力不如项籍，就咬牙退出咸阳，将这座城池拱手让给了项籍。刘邦进咸阳的时候，与百姓约法三章，基本上做到了秋毫无犯，因此很得人心，受项籍胁迫不得不退出咸阳之后，也带走了咸阳最珍贵的东西，那就是能征善战的大秦猛士，尤其是我大秦残存的铁骑。项籍进入咸阳之后，杀性大起，一日夜，咸阳城就积尸如山，那些随刘邦出走的大秦铁骑发誓报仇。待项籍兵败垓下，你知道最后逼迫项籍于乌江自刎的人是谁吗？郎中骑王翳夺得项籍的头，郎中骑杨喜、骑司马吕马童，郎中吕胜、杨武各夺得项籍遗体的一部分。这五人中，有四人乃是我大秦旧将，而骑司马吕马童是我陵卫中人。社稷江山对我辈陵卫来说，已经无足轻重，我们本身就是始皇帝家臣，始皇帝驾崩，我们关注的重点也就是这座始皇陵而已。当初项籍在咸阳发我大秦历代皇帝陵寝，搜集陵寝重宝以为军资，火烧阿房宫灭我大秦存在的痕迹，杀我子婴绝我大秦苗裔，大秦人不恨刘邦，独恨项籍！项籍发我祖陵一十四座，唯独没有寻见始皇陵，这让他耿耿于怀。说来也是天意，当项籍兵败垓下被人团团围困的时候，他留在关中的密谍终于确定了始皇陵的位置，然而此时项籍已经无力威胁我始皇陵。呵呵，可笑那些密谍，在项籍兵败身死的那一日，就与我陵卫一样成了这世间的孤魂野鬼，再无大势可借用，只能时时与我陵卫缠斗。几十年下来，我陵卫固然是损失殆尽，他项氏密谍也没剩下几个了。你眼前的这位就是其中之一，估计是前些日子，你弄坏了咸阳城的机关，让这些人不知道从哪里进入了始皇陵。等一会你好好问问，此事大意不得。"

云琅点点头，用丝线绳子将那个家伙结结实实地绑起来。现在距离自己弄坏城门机关已经过去了二十余天，这些人进来的时候难道就不知道带些食物？另外，船就在这边，这人为何不上船？这一切实在是太诡异了。

"绑紧些，项氏密谍全是项氏族人，个个强悍至极，人家吃饱喝足了，我们两个现在的模样可打不过。"

云琅从善如流，又从背囊里取出一截铁链子，重新捆绑了一遍，这才拿水葫芦往那个家伙嘴里倒水。让那个家伙喝了两口，云琅就不给了，即便那个家伙嗓子里发出蛇一般的嘶嘶声也不给，给多了反而不好，会弄死他的。

太宰养了一会精神后，点着了一根火把，点燃了墙壁上巨大的油灯，顿时，沙海岸边就变得明晃晃的。云琅这才看懂这家伙为何会落到如此地步——一杆长矛直直地插在他的左大腿上，再往上一点，就会插进肚子里，这是一根铁矛，非常沉重，穿过他的大腿之后，又深入地面两尺有余，怪不得这个家伙会这么惨。云琅举着灯笼仔细看了一眼他腿上的伤势，发现这家伙实在是太倒霉，这一枪不但穿过他的大腿根，估计还穿过了他的胯骨，穿过大腿或许还能挣脱，穿过了胯骨，就没办法了……这人明显是个狠角色，他腿上的伤口有火燎的痕迹，上下都是如此，封住了伤口，才让他避免了失血而亡的命运。不过，现在他跟死亡没什么区别，还白白地受了这么多天的罪。云琅不管看哪里，眼睛的余光总是瞅着黑漆漆的房顶，既然这人会被铁枪刺穿，说不定还会有铁枪掉下来。

老虎的嗅觉非常厉害，很快它就嗅到了腐肉的气息。云琅跟太宰随着老虎一边探索，一边小心地来到了一个更小的房间。这里跟沙海岸边不同，没有什么梁柱，每一座房间都显得金碧辉煌，即便是挂在屋子里的帷幕经过了近百年的时光侵蚀，依旧能看出它华丽的本质来。"这是宫妃居住的地方。"太宰点亮了屋子里的灯，指着一具安静地躺在床上的白骨道，"都是绝世美人呢，每一个都不比你宠幸过的卓姬差。"

美人生前再美丽，死后也只是一堆白骨，昔日乌黑亮丽的头发，如今变得如同冬日的枯草一般干燥。尸骨身上覆盖的锦被被人丢到一边去了，原本应该很完整的骨架也变得七零八落，就在尸骨肚腹的位置上，依旧有一片白色的痕迹。云琅瞅了一眼对太宰道："她们都是给灌了水银毒死的？"太宰点点头道："人太多了。"

云琅站在门口并不愿意走进去，太宰不在乎生命，他不能不在乎，尤其是地上还倒着两个如同箭猪一般的尸体，这让他更加不敢轻举妄动。太宰走到尸骨身边，小心地把美人骸骨重新归位，又把那张快要腐烂了的锦被盖在尸骨上，叹口气，从那两具箭猪一般的尸体手上取过一些首饰，一并放在尸骨的枕边，然后就退了出来，重新关好了门。走了一整圈，被人弄乱的房间其实并不多，也就三个而已，有敌人尸体的房间也只有第一间。云琅的运气很好，在跨院的前边又找到了一架没有散架的马车。这驾马车很小巧，上面的纹饰也比之前那辆的华丽两分。太宰坐在马车上笑道："这是陛下游幸后宫的香车，遇到入眼的宫妃就载在这辆马车上游逛……"云琅往车轴上浇了很多油，前后试了两下，听不到车轴摩擦的声音，这才重新拖着太宰上路。

现在，云琅终于弄明白了始皇陵的构造。这里根本就是地上那个被项羽烧毁的咸阳城，只是没有地面上的那个大，却要比上面的那座精致得多。来到一座不算大的广场，云琅才明白了一个道理：水银流动的时候是没有声音的，甚至感觉不到它们在流动，远远看去，广场上的江河湖海银光闪闪，似乎是一整块，走近之后，才会通过水银上漂浮的发黑的朽木发现，这些江河湖海一直在运转不休。

第一四三章 毕竟东流去（四）

"这才是江山社稷图！"太宰坐在马车上对拉着车子的云琅道。

云琅取出手帕，叠了几叠，在上面喷了一口水，然后紧紧地绑在自己的口鼻处。老虎很不听话，不愿意戴口罩，云琅最后还是强制性地在老虎口鼻上包了一块厚厚的湿麻布。

"丹砂之气伤人，早在寡妇清开凿丹砂的时候就知道了，人家的防护手段要比你的防护手段高明。丹砂气是李斯用来保护始皇帝陵寝的第二道防线，这么多年来，项籍的遗民千方百计地进入过始皇陵不下十次，他们最多能越过沙海，却无法穿过这座江山社稷图。你不用害怕，这里的风都是从外往里面吹的，丹砂气只会聚集章台，不会影响到我们。"

云琅看了一眼太宰拿出来的两个半圆形的东西，拿过来研究了一下道："瓜皮跟炭粉？"说罢就卸掉脸上的麻布手帕，把太宰拿来的瓜皮防毒口罩很自然地绑在脸上。这东西的外壳是用葫芦壳做的，有人在上面挖了一些小洞，小洞的背后是一层厚厚的绢帛，绢帛后面是一层厚厚的炭粉，炭粉后面又是一层绢帛。戴上这东西之后的感觉云琅很熟悉，他在机场工作的时候没少戴防尘猪嘴。这东西依旧不保险，水银挥发之后，即便是不通过呼吸道，也能通过皮肤上的毛孔进入人体。考虑到这是汉代，云琅也不能要求太高。

太宰不戴猪嘴，只在脸上包了一层湿布，就带着云琅踏进了用水银制成的江山社稷图。"每当大门打开的时候，这里的丹砂液就运转不休，喷吐出无数的丹砂气；每当大门关上，这里的丹砂液就会停止流动，整个江山社稷图也就不会再流动了。"

沿着一条虹桥越过江河湖泊，云琅站在虹桥上看着不远处的一条水银瀑布暗自赞叹，这样的大手笔，恐怕也只有始皇帝能够拿得出来。水银瀑布流动无声，流速却极快，更像是一条静止不动的银板挂在不高的土坡上。水银蒸气夹杂着不知哪里来的水汽弥漫不休，如同浓雾在距云琅不远处翻滚不定。面对这种浓度的水银雾，云琅觉得以自己目前的样子，一旦走进去，即便能活着出来，也会折寿三十年不止。

太宰重新将太宰印信拿出来，安在虹桥尽头的一头青铜囚牛嘴里，看得出来，他用了很大的力气。虹桥尽头的一级台阶跌落了下去，如同进入始皇陵时一般，地下出现了一架螺旋楼梯，全部楼梯连接在一根巨大的石柱上。太宰收回印信，朝云琅招招手，就踩着螺旋楼梯走入了地下。再一次来到地面上的时候，太宰已经点亮了一盏宫灯，在宫灯的前面，有整整九条宽大的石头甬道。太宰取出白玉笏板，抱在怀里，上前两步起舞朝拜，而后起身高声道："臣章台宫太宰顾允求见始皇帝陛下。"说完，就让云琅拿起一只小巧的铜锤，敲响了前面悬挂着的一口铜钟。云琅按照太宰比画的手势敲击了九下，就退回太宰身边。巨大的甬道里发出一声闷响，太宰连忙拉着云琅跪拜在一方白玉丹樨上，他自己重重地叩头下去……云琅没有叩头，而是在他需要叩头的地方用拳头敲击了三下，然后就起身站在刚刚爬起来的太宰身边，两只眼珠子骨碌碌转着，观察将要发生的异象。什么都没有出现，太宰却领着云琅直接踏进了第一条甬道，紧张地对云琅道："看准脚下，我踩到哪里，你就踩到哪里，万万不敢出错。"先是孔雀图案的砖石，然后是貔貅相貌的砖石，然后是一头大象，接下来是朱鸟，然后又是孔雀、貔貅、大象、朱鸟，而后以此类推。注意了脚下，就没办法注意周围，而宫灯照亮的范围更是小得可怜，太宰、云琅二人就像是走夜路的人，除了脚下方圆两尺之地，再也无法顾及其他。

　　长长的甬道似乎没有尽头，太宰的呼吸早就变得急促起来，他的脚却不敢稍有停留，脚在每一块必须踏足的石板上一沾就走，如同跳舞一般。高墙即便是隐入了黑暗，沉重的压迫感依旧存在，太宰在踏过最后一方朱鸟方砖之后，就把脚落在一个白玉丹樨上，停下来急促地喘息。云琅连忙扶住他，却听他喘息着道："快去点亮前面的鹤嘴灯。"云琅接过宫灯挥舞了一下，左近十步之外，果然立着一座青铜丹顶鹤模样的东西。他边走边吹亮了火折子，将火苗凑到丹顶鹤的嘴巴上，只听轰隆一声，一道一丈余长的火龙就突兀地从铜灯嘴巴里喷出来。太宰漫步过来，抓着丹顶鹤的脑袋用力向上一扭，那条明亮的火龙就变成了一根火柱，照亮了周遭。突然从黑暗中进入光明的殿堂，云琅的眼睛变得酸痛，即便如此他也不愿意闭上眼睛……还以为这里很空旷，谁知道竟然站满了人！高冠长须的重臣、身披重铠的将军、手握战戟的武士、黑衣垂手的宦官、提着彩灯的宫女、身材矮小的优伶，每一个都栩栩如生，似动非动，衣袂飘飘，神情各有不同。鹤嘴里喷出来的居然是沼气，这让云琅非常惊讶。随着一只鹤嘴灯被点燃，其余的鹤嘴灯也开始喷火，巨大的石兽嘴里更是喷出了巨大的火柱。火柱燃起，有些黑暗的地方甚至出现了一些小小的爆炸，估计是刚刚喷出来的沼气太多的缘故。云琅明白了太宰为什么会走得那么急促，如果走得慢一些，这个广场一定会充满了沼气，一旦见到火星……

　　太宰仔细地看了一下人群，就带着云琅来到了那黑衣宦官群中，找了一处台阶坐了下来，一把撕掉脸上的麻布，喘匀了气，满足地靠在白玉栏杆上，指着高处的宫殿笑道："去吧，去觐见陛下。记住了，太宰一职不过是二等官，不得靠近陛下棺椁二十步以内，切记，切记！"

云琅想要摘下猪嘴，却被太宰严厉地阻止了。他从背后的背篓里取出烛龙之眼放在太宰的身边道："你不是想要陪陵卫兄弟跟历代太宰吗？怎么会想着在这里歇息？"

太宰将那个粗陋的铅壳子打开一条缝隙，一道五彩的光芒照亮了他的脸庞。他迅速地关上盒子，缓缓地躺在这个铅块上，满足地用脸庞摩擦着，对云琅道："我是终结者，必须有人对始皇帝负责，万一始皇帝复活，我还能上前领罪……"

太宰已经非常疲倦了，刚才跨越迷宫的时候，已然耗尽了他体内的最后一丝力气。云琅取出两条毯子，一条铺在他的身下，另一条盖在他身上，挪动了一下铅壳子，找了一件衣衫裹上，垫在他的头下充当枕头。太宰闭着眼睛朝云琅挥挥手道："去吧，去吧，我累了，小睡一会就送你出去。记着，来的时候是怎么走进来的，出去的时候就倒着出去，千万莫要忘记在白玉丹樨上叩头，叩头之后看清楚丹樨边沿的一个圆盘，圆盘上的禽兽次序，就是脚踩的方位，呵呵，这是太宰最后的秘密了……"

云琅手里握着太宰刚刚交给他的印信，帮太宰掖掖毯子，就戴着猪嘴，昂首踏上了黑色的石阶。他准备以一个后来人的身份去拜谒一下这位已经死去近百年的千古一帝。

第一四四章 始皇帝

石阶之上有一对石头雕刻的麒麟，昂首挺胸，遥望远方。石雕很高大，足足有一丈三尺高，只是整座雕像并不像后世的麒麟那般栩栩如生，而是以大写意的雕刻方式制作出来的。云琅之所以认定那是一对麒麟而不是别的东西，完全是因为它身上的鳞甲。长着龙头、马身的神兽不太多，麒麟是最常见的一种。云琅看得很仔细，石雕艺术本来就发轫于北方，而人像雕刻艺术更是发轫于先秦。很早以前云琅就从史书上得知，在咸阳桥头有一座孟贲雕像，这座雕像背着绳子，似乎正在拖拽着咸阳桥，不使它坠落河面。这尊雕像足足有三丈高，据说，常有神异之事发生。

从平地上往章台走，台阶很高，云琅想要一步步地走上去很难，也不知道始皇帝为什么要修建这么高的台阶，难道说他认为自己复活之后就会变得高大？台阶的中间是巨大的砖雕纹饰，每一块秦砖都巨大无比，仅仅是上面繁复的夔龙纹，就足以让云琅赞叹不绝。走上第一级台阶，云琅回头看看远处的太宰，只见太宰已经打开了铅壳子，正在欣赏壳子里面的烛龙之眼，对云琅的去留毫不在意。现在没关系了，不管太宰怎么看都无所谓了……云琅转过头看着矗立在第一级台阶上的两个巨大的金人，叹息一声就准备继续往上爬。

两个金人一个手持巨剑，一个手持巨斧，巨剑与巨斧交叉挡在前路上，不管是谁想要过去，都只能从巨剑与巨斧交叉的空当里钻过去。刚刚靠近巨剑、巨斧，云琅挂在腰上的短弩就飘了起来，如果不是有钩子挂着，它早就贴到巨剑跟巨斧上面了。弩箭自动离开了袋子，一支支地贴在巨剑上，云琅怀里的匕首也有蠢蠢欲动的意思。巨剑跟巨斧边上有一个不大的石碑，上面写着"卸甲"二字。云琅按着怀里的匕首，俯身从巨剑、巨斧底下穿过，别人或许会莫名惊诧，对云琅来说，两块磁铁还算不了什么。弩箭也被他收回来了，虽然向外走的时候吃力一些，走得远了，磁力对金属的影响已经很小了。

项籍或许对始皇陵里面的财富不怎么看得上眼，然而，这十二座金人对他来说太重要了。他是世上无敌的统帅，却不是一个英明的统治者。当他带着大军纵横天下的时候，刘邦正带着部下在蜀中休养生息。当他平定了天下准备结束流窜作战的习惯，开始寻找一块合适的地方建国立业的时候，刘邦带着他武装到了牙齿的军队出山了。他击败了刘邦无数次，每一次，刘邦战败之后都能回到蜀中休养生息，准备卷土重来，而项籍，依旧在消耗自己原本就不多的元气。垓下一战，项籍战败，不是他不勇猛，而是敌人的武器比他的锋利，敌人的铠甲比他的结实，敌人的战士比他的战士吃得饱，敌人的战士也比他的战士穿得暖和……刘邦一辈子在项籍面前都是一个失败者，他只胜利了一次，天下从此姓刘！如果项籍得到了十二金人……历史或许会重写。

站在秦国的大殿上思念项籍跟刘邦，这明显是不合时宜的，只是，秦帝国如今就只剩下这一座陵墓了，想来始皇帝不会有意见。这就是时势比人强，如果现在依旧是大秦的时代，仅仅是数之不尽的铁骑甲士，就能让云琅对他生出足够多的尊敬来。大秦国以铁骑得到了天下，又因为更强的铁骑而失去了江山，这本身就非常公平。

秦国尚黑，因此，章台上除了浓得如同黑夜一般的黑色，就剩下血一样的暗红色了。一个摊着手的陶俑站在最后一级台阶上。与前面六个威武的金人不同，这家伙看起来非常瘦弱。既然人家已经把手伸出来了，总要给点什么。云琅取出一块从外面捡拾的金饼子放在他的手上……金子是好东西，云琅以前就这么认为，金子放在了手上，这家伙的肚子就裂开了，一套黑色的冠冕露了出来。云琅取出来一看，发现这就是一套属于太宰的服饰，看起来当年应该非常华贵，经过了几十年时光的洗礼，即便没有人穿过，这套衣衫看起来也已经非常陈旧了。云琅抖抖衣衫上的灰尘，穿上了。只是那双难看的鞋子，他的脚刚刚放进去，鞋面就裂开了，他只好重新穿上自己的鞋子，取过宦官手里的金饼子，咬牙准备去见见汉文明的第一位皇帝。

章台上破败无比，这里有风，所以，那些华美的丝绸帷幕已经七零八落了，如同逝去的秦帝国。来到了大秦的天下，云琅自然不敢造次，学着太宰的模样高声叫道："臣信任章台太宰云琅觐见始皇帝陛下！"或许是声音大了一些，章台上轰隆响了一下，一根用来悬挂帷幕的杆子从房顶掉了下来，帷幕上的灰尘扑溅开来，弄得云琅一头一脸的灰尘。烟尘散尽之后，章台就变成了一座无人问津的古庙，所有的苍凉、荒芜、破败都能在这里找到。云琅感叹一声，踏进了大殿。这最后一步无论如何都要走进去，外面的太宰还没有死，就等着云琅穿上新的太宰衣衫见他最后一次呢。

皇帝的殿堂云琅见过很多，在北京见过清王朝的，在开封见过宋王朝的，在西安见过模拟的唐帝国的，眼前秦王朝的章台并没有出乎云琅的预料。巨大的宫殿里满是粗大的柱子，站在门口往里看去，如同看到了一片柱子组成的树林。每一根柱子后面都有一个全副武装的甲士，每一个甲士都是一副择人而噬的狰狞模样。云琅丝毫不怀疑这些柱子跟柱子后面的武士依旧具有杀伤力，只要看看柱子上的孔洞跟武士手上的锋利武器就知道。

一枚金饼子被云琅丢了出去。金饼子在光洁的地面上发出一连串的脆响，最后停在一块地板上滴溜溜转悠。云琅每走一步就往下一块地板上丢一枚金饼子，等来到太宰所说的第二十步位置上的时候，他就坚决地停下了脚步，按照太宰所教，挥舞着袖子后退一步，又前趋一步，如同舞蹈一般地行过礼之后，就跪坐在地板上朗声道："臣章台宫新任太宰云琅拜见始皇帝陛下。"大殿里寂寥无声，云琅也不在乎，盯着那个巨大的棺椁道，"第四代太宰顾允如今气血两枯，寿不久矣，因此推荐微臣为第五代太宰侍奉陛下，还请陛下恩准顾允告老，云琅履新。微臣定不负陛下所托，看守陵寝，静候陛下归来。"始皇帝的棺椁无声无息，既没有一个枯瘦干瘪的爪子掀开棺椁，然后抓着云琅大嚼，也没有什么奇怪的声音说出一个"准"字，留给云琅的依旧是一片寂静。云琅早就把这一趟旅程当成了上坟，自然不期待有人回应，始皇帝的身体即便是在棺椁中，也只是一个符号而已。云琅从背篓里取出一捆子竹简，大声地朗诵道："臣章台太宰云琅启奏始皇帝陛下：如今汉室当道，伪帝刘彻有虎狼之威，搜杀我大秦义士如猛火煎油，又有项氏余孽频频骚扰，臣等誓死反击，不足三年，陵卫已经死伤殆尽，唯太宰顾允依旧……"

第一四五章 项羽的阴魂

"……奋六世之余烈，振长策而御宇内，吞二周而亡诸侯，履至尊而制六合，执敲扑而鞭笞天下，威震四海。南取百越之地，以为桂林、象郡；百越之君，俯首系颈，委命下吏。乃使蒙恬北筑长城而守藩篱，却匈奴七百余里；胡人不敢南下而牧马，士不敢弯弓而报怨。于是废先王之道，焚百家之言，以愚黔首；隳名城，杀豪杰；收天下之兵，聚之咸阳，销锋镝，铸以为金人十二，以弱天下之民。然后践华为城，因河为池，据亿丈之城，临不测之渊，以为固。良将劲弩守要害之处，信臣精卒陈利兵而谁何。"

这就是始皇帝的功业……然而，他如今安静地躺在棺椁里听云琅絮絮叨叨地说着陵卫、太宰们遇到的无法摆脱的困境。他听得很明白，云琅这是要放下断龙石，封闭这座宫城，曾经雄霸天下的始皇帝却说不出一句话……他的身体即便有丹砂保护，也经不住时间的侵蚀，慢慢地腐朽了。

云琅将《封闭陵寝事陈情表》点燃焚化了，站起身望着二十步外的棺椁道："这样对大家都好。失去的就不要再想着夺回来，已经成为事实的现实就不要想着再扭转。您失去的是至高无上的皇权，留下的却是一个统一的中华，皇权与您创造的功绩根本就不能相提并论。两千多年以后，我们依旧记得那个雄风赫赫的始皇帝，记得那个将我中华寰宇一统的帝王。请我皇安息！"云琅郑重地拜了三拜，然后捏熄了手里的宫灯，将黑暗留给了始皇帝，而后转身向门外的光明走了过去。

那个宦官的肚皮裂开，手依旧摊开着，脸上的笑容依然谄媚。云琅探手合上宦官裂开的肚皮，帮他整理好衣衫，掏出太宰印信看了看又收回去了，重新拿出一枚金饼子放在宦官陶俑的手里，拍拍他的肩膀，就一跳一跳地下了台阶。云琅不敢找台阶两边武士模样的金人的麻烦——在金人身上他吃足了苦头，没事绝对不敢去触碰的。不过，当走到卸甲台附近的时候，他却停下了脚步。这个时代磁石不太好找，他想弄块磁石做一些指南针送人。他从道路旁边的武士人俑手里取过一柄铜锤，先是小心地在那柄巨剑上敲了一下就迅速跳开，没发现金人有什么反应，就铆足了力气，重重的一锤子敲击在巨剑的剑尖上，然后立刻趴在台阶下面，等待可能发生的后续反应。等了好一阵子也没有什么动静，他就仔细察看了一下巨剑。果然，巨剑的剑尖已经断掉了，只是翻滚了一下，调换了一下南北极，重新吸附在巨剑上。云琅拼尽全力才把这块两斤重的剑尖从巨剑上抠下来，抵抗着强大的吸力，跳下台阶……

喷火的貔貅依旧在喷火，过去了这么长的时间，火焰丝毫没有变小的意思，从台阶底下向上望去，这样的火柱足足有上百道。太宰睡着了，他的帽子掉在了地上，被流动的空气吹得滚来滚去，满头的白发也肆意地舞动着，只是脸上带着温暖的笑意。云琅解下自己的帽子，拢了拢散乱的白发，给太宰戴上，想把铅壳子从他手里抽出来，却发现纯属做梦。云琅抽了两次都没有拿下来。太宰脸上带着笑意，像是在说："既然已经给我了，就休想拿走！""我没想拿走，只想给你换一个地方放。你抱在身上难道就感觉不到重吗？"太宰不松手，云琅也没有办法，咳嗽了一声，才惊觉自己居然没有戴猪嘴，连忙戴上猪嘴,这才重新帮太宰整理好乱糟糟的毯子。他俯下身,戴着猪嘴亲吻了一下那个苍老的额头,仰起头看了一会始皇陵黑漆漆的假的天空,就重新背好自己的背篓,向来时路走去。

始皇陵里的甬道也不知道有多少,这座迷宫也不知道有多大,不置身其中,根本就无法理解这座迷宫带给人的恐惧。尤其是一团团青灰色的水银蒸气在甬道里弥漫的时候,云琅即便戴着猪嘴,头上的汗水依旧涔涔而下。好不容易出了迷宫,看到了那座白色的白玉丹樨,云琅的心才算是平静了下来。来到丹樨上,云琅蹲下来仔细寻找太宰说的那个白玉盘。在丹樨角落的位置上他终于找到了,那东西真的好小,如果不是近距离观察,根本就发现不了。云琅从背篓里取出那柄铜锤,重重地砸在白玉盘上,直到那块白玉石被完全砸烂,什么都看不出来,他才小心地收拾了掉在地上的碎石块,远远地抛进不远处的迷宫里。此后,这座皇陵不进也罢!

还没有经过江山社稷图,云琅的一张脸就变得非常阴沉,因为他隐隐听到了老虎的咆哮声。他对老虎太熟悉了,很轻易地就从老虎的咆哮声中听到了太多的愤怒跟委屈。云琅提起短弩,看看黑漆漆的甬道,犹豫再三,也没有胆子走进那些被太宰称为死亡地的甬道。想了片刻,云琅收起了猪嘴,重新把湿布绑在口鼻上,将猪嘴挂在人俑的腰上,咬着牙快速通过了喷吐着水银蒸气的江山社稷图。

一个红衣大汉站在沙海的边上朝云琅拱手道:"项城见过大秦太宰!不知太宰此次履新可还顺利?"

云琅走出水银迷雾,卸掉脸上的湿布笑道:"陛下对本太宰还是满意的。"

项城大笑道:"可喜可贺!不知太宰能否引荐我等一起一睹天颜?"

云琅笑道:"看样子不引荐也不成了,却不知在下的老虎哪里去了?"

项城对云琅的回答非常满意,拍拍手,就有六条大汉抬着一张巨大的木板走过来。只见老虎的四肢摊开,四只爪子被人家塞进四个洞里,在木板的另一边绑得结结实实，脸上的蒙布也不见了，看到了云琅只知道大声地叫唤。云琅惋惜地看着那六个伤痕累累老少不一的大汉，叹息一声道："项氏也零落了。"

项城似乎很感慨，跟着叹口气道："顾允没有出来，看样子是死在里面了。你太宰一族，如今就剩下你一个人了是不是？"

云琅沉痛地点点头道："里面太危险了，你确定要让最后的族人也断送在这里？"

项城笑道："快一百年了，总该有个了结。我们两族虽说厮杀了上百年，却是谁都没有占到便宜，你们枯守始皇陵百年，我们想要发掘始皇陵百年，哈哈哈，都已经说不清楚这是怎么一回事了。我们是为了里面的宝藏吗？哈哈哈，如果我们项氏一族用那些死掉的猛士去抢劫，一百年下来的积蓄未必会比始皇陵里面的宝藏少。大家都靠一口气撑着，撑到现在总算是该有一个结果了。"

云琅皱眉道："我觉得你们的目的无非是为了十二金人，可是，始皇陵的外城里面就有三个金人，你们既然能够突破到这里，没道理找不到那三个金人啊。"

项城忽然爆发出一阵歇斯底里的大笑，指着云琅道："你看看，我们如今就剩下七个人了，你说说，依靠七个人，如何能把百万斤重的金人拿走？又有什么办法将百万斤重的金人熔化？即便熔化了，我们又哪来的人手风云再起？"

云琅摇头道："你这话就不对了，当年楚南公曰：'楚虽三户，亡秦必楚。'项王就是依靠八千江东子弟席卷大地，是何等威风！怎么，你们现在就没有胆子再来一次了？"

第一四六章 自寻死路

项城愣了一下，指指身边的六个人道："就凭我们七个？"

云琅笑道："其实是八个！"

项城摇头道："项平已经死了，我帮他拔出铁枪之后他就血崩而亡。"

云琅指指自己道："我说的是我，我是第八个。"项城大笑起来，跟随项城一起进来的六个汉子也大笑起来，似乎听说了最可笑的笑话。云琅来到老虎身边，探手抚慰一下老虎，对项城道："真的那么可笑吗？"

项城的笑容僵住了，他看着云琅道："为什么？"

云琅苦笑一声道："这都想不通吗？你我看似势不两立，可是，对于大汉国来说，我们都是该死的前朝余孽。太宰一族就剩下我一个人了，你项氏一族也就剩七八个人了，如果我趁着带你们进入皇陵的机会，来一个同归于尽，我们两族就全部完蛋了。与其如此，不如我们拧成一股绳，看看能不能利用这座陵墓里面的甲兵闯出一条新的活路来。"

这一次，项城没有发笑，眼看着云琅把老虎解开，也没有阻拦，而是半信半疑地道："怎么信你？"

云琅掏出太宰印信丢给项城道："这东西你们应该很想要吧？"

项城接过太宰印信，仔细地看了一下，道："因为没有进门的印信，我们走一次阴风峡，就要折损一个人手。"

云琅彻底地将老虎放开，控制着老虎不要向那些人发起攻击。现在根本就不是时候，只要看项城平淡的样子就知道，他根本不怕老虎。云琅抚摸着老虎的脑袋，又问项城："你们以前没有走过这里吗？怎么会在这里折损三个人手？"

项城咬牙道："项平坚持不下去了，他打算在始皇陵中弄一些没有印记的金银，离开骊山。"

云琅皱眉道："这里的金银都涂抹了秘药，他们怎么会这么不小心？跟始皇陵打交道这么久了，怎么还是这么大意？"

项城抬头看看高高的穹顶，无奈地道："利令智昏！"

云琅点点头道："现在太宰印信在你手里，你准备怎么做？如果要硬闯前面的江山社稷图跟迷宫，你要做好折损人手的准备。"

"就没有万全之策吗？"

云琅伤感地指指后面浓雾翻滚的江山社稷图道："顾允死在了里面，你总不会认为是我把他害死在里面的吧？"

项城笑道："通过这么多天的查探，发现你跟顾允情谊深厚，就算是父子也不过如此，顾允不会害你，同样，你也不会害顾允。"

云琅重新把厚厚的湿布绑在口鼻上，瓮声瓮气地对项城道："现在就去吗？"

项城看看身后的六个族人，对年纪最长的一个族人道："项伯，你跟在太宰的身后。"

老者咬咬牙道："我可以进去，项杰就留在这里接应我们。"

项城怒道:"我留下!"

云琅看着项城道:"你拿着太宰印信,怎么可能不进去?你放心把印信交给别人?年纪最小的那个留下吧,就算我们全死了,也还有一个人知晓始皇陵的秘密,不至于让我们白死。"

其余六个项氏族人一起看着项城,眼中多少有些鄙夷之色。年纪最小的那个大声道:"我要跟着项伯!你把印信给我,我拿着,等我们取到了足够的宝物,你只能分一成!"

少年项杰的话更是挤对得项城汗颜,他咬咬牙一跺脚,怒道:"全部进去,老子也进去!"

云琅瞅了一眼老虎,老虎就慢慢地退进黑暗之中,静静地卧在那里,一声不吭。云琅转身就走,很快就钻进了浓雾之中,项城紧紧地跟上,其余六人也咬咬牙不肯示弱。路过那个人俑的时候,云琅摘下那个猪嘴,一口气将肺里的浊气喷了出去,然后乘机将猪嘴扣在湿布上,这让他的呼吸变得更加艰难。江山社稷图的奇景让项城等人看得愣住了,不论是流淌的江河,还是静谧的湖泊,在薄雾的笼罩中显得极美。

云琅用太宰袍服上宽大的袖子掩住了口鼻,辛苦地呼吸着。见项氏族人停下了脚步,他也不上前催促,他相信,如果汞中毒的话,这七个人要比他深。这七个人明显已经不是一条心了,不论是先前进入始皇陵的那个项平,还是用强力威慑着剩余项氏族人的项城,现在都已经处在了崩溃的边缘。太宰一族已经内讧过了,现在似乎轮到项氏一族了。太宰从来就没有把项氏一族看作危险的存在,即便在太宰与云琅最后进入始皇陵的时候,他也没有太在乎这些人。项平能进来,其余的项氏族人也能进来,这是一个浅显的道理,不论是云琅还是太宰似乎都忘记了这些人的存在。一心想要吃食的鸟儿,对付起来不难。

云琅第一个穿过了江山社稷图,这里的水银雾气不是很浓烈了,云琅眼睛一闭,还是将猪嘴拿了下来,揣进怀里。他发誓,只要离开始皇陵,他就第一时间排泩。项城第一个钻了出来，见云琅还在，就长出了一口气，只是这家伙的眉毛、胡须上尽是星星点点的水银珠子，那些水银珠子迅速地滑落，跌在地上，立刻就不见了。

"接下来该怎么做？"

云琅指指虹桥尽头的那座囚牛雕像，道："把太宰印信塞进囚牛的嘴里，然后敲击那座铜钟，而后在丹樨上跪拜，静候始皇帝召唤。"

项城快步走到囚牛边上，犹豫一下，就把印信塞进了囚牛嘴里，用力地按了按。

此时其余六个项氏族人也全部出来了，那个少年还兴奋地跟项伯诉说着刚才在虹桥上看到的奇景，一刻都不停歇……云琅指着近在咫尺的迷宫道："记着，不要踩错地砖，一定要记清楚顺序，孔雀、貔貅、大象、朱鸟这个顺序不能错，一旦踩错，机关就会被发动，万万小心。"

项城的眼珠子红通通的，瞅着云琅道："你先来！"

云琅无所谓地一马当先，踏上了孔雀花纹的砖石，项城的眼睛一眨不眨地盯着云琅的脚。一行八人，提着八盏美丽的宫灯，一个盯一个地快速在甬道里穿行。当云琅再一次看到那些喷火的雕塑的时候，他小心地把自己隐藏在黑暗里，看项城的反应。明晃晃的火焰下，所有的塑像都显得金灿灿的，高大的章台上，六具金人巍然耸立，将高高在上的章台衬托得更加雄伟。云琅发现自己过于小心了，那些项氏族人才出了甬道就疯狂地大喊大叫。云琅摇摇头，重新点亮了宫灯，转身走进了甬道……

戴着猪嘴的云琅出了甬道，就从囚牛的嘴里拔出太宰印信，用最快的速度越过虹桥，来到沙海边。他快速地脱掉了全身的衣衫，一根丝线都不留，找到老虎拖来的袋子，将满满一壶水当头浇了下去，又痛快地抱着另外一个葫芦喝水，直到一滴都喝不下去为止。趴在沙海边上，他只觉得胃里面翻江倒海似的，他用力捶击一下胃部，一股水就喷涌而出……皂角水洗胃这是云琅事先就准备好的，身为一个机械工程师，如何预防汞中毒，对他来说并不陌生。洗胃是一个极度痛苦的过程……云琅整整进行了六遍。铁链子上的火焰已经显得有些暗淡，时间应该过去了很久，而江山社稷图那边的浓雾似乎更加浓了。云琅把自己的东西丢上沙舟，等老虎跳上那艘沙舟，他也跳了上去，就艰难拖拽着青铜链子向沙海驶去。这一次沙海里面没有了吓人的尸骨，只有不断颤动的黄沙轻轻地摩擦着沙舟的底部，发出枯燥的沙沙声……

第一四七章 发狠的云琅

云琅以前在工作的时候，系统地学习过安全防护知识，尤其是因为经常接触汞，他更是把相关知识背得滚瓜烂熟——汞为银白色的液态金属，常温下即可蒸发。汞中毒以慢性为多见，主要发生在生产活动中，长期吸入汞蒸气和汞化合物粉尘所致，以精神–神经异常、齿龈炎、震颤为主要症状。大剂量汞蒸气吸入或汞化合物摄入即发生急性汞中毒。对汞过敏者，即使局部涂抹汞油基质制剂，亦可发生中毒。

当云琅发现自己在不由自主地流口水时，他就知道自己已经中毒了，口腔里满是金属的味道，头晕目眩，且烦躁不堪。如果不是心头还有一丝清明，他真的很想躺下来休息一会，或者呕吐一会。

"回来！"一声歇斯底里的大吼从云琅背后传来，紧接着一道白光向他的后背激射而至。叮的一声，那道白光落在了云琅的背篓上——是一柄一尺余长的短剑。云琅转过头，只见项城站在沙海的另一边，正用力地扯动着青铜锁链。云琅一斧头就斩断了这道细细的锁链，悬在半空中的锁链跌进了沙海里，只有另一头还锁在巨大的青铜鼎上。项城竟然跳进了沙海，抓着锁链一步步地向云琅走了过来，丝毫不管他愈陷愈深的双腿。只要下陷到无法前行的地步，他就拽着锁链拔出身体，继续向云琅逼近。他走得越远，能借到的力量就越少。眼看着云琅乘坐的沙舟依旧在缓缓地向对岸靠近，项城就狼嚎一声，整个身体趴在沙地上，翻滚着追击过来。

小心没大错，这句话是对的——云琅在过沙海的时候依旧在对面拴牢了绳子，跟锁链缠在一起，当锁链断裂之后，云琅还有丝线绳子可以利用。可是沙舟过于沉重，每发一下力，他的脑袋就像是挨了一锤子。为了保持清醒，云琅咬破了舌头，维持着一点清醒，继续向沙海对面挪动。

距离太远了，中毒远比云琅深得多的项城也在坚持，在沙子上翻滚了十几圈之后，他的身体就随着那些滑动的沙子向下沉。"救我！"项城大叫一声。

云琅停下沙舟，抽出短弩对着十步之遥的项城道："你以为我跟你一样傻？"说完就扣动了弩机，三支弩箭激射而出。项城忙乱中伸出手臂挡了一下，两支弩箭正中手臂，却似乎被什么东西给挡住了，松松垮垮地挂在衣服上，只有最后一支弩箭钉在了项城的肩头。

项城顾及了弩箭，就没办法对抗流沙，大半个身子迅速地埋进沙子里。云琅见项城马上就要完蛋了，就重新拖拽着绳子向对岸前进。他现在需要喝大量的水，需要吃大量的胡萝卜，更需要有人来照顾他。

眼看就要到对岸了，老虎突然吼叫了一声，云琅朝后看去，吓了一跳。只见灰头土脸的项城居然用一只手拖拽着沙舟，身体如同一条鱼一般剧烈地在沙子里扭动，像是在跟什么东西作战。"救我！"云琅木然地摇摇头，举起了斧头。"砍我的脑袋，别砍手，给我留一具全尸，我不想与沙鬼为伍。"云琅摇摇头道："那不是沙鬼，是以前死在沙海里的干尸，他们的手钩到你的衣服了。"说完就将斧头转了一个方向，用斧头背重重地砸在项城的手上。项城发出一声凄厉的大叫，已经被砸得稀烂的手却没有松开的意思，依旧抓着沙舟。

云琅用力揉揉昏花的眼睛，对项城道："别挣扎了，我已经在努力帮你留全尸了，再继续砸你，让我觉得自己像是一个畜生！你自己松手啊——你已经中毒了，即便爬过来也活不成了，何必让我为难呢？"

即便在昏暗的环境里，项城的两颗眼珠子也红得像是两块炭火，额头上青筋暴凸，眼角都被瞪大的眼珠子给撕裂了，两缕鲜血蜿蜒流下，攀在沙舟上的手臂似乎变粗了不少。只听项城哀号一声，沙舟的一头猛然下坠，另一头高高翘起，云琅吧唧一声栽倒在沙舟里。而项城却像一只飞鹰从沙子里拔起，裤腿上还带着两具干尸就越过沙舟，重重地摔倒在岸边。

云琅手忙脚乱地拖拽着沙舟靠了岸。老虎跳下沙舟，一个虎扑就扑在项城的身上，巨大的嘴巴狠狠地咬在项城的肩膀上。老虎平日里连牛腿骨都能咔吧一声咬断，人类脆弱的肩胛骨是经不起它啃咬的。老虎甩甩脑袋，项城的身体就被抡了一个大圈子，重重地摔在岸边的石板地上。云琅不断地吸着凉气，就刚才这一下子，项城的骨头最少断了十几根。老虎瞅瞅身体扭曲得不成样的项城，来到云琅身边，用大脑袋蹭着云琅的腰要奖励。

云琅背上背篓，跳下沙舟，路过项城身边的时候停顿了一下，对呕吐着鲜血的项城道："站在我的立场上，我们其实没有冤仇，是不是？"

项城吐着血泡道："项氏一族灭族了。"

云琅摇摇头道："其实是你想多了，我不会去找你们的家眷的麻烦。我听太宰说过，你们家里也没有女人，只有孩子，既然那个叫作项杰的孩子都来了，剩下的孩子可能更小……算了，这世道，谁活着都不容易，能活就活下去吧。好没意思的一场争斗，难为你们竟然斗了百年之久。"云琅说完就把插在墙壁上的一根火把丢进了巨鼎里，顿时，巨鼎里火光熊熊，直冲穹顶。鲸油被彻底熔化，熔化了的鲸油如同瀑布一般从巨鼎的孔洞里流淌出来，油脂流淌到哪里，火焰就追随到哪里。项城在火光中吐出了最后一口气。云琅也重新回到了咸阳城，远处传来山体崩塌的动静，只要烧掉那座平台跟那些栈道，章台就与咸阳城被分成了两个世界。

云琅回到了人间,人间却大雨瓢泼,黑漆漆的夜里看不见半点灯火……云琅赤裸着身体站在瓢泼大雨里,任由雨水冲刷身体,这样做虽然有很大的可能会导致他失温,或者伤风、发烧,但这些小恙跟水银中毒比起来就不算什么了。老虎不愿意淋雨,被云琅逼迫着站在雨地里淋雨的它觉得人类真是愚蠢无知。

在身体失去感觉之前,云琅回到了山顶的小屋,哆嗦着点燃了火塘,坐在火塘边将身体包在一张熊皮里,全身哆嗦得如同一片秋叶……不知什么时候,天亮了,云琅全身上下,没有一个地方是舒服的,他发现自己不但声音嘶哑,而且还发烧,醒过来后,才一炷香的时间,他已经腹泻三次了。唯一让他感到安慰的是,嘴里原本浓重的金属味道没有了。石屋子里有治疗腹泻的草药,云琅却没有动。现在,他需要更快、更彻底地新陈代谢,只要保持身体不要脱水就好。

仅仅一夜的光景,云琅的眼窝子就深深地下陷了。火塘里的火重新燃烧之后,他往黑铁锅里放了一些白米,加了一大把盐巴,倒了很多水,就重新裹着熊皮在火塘边酣睡。老虎吃了一块风干肉,就趴在屋子里守着云琅。石屋子外面风雨大作,大雨没有停歇的迹象。云琅的身体滚烫,汗水布满了全身。当他再一次睁开眼睛时,石屋子里有一股浓郁的白米粥的香味。他丢掉被汗水弄得湿漉漉的熊皮,用勺子挖着锅里的米粥吃,每一口都吃得极为扎实,想要活下去,就必须遭这样的罪。

第一四八章 大病

"啊啾！"云琅重重地打了一个喷嚏，随意地擦拭一下流到嘴唇上的鼻涕，就重新把脸对着太阳，吸收那颗恒星散发出来的热量。

红袖小心地将少爷的双脚放在一个热水盆子里细细地擦拭着，小虫则跟父亲一起将屋子里堆积如山的竹简、木牍往外搬。石屋子外面的空地上已经有一个很大的火堆，无数的竹简已经在火堆里化作了灰烬。"少爷，这些书都要烧掉啊？太可惜了。"小虫舍不得丢掉手里的竹简，毕竟，这些竹简制作得很漂亮。梁翁怒骂道："多什么嘴！少爷要你烧掉就烧掉，以后不许多问！"

"阿娇走了没有？"云琅问红袖。

红袖摇头道："没有。不过啊，她家的水池子快修好了，再过两天就能往里面放水了。""那就是说已经修好了。她为什么还不走？"

"跟孟大、孟二学孵小鸡呢，跟着刘婆学缫丝，还要跟那些仆妇下地，看样子不想走了。少爷，你说她一个贵人学这些手艺做什么？"小虫的嘴巴依旧是那么快。

云琅笑道:"她是在弥补她以前的不足之处呢。这天下,皇帝就该明白如何管理天下的男人,皇后就该明白如何管理天下的妇人。她以前不懂这个道理,现在想要弥补,还不算晚。"

"您不在的这十天,家里来了一个奇怪的人,看样子长得斯斯文文的,就是不能说话,一说话就能笑死个人。"小虫不知道想起了什么,捂着嘴巴咯咯笑了起来。

"那人自称东方朔,今年只有二十四岁,任职公车署,是平原郡人。婢子不喜欢此人,觉得他过于轻佻了。"

云琅瞅着只有十岁的红袖,拍拍她的脑袋道:"你才十岁,知道什么是轻佻?没事干跟小虫多学学,心里有什么事情都藏在心里,十岁的孩子硬是把自己活成了三十岁,你累不累啊?"

红袖在云家久了,也变得活泼了一些,她用湿漉漉的手抓着云琅的袖子道:"红袖也想活得没心没肺的,可是,家里没心没肺的人已经很多了,婢子不得不多长一个心眼。"云琅大笑。小虫知道红袖在说她,却毫不在乎地跟着大笑。只有梁翁一人暗自摇头,这样的傻闺女将来可怎么嫁人哟!

竹简木牍在熊熊烈火中终于化作了灰烬,不过,那上面记载的文字却留在了云琅的脑海中。他准备等合适的时候抢在蔡伦之前把纸制造出来,然后将太宰的记录记载在纸张上。一屋子的竹简,如果抄录在纸上,只有薄薄的一本而已。

云琅的身体很虚弱,非常虚弱,如果不是老虎发现情形不对把小虫拉过来,云琅不一定能熬过这场灾难。小虫来的时候云琅已经没有人形了,因为云琅腹泻的缘故,偌大的石屋子里臭气熏天。即便是被小虫、梁翁、红袖给救过来了,云琅依旧拒绝吃除胡萝卜之外的任何食物。这东西能够有效地清除云琅血液里的汞毒,这一点云琅是清楚的。胡萝卜吃多了全身就会发黄,这是胡萝卜素在作怪,因此,昔日白皙的云琅现在看起来黄黄的、病恹恹的,就比断气好那么一点。他每天都要喝大量的水,好在腹泻的毛病逐渐好了,只是总要小便。这几天,他亲眼看着自己的小便由赤红变成淡黄,再到现在的清澈,非常欢喜,这说明身体里的毒素已经清理得差不多了。不过,汞中毒是个很危险的事情,目前虽说没事了,将来很难说,最麻烦的是,汞中毒对后代的影响很大,云琅答应过太宰,要生一群孩子的。

云琅强迫自己继续吃胡萝卜,这东西吃一点味道很好,吃多了,那滋味真是难以形容。不过,他还是用最优雅的姿态吃着胡萝卜。这让小虫觉得胡萝卜可能非常非常好吃,她不由自主地拿了一根带着绿缨子的胡萝卜也跟着吃。她就是一个嘴馋的,当云家栽种的胡萝卜能吃的时候,第一个下手的人不是云琅,而是小虫。这孩子对于食物有着非同一般的狂热,只要是吃的,她无所顾忌。云琅吃胡萝卜一般连缨子一起吃,小虫就不一样了,她只吃胡萝卜,才过了两天,她的皮肤就变得跟云琅的一样黄。

不吃胡萝卜的时候,云琅就会躺在躺椅上,瞅着远处的始皇陵发呆。这是太宰以前的习惯,现在,变成云琅的习惯了。如果这座陵墓里没有太宰,云琅会很快就忘记它。只是,现在不同了,太宰住在里面,这就变成了云琅需要照顾的坟墓,至少,每年清明的时候,云琅需要去祭拜一下。说来难以理解,很多人的根其实就是一座座的坟茔,而不是坟茔所在的土地。因人而恋土,因人而无法忍受失去那片土地,每个人心中最美的往往都是回忆,随着年岁渐长,这种思念就会变得越发强烈,最后会变成无法更改的执念。

放火烧断那座地下咸阳城与章台的联系,封闭始皇陵的工作就完成了一半。与项羽不同,云琅并不觉得将无数的宝藏埋在地下有什么不妥的,既然这些财富不能富裕现在的人,就放到后世富裕更多的人吧。至于里面的十二个金人,就更是一个大笑话了,金人铸造起来容易,想要彻底地粉碎一个个巨大的金人,却是千难万难。那就一并埋在坟墓里好了。云琅以后还打算在这座巨大的封土堆上种植多多的荆棘,让那些没事干就想找个高处发一下思古之幽情的骚客望荆棘而止步。太宰他们用了百年的时间才将始皇陵外面的平台恢复成一座大土丘，用了十余年的时间移走了陵墓外面的镇墓兽，毁掉了巨大的甬道，并且将道路翻耕成了荒原。这是一个很好的掩饰的法子，云琅还需要继续下去，现在瞒不了人，时间会帮忙的，他终究会把人们脑海中关于始皇陵的记忆一点点地抹掉。云琅很想让人们记住始皇帝的功勋，更希望人们忘记他的坟茔所在地。记住始皇帝的功勋，后面的皇帝至少就会明白，建立一个大一统的国家没有错误，永远正确。忘记始皇陵本身，是一个遏制贪欲的过程，无论如何，财富是制造出来的，不是从祖宗的坟墓里挖出来的。

长安的秋日雨水很多，这是在还夏收时干旱的账。长安最动人也是绵绵的秋雨，雨滴不大，更多的时候更像是水雾，打在脸上湿漉漉的。

云琅如今瘦弱得厉害，前些时间才笑话过竹竿一样的曹襄，现在的他比起那时候的曹襄更是不堪。腹泻一般都会与疫症联系起来，在大汉，一旦腹泻不止，病患就会在家门口挂一条麻布，告诫访客不可进来。小虫、红袖跟梁翁这三个照顾云琅的人自然也是不适宜与外人接触的。云琅的石屋子自然也是如此，霍去病他们来看云琅的时候，也不能来大石头后面。不过，他们有的是办法表达自己的心意。老虎这时候就成了云琅与外面交流的使者。每天老虎回来睡觉的时候，它的背上就会有非常多的好东西——

无数的补药，这自然是曹襄送来的，这东西他家有好多。

上好的咸鱼，这自然是霍去病的礼物，咸鱼能够辟邪，也不知道他是从哪里听来的，估计是被卖咸鱼的给骗了。

李敢的礼物就让人欢喜了——一个雕刻得纤毫毕现的美女竹夫人，也不知道他是什么心思。

阿娇的礼物最好，她执着地认为，有些人之所以能够长寿，就是因为家里的金子多，一个人只要多看看金子，即便有什么毛病，也会很快痊愈。

至于张汤的礼物……就不好说了，只有一张绢帛，绢帛里包着半枚玉佩——他的礼物，就是云琅可以在某个时候向他提一个不太重要的要求！张汤的承诺，云琅不知道能不能信，但他还是小心地收起来了，毕竟，让张汤给出一个确实的承诺，实在是太困难了。

第一四九章 东方朔

在大汉国，感冒发烧也是时疫的一种，持续不停的腹泻更是时疫。一般来说，一个人要是得了一种时疫，就会大病一场，如果得了两种时疫，基本上就没救了。当云琅泡在温泉里面吃着猪蹄子的时候，霍去病就认为云琅确实已经痊愈了，瞅着云琅瘦骨嶙峋的肋骨难过地道："以后要小心啊，疾病这东西来了，你只能受着。我母亲为了让我远离疾病，就特意给我取了'去病'二字当名字。"

云琅吐掉嘴里的猪骨头笑道："再来一筐猪蹄子，我就马上会复原，依旧能跟你在场子上大战三百回合。"

曹襄在一边大笑道："终于有一个比我瘦的了，哈哈哈，你的样子总让我想起竹竿！"

云琅找了一面铜镜，仔细地翻着眼睛看眼仁。霍去病说他眼白上的红线已经消失了，云琅很想确定一下，汞中毒绝对不是一件闹着玩的事情。

"尖嘴猴腮的有什么好照的？你知不知道，陛下已经准许雁门关守将诺侯彭祀扩建雁门关了，也就是说，在今后很长的一段时间里，雁门一线主守。陛下又在并州设置了朔方郡，治下一万四千户，这可是前所未有的举措，我大汉的边疆向北部拓展了四百里。那里是古楼烦人的地盘，出了黄土塬，就面对匈奴左谷蠡王的领地，看来陛下认为年初对左谷蠡王的打击不够，想要更进一步。"霍去病很不满意云琅女性化的动作，一个大男人整天拿着一面铜镜算怎么回事？他特意将话题转往雄风赫赫的一面。

曹襄冷笑道："关我们屁事！"

李敢不满地瞅着曹襄道："关我父亲的事啊！"

曹襄撇着嘴道："就算关你父亲的事，你父亲旗开得胜了，最后便宜的还是你大哥。我可是听说了，你父亲的爵位没你的份，你想要出头，兄弟们就得齐心协力地自己上战场。你知道不？我最不舒服的就是平白得了一个平阳侯的爵位，我说什么话，人家都要先去问我母亲能不能听！"

霍去病怒骂道："让你不要跟那个叫作东方朔的家伙胡混，你就是不听！现在看看，你说的话跟那个家伙说的有什么不同？"

云琅对东方朔还是很有兴趣的，闻言连忙道："那家伙说什么了？"

李敢大笑道："这是一个很有意思的人。陛下当年征召天下有才之士，让他们上表叙述自己的长处，这家伙用了三千多片竹简来叙述自己的优点，陛下看了整整两个月才看完，估计是看在他写了这么多字的分上，就让他待诏公车署，结果，一等就是八年！六天前，他来给阿娇送车马，我们听他谈吐有趣，就邀请他喝酒。这家伙喝高了，就站在你家的厅堂里扺着腰咆哮，说什么他少年时就失去了父母，依靠兄嫂的抚养长大成人；十三岁才读书，但是勤学苦练，三个冬天读的文史书籍已够用了，十五岁学击剑，十六岁学《诗》《书》，读了二十二万字，十九岁学《孙子兵法》和战阵的摆布，懂得各种兵器的用法以及作战时士兵进退的钲鼓鼓点，还说他钦佩子路的豪言，发誓从之，如今他已三十岁，身高九尺三寸，双目炯炯有神，像明亮的珠子，牙齿洁白整齐得像编排的贝壳,勇敢像孟贲,敏捷像庆忌,廉俭像鲍叔,信义像尾生。他这样的人,足以成为陛下的大臣了,为什么只能委屈地待在公车署里混日子?"

听了李敢复述的东方朔说的话,云琅忍不住计算自己到底读了多少书。计算过后,他觉得,按照东方朔的说法,他可以兼任大汉、匈奴乃至罗马帝国的宰相。就读过的书的数量而论,现在这个世界上应该没有比自己更加博学的人了。耳边听着霍去病、曹襄、李敢三人嬉闹,云琅忍不住叹了口气。这个时代的人对学问的渴望几乎没有边际,而能找到的可以读的书却少得可怜。所谓汗牛充栋,已经是对书籍数量的极大想象了,对于云琅来说,那不过是一本《三国演义》的容量而已。霍去病他们嘲笑的只是东方朔的口气,却没有嘲笑人家的学问,他的阅读量,已经远远超越了这个时代的普通读书人。"不如我们再约一次东方朔。听你们一说,我对这个人也非常感兴趣。"云琅见霍去病再一次把目光落在自己的镜子上,就把铜镜丢上岸,正色道。

曹襄笑道:"这人虽然官职低微,却不是谁都能请来的。我们几个那天是碰巧了,人家也刚好想要喝酒,否则,那家伙基本上不会理睬我们的。"

云琅眼珠子一转,大笑道:"我写一封信函,让人转交给东方朔,他一定会来的,说不定会快马而来。"

曹襄笑着摇头道:"这不可能。我母亲生辰之时专门给他下了请柬,结果,我母亲过寿的那一日,他的礼物到了,人却没来,理由是,我母亲光华璀璨,乃是仙君下凡,他不过是仙家小吏,见了我母亲之后就会烟消云散,所以不敢来。这理由虽然扯淡,可是我母亲大笑着说此人滑稽,就再也不谈此事了。"

云琅不由得笑了,长平小心眼的毛病无论如何是改不掉的,她对东方朔的评价是滑稽,结果,人家东方朔就上了司马迁所书的《滑稽列传》,真正是害人不浅。"接到我的信笺,东方朔一定会来的,没跟你们开玩笑。"云琅说着站起来,裹上一条麻布单子就出了水渠,想法有了就必须尽快落实。其余三人见云琅有了兴致,也就没了泡澡的兴趣,齐齐地裹上麻布单子就去看云琅到底要怎样把东方朔"骗"过来。

云家女人太多,阴气太重,所以,四个半身赤裸的少年出现在院子里,院子里顿时就变得非常热闹。就连阿娇也被惊动了,见四个少年被一群妇人围在中间,她顿时就笑得趴在栏杆上快上不来气了。妇人们早就听说家主生了一场大病,眼看他光着身子到处乱跑,这还了得,转身就抱着自家的毯子要给家主捂上。云琅无奈地披着两张毯子回到了自己的屋子,转眼间霍去病三人也披着毯子走了进来。曹襄笑道:"我还以为……"霍去病一脚踢在曹襄的小腿上道:"不许说!好好的事情到了你嘴里,就听不成了!"

这里是云家最小的一座楼,这还是阿娇听说云琅生了一场大病才格外开恩,赏赐下来的,要不然,他们四个依旧只能住在帐篷里。云琅准备好笔墨竹简,提笔在竹简上写道:"闻君博览全书,有'全君子'之称,也不知是真是假。在下新得一样宝物,能近金铁而远竹石,最妙者,有指南之效,却不类似司南,一旦制成,大军长途奔袭,艨艟远渡大洋,将无误期之忧。既然君自称世间万物无不通晓,可来一观,君之谏言若有益于此物之万一,也将福泽后世。"云琅在竹简上写完,连同自己的红漆拜帖一起装进一个皮桶子,转手就递给曹襄。

第一五〇章 喜欢离婚的东方朔

曹襄家仆拿着云琅的信笺来到东方朔在长安西市边上的家里，还没有进门，就被一件从屋子里丢出来的妇人的红肚兜当头罩住。他取下来一看，愤愤地丢在地上，连声大叫"晦气"。

一个长着三绺长须的汉子从破旧的大门里探出头，见曹襄家仆捧着一个皮桶子，立刻欢喜地大叫道："救命的人来了！"说罢，不等曹襄家仆说话，就取过皮桶子笑道，"这是给某家的？"家仆刚刚点头，那个汉子就很无礼地打开了皮桶子，里面的竹制拜帖跟一小卷竹简掉了出来。他并不理会这些，而是继续抖动皮桶子，见里面再无东西落下，就极其失望地对家仆道："你家主人邀请我去宴饮，怎么没有车马之资？"

曹襄家仆还是第一次遇见这种索要车马之资的，不由得愣住了。好在他也算是有些见识的人，就施礼道："马车已经准备妥当，只要郎君愿意，现在就可启程。"

汉子摇摇头道："没有铜，我却出不得家门。"

说着话就俯身拾起地上的大红肚兜揣怀里道："不知高门在何处？"

"长门宫……"

"哎呀，如何能让贵人相候？这就走！车马何在？"

"边上的云氏庄子！"

"你这童仆好无道理，话就不能一气儿说出来吗？既然是云氏，且容某家安顿好家事再说。"汉子说完就匆匆进了家门，留下家仆在外面目瞪口呆。

院子里有女子发出的高亢的咆哮之声，家仆缩缩脑袋，小心地站在门外的大槐树下，他可不想再被什么东西砸到脑袋了。东方朔家的院子不算好，紧挨着嘈杂西市的院子不是贵人们的首选。一人高的围墙上满是青苔，即便是那扇黑色的大门，也裂开了七八道口子，最大的一条口子手掌都能塞进去。曹襄家仆站立的位置刚刚好，正好能看见东方朔抱着一个出水的鱼一样不断弹跳的女子……估计在想办法让那个女子安静下来。曹襄家仆之所以有耐心继续等下去，最大的原因就是那个女子上身是赤裸的……一炷香的时间过后，院子里的吵闹声渐渐地低下去了，家仆听得很清楚，东方朔说了一句，"好吧，我现在就去帮你弄钱"，然后，院子里就安静下来了。

估计东方朔就要出来了，家仆就正正帽子，脸上带着和煦的微笑，拱手侍立在门前。果然，等了片刻，院子门就再一次被打开了，东方朔多少有些狼狈，脖子上还有几道红色的抓痕。见曹襄家仆依旧等在门口，东方朔就大笑道："家里的葫芦架倒了。"曹襄家仆邀请东方朔上马车，含笑道："女人在家，家里就不该种葫芦！"东方朔再次大笑，拍拍家仆的肩膀就上了马车。

长安的秋老虎很厉害，更何况现在仅仅是初秋，大雨带来的凉爽天气不过维持了两天，天气就变得越发闷热。阿娇家的水池子已经修建好了，昨日还满坑满谷的工匠，天亮之后就一个都看不见了，只给阿娇留下了一个整饬一新的长门宫，就连往日已经有些褪色的门廊，也被重新添加了彩绘。水池里碧波盈盈，旁边两个小水塘里的荷花开得正艳，微风一吹就掀起了两块绿波。

"这些荷花连同底下的莲藕是从哪里弄来的?"云琅看到那些荷花非常吃惊。

"不知道!"曹襄无所谓道,"反正只要陛下发话,这都是小事情。"

云琅抬头瞅瞅高大的水车,叹息一声道:"比我家的好太多了。"

李敢笑道:"你家的水车就是一圈大勺子在舀水,这里的水车可是真正的水车。你看看,水流冲下来的时候几乎半点不洒地流进了水槽里。"

霍去病抚摸着光滑的白色石板,感叹道:"不说别的,仅仅是打磨这些石头,就不是我们能做到的。"

云琅蹲在水池边撩一把清水,池水温温的,并不冷。水车往池子里倾注冰冷的泉水,另一条水槽里却流淌着热气蒸腾的温泉,冷热两股水流在一个小池子里汇合之后,再流淌进大水池,这样就能让这个巨大的水池里的水始终温温的。池子边的柳树是光秃秃的,只有几根枝杈。这是没办法的事情,大树如果不剪枝就栽不活,如果种小树,估计阿娇是不愿意等小树长成大树的。其实水池周边最碍眼的不是这些光秃秃的柳树,而是高大的围墙。看样子,刘彻知道阿娇想干什么,他可不愿意阿娇春光外泄。

"池子太深了!"大长秋阴沉沉地对云琅道,目光中基本没有善意。

早就有准备的云琅拿出了十几个羊皮囊,让人吹足了气之后,就丢进水池子里,对大长秋道:"水池子浅了怎么游水啊?刚开始就用这东西帮着漂浮就好。"

大长秋瞅了瞅那些被云琅扎成鸭子或者老虎形状的羊皮囊,点点头算是认可。马上,他就让长门宫里的宦官把池子里的羊皮囊捞出来,要求他们给羊皮囊上漆……

"我们能进去吗?"曹襄很没底气地问大长秋。

大长秋老气横秋道:"怎么长的心思?要阿娇嬉戏你们的洗澡水吗?"

李敢很没脑子地说道:"我们嬉戏阿娇的洗澡水也没问题啊!"

大长秋手里的拂尘一下子就抽在李敢的背上,李敢醒悟过来,转身就跑,却被大长秋乘机又抽了好几下。云琅看着都替李敢感到疼,大长秋的拂尘抽得又狠又重,马尾拂尘的梢子都带着破风之音了。"滚!都给老夫滚蛋!阿娇要下水了!"也不知道阿娇是怎么个下水法,反正云琅没有胆子把后世的女式游泳衣给贡献出来。

被撵出长门宫后,霍去病对那个水池子依旧念念不忘,对云琅道:"你家也挖一个吧。"可能想到云琅是穷鬼,又道,"不要弄得那么奢华,一个大水坑就足够了。"

云琅笑道:"等秋收之后再说。我准备把山里的那个温泉池子扩一下,就是一个现成的水池子,也多了一些野趣,那里有流水有瀑布,比阿娇的那个池子好多了。"

曹襄不知道在想什么,过了片刻道:"你说,我拿蓝田的地跟陛下换骊山的荒地,陛下会不会答应?"

李敢连忙道:"你要是真的想去办这事,不妨连我的事情一块办了。我家里给我的地在眉县啊,如果能换到骊山那就太好了。"

曹襄看看霍去病道:"你在阳陵邑有一个庄子,舍不舍得换过来?"

霍去病笑道:"不划算,我还是用军功来跟陛下换比较好,那时候还能挑拣,你们要是现在换地,说不准陛下会给你分到哪里去。如果不能跟云家庄子、长门宫挨着,还不如不换。"

几个人正在谈论换地划算不划算的事情,就远远地看见曹襄家仆从大路上狂奔而至。听了仆人的诉说,云琅诧异地问曹襄:"此人好色如命?"曹襄咧嘴笑道:"反正他每年换一个老婆在长安是出了名的。他的俸禄其实不少,参加各种宴饮得到的赏赐更多,就是因为这个毛病,他现在依旧是一个穷鬼。"

"换老婆?你确定?"

"当然确定啊。人家看中一个女子就娶过门,不管这个女子是什么身份,一年之后，他就会说爱意全无，打发这个女子离开，一般情况下，他家的家财全部归那个女子，他自己净身出户。所以啊，长安但凡长得漂亮的女子，都期望嫁给他呢！"曹襄满脸的钦佩之色，似乎对东方朔的生活极为向往。

第一五一章 不畏人言东方朔

愚笨的人总是希望靠近智者，这样的情形在后世那个信息大爆炸的时代里表现得不是很明显，毕竟，大家都是受过教育的人，多少还知道矜持一些。至于大汉……会写名字的人在乡下都能鼻孔朝天，更不要说东方朔这种被皇帝承认是知识渊博的人了。小虫、红袖她们之所以喜欢靠近云琅，不是因为云琅是她们的主人，更不是因为云琅长得比较好看，最大的原因就是每天跟云琅说话，她们总能听到一些不一样的东西，不论是玩笑，还是学问，哪怕是胡说八道。农夫们面朝黄土背朝天地劳作一天，吃一顿饱饭，然后就呼呼大睡，如果还有多余的精力跟兴致，或许还会干点别的，然后一天就算是过去了。小虫、红袖这些基本生存需要已经得到满足的人，精神生活对她们来说就显得极为珍贵了。云琅没事干时说的那些故事，即便是曹襄、霍去病跟李敢都听得津津有味，遑论其他人了。世界对云琅来说是一个大球，对霍去病他们来说却是一大块平地。张骞离开大汉，去了遥远的大月氏，这对所有的大汉人来说，已经去了世界的尽头，对云琅来说……那家伙就去了一趟乌兹别克斯坦。

站在历史的高度看，所有人都是渺小的，哪怕是以智慧闻名于世的东方朔。

"给我五万钱，否则我一句话都不说！"东方朔在傍晚的时候终于来到了云家，他赶路的速度很快，只要看看拉车的两匹汗津津的马就知道他是如何赶路的了。早就听仆人说过事情经过的云琅四人，一起捧腹大笑起来，笑得非常放肆。东方朔揉揉酸麻的腰肢跟着笑道："妇人家要安身立命，总是需要一些钱财的。人家嫁给我就等着这一天呢，不给足了银钱岂不是显得东方朔无义？"

李敢大笑道："她就不担心你丢脸？"

东方朔直起腰板大笑道："你们邀请我过来陪你们闲谈，在这个过程中，我总要说一些你们不知道的事情，好供你们出去跟人宴饮的时候高谈阔论。既然我有益于你们，收点银钱岂不是理所当然？然后再用你们的钱去补贴一下贫穷的红粉佳人，让佳人过得更好，不必胼手胝足地劳作，就能衣食无忧。如此一来，红粉佳人依旧是红粉佳人，美丽的容颜可以维持得更久。能让世间少一个面目可憎之人，多一张娇艳的面孔，区区五万钱算得什么？快快拿来！"李敢的笑容僵住了，他忽然觉得东方朔说得好有道理……

曹襄笑道："钱财小事……"

"胡说，钱财才是大事！就因为有了钱财，陛下才能东征西讨，为我大汉国的子民打下一片平安的国土。就因为有了钱财，大汉国才能修筑城池，将士们才会有衣食，丈夫才能给妻子买绸缎，才能给儿子买麦芽糖，才能给老父买酒浆……"

霍去病点点头道："这些话说得在理啊，有了钱财你才能不断地更换老婆，不管怎么说，你说得都很有道理，我们今天就为你这个道理好好喝上一顿！"

两个金饼子拿过来之后，东方朔立刻就笑得看不清眉眼了，转手将金饼子给了曹襄家仆，道："拿给平姬，告诉她，家里的东西喜欢什么就拿什么，搬空都无所谓，只要给我留下两张毯子一个枕头就好。"家仆笑嘻嘻地骑上马走了，这家伙今天看见了平姬雪白的身子，很有些心动。办完紧急的事情，东方朔就大笑着道："主人家快快开宴！今日家中没有饭食，某家已是饥肠雷鸣了！"

云琅皱着眉头，从头到尾都没听见东方朔提起指南针的事情，这让他有些郁闷。曹襄见云琅的脸色不好看，就低声笑道："他今日焦头烂额的，恐怕没机会看你的书信，估计这一次来，就是奔着钱财来的。不管怎么说，今天你都赢了，毕竟，能让东方朔不辞劳苦地奔赴宴会，也就这一次了。"

阿娇走了之后，云家重新变得宽敞起来了。阿娇人走了，被那些宫女装饰的房子可没走，就连新换的帷幕、窗纱、案几、锦榻、宫灯、香炉、金击子、金钟、十余种漆器、架格上的小摆设、两张巨大的漆器屏风，也全部留了下来。因此，东方朔进了云家的大厅，就啧啧赞叹不绝。很明显，东方朔就没有把自己当成外人，进得门来，径直坐在客位上，拿起一根肥硕的肘子，朝其余四人弯弯腰，就开始死命地撕扯。

老虎抽着鼻子走到东方朔的身边，看着这家伙在吃自己的饭食，就打了一个响鼻。东方朔诧异地瞅瞅老虎，再看看装肉的大盘子——他刚才也觉得那块肉似乎没有煮熟，咬一口上面还有血水渗出来——不由得叹息一声道："看来我吃错了？"

霍去病把一盘鱼推过来道："你该吃这个。云家的老虎不是宠物，是主人，所以每次宴会都有它的一席之地。你坐的位置恰好是老虎最喜欢的位置，而且，你还坐在它的毯子上了，不知为何，它居然没有发怒。"

东方朔把咬了一口的猪肘子还给老虎，老虎却闻都不闻，蹲坐在东方朔的身边，伸着舌头散热。东方朔苦笑一声道："看来我已经把主人给得罪了。"

坐在一只陌生的老虎嘴巴底下吃饭，一般人都没有这个胆量，东方朔自然也没有。他趁着老虎现在看起来还算是和蔼，迅速地来到了他该坐的位置上，举起一杯酒朝老虎示意一下，然后就一饮而尽，大呼好酒！

曹襄端起酒杯走到东方朔面前道："你是第二个初次见到老虎就与老虎相亲而不畏惧的人，是真猛士，请满饮此杯！"东方朔来者不拒，一口喝干了美酒，然后拱手道："且容某家填饱肚子。美食当前，容不得片刻迁延。"

云琅见东方朔呼吸之间把一钵子胙肉吃得一干二净，就把一盘子胡萝卜推过去道："胙肉太过油腻，吃些西域特产，解解油腻。"

东方朔遗憾地看着空空的胙肉盘子道："主人家何其不公也！虎君尚有肥美肉食，焉何待东方朔如此严苛？"云琅拍拍手，噘着嘴巴的小虫就匆匆跑出去，不大会儿工夫就给东方朔端来了足足有五斤重的卤肉。东方朔鼓掌大笑道："早就听说云氏卤肉美味，此次定要大快朵颐，诸君莫要拦我……"

云琅咬一口胡萝卜道："此物可比肉金贵得多了。"

嘴里咬着肉的东方朔道："某家宁愿吃肉！少年时随兄嫂过活，日子过得艰苦，每每有肉食，都是先紧着我兄长吃。毕竟，只有兄长吃饱了，他才能有力气养活我们。因此，某家少年时就发誓，愿意此生吃肉到老死！"

云琅端起酒杯叹息道："先生随意！"

"肉食者鄙"这四个字很多人都知道，这四个字出自《左传》，书里面将"肉食者"引申了一下，指的是当权者，书中认为食肉者大多目光短浅，没有长远打算。吃肉算得上是人的一种本能，相较于粮食，肉食能为人的生存提供更多的热量。爱吃肉，也是一种珍爱生命的本能，其实没有什么错。能与东方朔比赛吃肉的，只有老虎。当老虎从嘴里吐掉最后一根猪骨头的时候，东方朔恰好也吃完了盘子里的最后一块肉。

吃肉跟喝酒是最配的。很显然，东方朔是知道这个道理的，所以，他抛弃了酒杯，开始用大碗来喝酒。一坛子酒下肚之后，他就扯开胸襟，露出白皙的胸膛，大笑道："今日吃肉吃得痛快，喝酒也喝得痛快。既然主人家不满某家先前在云氏的话语，现在就能敞开来说了，听某家一一辩来！"

第一五二章 英雄易老 红颜难久

霍去病拍拍脑袋道："没人准备跟你辩论。听我们说你是一个有智慧的人，云琅就想见见你。他正在弄一个叫作指南针的东西，想让你也看看，最后确定一下这东西的可靠性。毕竟，这东西是给大军指明方向用的，有了偏差就很危险，找一些智慧超绝之人一起来参研一下，最后为这个东西做一个判定。"东方朔困惑地看着云琅、霍去病、曹襄以及李敢。曹襄接着道："你没看云琅的拜帖吧？人家拜帖上面写得很清楚。"

东方朔面红耳赤地从怀里取出那枚竹片拜帖，惭愧地拱手道："信笺被平姬丢进火塘里去了，东方朔惭愧！"

云琅笑着接过东方朔手里的拜帖道："小事尔，不足挂齿。指南针多有借助先生之处，还请先生莫要推诿。"

东方朔直起身，见对面的四人全都笑吟吟的，似乎没有嘲笑他的意思，忍不住叹口气道："东方朔参与的宴饮多矣，人人以为某家乃是弄臣，今日上门听诸位语气不善，又以老虎为引子羞辱某家，还以为……"

云琅笑着摆手道："先生一代奇人，所行所为更是天性烂漫，我等哪里会有嘲弄之心？而老虎确实是云氏家人，云某以兄长视之。先生乃是兄嫂抚养长大，云某落难之时，却是蒙老虎日日衔食，方能活到今日。"

东方朔慨然起身，面对老虎重重一揖："不知虎兄高义，东方朔知罪了。"

霍去病大笑道："现在好了，既然解开了误会，我们正好纵论天下大事。"

云琅的身体依旧虚弱，只能靠在锦榻上听东方朔侃侃而谈。这是一个很喜欢说话的男子，他尤其喜欢用诙谐的语言来说一件庄严的事情，这样的谈话方式非常轻松，有助于人与人之间的沟通。

很多时候，谈话时应该是有限制的，畅所欲言永远都只是一种最理想的生活状态。这个世界是由人构成的，每一个人的想法不尽相同，想要满足所有人，你的谈话就只能剩下天气很好一类的废话。

用简单的故事来阐述一个伟大的道理，大名鼎鼎的庄子在这方面做得非常成功。云琅尤其喜欢他的《逍遥游》："……怒而飞，其翼若垂天之云。是鸟也，海运则将徙于南冥。南冥者，天池也。《齐谐》者，志怪者也。《谐》之言曰：'鹏之徙于南冥也，水击三千里，抟扶摇而上者九万里，去以六月息者也。'野马也，尘埃也，生物之以息相吹也。天之苍苍，其正色邪？"那是一种何等的自由啊！巨鲸在大海上掀波鼓浪，大鹏在天空中振翅就是三千里，生物以气息相吹，蕴满了生气……然而，纵横万里终究还是要落地，落在了地上，就只能服从自然法则，想要突破，不是鱼死就是网破。

"伊尹之于商汤，吕望之于周文王，他们心合意同，计无不从，谋无不成。君臣深念远虑，引义以正其身，推恩以广其下，本仁祖义，褒有德，禄贤能，帝业由是而昌。上不变天性，下不夺人伦，则天地和洽，远方怀之，故号圣王。于是，伊尹、吕望裂地定封，爵为公侯，传国子孙，名显后世，民到于今称之，以遇汤与文王也。与太公、伊尹相比，关龙逢、比干的遭遇就太差了……"东方朔的语气从平缓逐渐变得激昂，声音也变得越发尖厉，八年来不受重用的怨气，似乎想在一瞬间全部爆发出来。曹襄、霍去病、李敢三人听得面红耳赤，随着东方朔的激昂而激昂，随着东方朔的低沉而悲伤。云琅暗暗叹口气，双臂撑起身体，走出了屋子。东方朔实在是太倒霉了，就他今天的这番话，估计他还要在公车署继续当三年小吏。

阿娇男子一般背着手站在门外，静静地听着东方朔慷慨激昂的言辞，眉头深锁，看得出来，她在努力地压制着自己的怒火。见云琅出来了，阿娇低声问道："这个狂士到底是谁？"

云琅笑道："您不知道？"阿娇困惑地摇摇头。云琅笑道："这太好了，一个醉汉的胡言乱语，您莫放在心上。"

阿娇冷笑道："我不会传闲话，我只想问问，阿彘真的连桀、纣这两个昏君都不如吗？"

云琅摇头道："陛下自然不是桀、纣，此人也非伊尹、吕望，想为国分忧，想得有些魔怔了，您何必在意呢？"

"我不会在意，只是这样的狂士想要入朝为官，还需多多磨砺一些时日。"

"这对他太残酷了。他自负饱学之士，满怀襟抱却不能大开，说到底，他今日对陛下的怨愤，一旦受到陛下重用，必会化作满腔的爱意。"

阿娇看了云琅一眼道："你是一个不错的说客，我的怒火已经消得差不多了。你且跟我来！"云琅不知道阿娇想要干什么，就跟在她身后来到了云家跟长门宫交界的地方。阿娇停下脚步，随侍的宦官立刻就抬来了锦榻。阿娇坐在锦榻上，指着长门宫以西的大片土地道："明年这里也要耕种，你家种植什么，这里就种植什么。所以，夏收的时候，你家收获了多少，这里也要收获多少，能不能做到？"

云琅迟疑了一下道："这里的土地更加平整，也更加肥沃，只要按照云氏种植的方式，达到这个目标不难。"

阿娇点点头道："很好。你家里养了很多的鸡鸭鹅，孟大、孟二说再有两个月工夫，你家就能收获很多蛋，是吗？"

云琅点点头道："家里鸡鸭鹅的数量已经超过了万只，马上就要全部长成，入冬之前，虽然不是鸡鸭鹅产蛋的好时候，估计每日收千余枚蛋，还是不难做到的。"

"那好，给你半年时间，长门宫里也要有上万只鸡鸭鹅。孟大、孟二说了，你家现在孵小鸡已经完全用不着母鸡、母鸭、母鹅了，只要把蛋放进暖室，就有源源不断的小鸡、小鸭、小鹅出来，是也不是？"

云琅苦笑道："小鸡有可能，小鸭现在只有十余只，想要孵化，也需要有鸭蛋才成啊。"

"好，鸭子不计，以后再说，鸡鹅应该不缺吧？"

"这个只能勉强达到。"

阿娇站起身，瞅着云家的松林道："蚕！"

云琅连忙拱手道："这个不可能，长门宫里没桑树，也没有足够多的仆妇。"

阿娇笑道："桑树会有的……"

云琅瞅着不远处那两个开满了荷花的池塘，觉得阿娇似乎可以平白弄出一片桑田来。他再次拱手道："农桑须知天时、顺天理，不能拔苗助长，违背天理一定会失败的。"

阿娇叹口气道："等不及啊……"

云琅回头看看自家的高楼，再看看阿娇，家里已经有一个感慨时不我待的人了，这里又多了一位不愿意蹉跎岁月的家伙，云琅突然觉得很难办。

阿娇瞅着自家的平原，喟叹一声道："我要趁着容颜还没有老去，尽快帮阿彘一些。如果拖得久了，阿彘就不愿意再来看我了，那时候，不论我做了什么，他都不会在意的。"

云琅皱眉道："那就只有依靠大量投入来产生规模效应了。不过，这很难，需要很多的钱，非常多的钱，也需要很多的人力，非常多的人力。"

阿娇笑道："我不修造坟墓了，把那里的钱粮、工匠、仆役全部调过来，应该能满足吧。"

第一五三章 急功近利

云琅其实非常疑惑。他以前从卓姬、平叟的身上就感受了一种急功近利的心态，当时还以为这是商人的本性。后来接触的人多了，他发现，急功近利似乎是大汉国人的一种普遍状态。不论是皇帝刘彻，还是今日见到的东方朔，以及突然提出农业大计划的阿娇，无不将急功近利的心态表现得淋漓尽致。在击败匈奴方面，刘彻太急躁了。如果他肯静下心来，用两代人去完成这个伟大的使命，大汉国不至于到后期国力匮乏，民无再战之心。如果东方朔懂得在合适的时候闭上嘴，他应该已经站在朝堂上跟皇帝一起纵论天下了，而不是在这里对着三个毛头小子畅谈自己的《非有先生论》。阿娇如果不是过于想要独占皇帝，她也不可能沦落到现在的境地。据云琅所知，只有一些小国家才会事事紧迫，恨不能在一日之内完成所有的事情，最好连子孙后代的事情一起处理完。后来的日本就是这样的一个国家。现在的大汉国，与明治维新之后的日本何其相似。人力总有穷蹙的时候，拔苗助长对生物没有任何的好处。

云琅写的剧本总是不按照常理发展。他想给阿娇修建一个漂亮的温泉池子，吸引刘彻过来，最后通过长门宫固宠达到稳固云氏庄子的目的。结果，阿娇现在要种地了，她居然想要用内在美再一次赢得刘彻的爱情。云琅以为东方朔是一个对获得智慧充满热情的人，所以才想用指南针来吸引他。结果不太好，东方朔现在不认为自己的智慧不够，而是认为智慧太多，并且把自己所有的不幸都归结于智慧太多。云琅只想安全地把太宰这个最后的秦人送进秦国的土地，结果也不好，太宰确实在秦国的土地上安息了，他却差一点死在那里。所有的事情都出了偏差，付出的跟得到的完全不是一回事，这让云琅非常绝望。好在，他的身体正在慢慢康复，他家的庄子也正在欣欣向荣地发展着，除了那些黑暗的、见不得人的事情，云琅的生活在外人看起来堪称完美。

有东方朔在，酒宴就会变得非常热闹，甚至说非常狂放。也不知道从什么时候开始，那几个人开始用酒坛子喝酒，而不是用酒杯或者酒碗。老虎跟跟跄跄地走到云琅身边，吧唧趴在他的脚背上，一颗大脑袋鼓槌一样砸在地面上。应该是喝醉了。

"平生于国兮，长于原野。言语讷谲兮，又无彊辅。浅智褊能兮，闻见又寡。数言便事兮，见怨门下……哈哈哈哈，我们继续喝，东海枯竭方见雌雄……"东方朔举着酒坛子邀饮，其余三人轰然应诺。

云琅摊开腿坐在地板上，老虎就趴在他的腿上，他够不到酒杯，只好从案子上取过一碟子新煮的毛豆，一颗一颗吃着，品味狂放的环境中仅有的一点苦涩。

骊山的清晨最让人心旷神怡，蒙蒙的水汽笼罩着大地，吸一口沁心润肺。不用洗脸，晨雾从脸上划过，一张脸就变得湿漉漉的，顺手擦一把，昨日积存的污垢就荡然无存了。这样的清晨最适合牵着游春马在小路上闲逛，被露水打湿衣角，人就变得更加清爽。路边的野草莓已经成熟了，红红的，小小的，在绿莹莹的草丛里发着红色的光。抓一把塞嘴里，酸甜的味道能在胸肺里存留好久，呼一口气都是香甜的。

云琅其实想不明白，阿娇想在她家的地里种庄稼，为何总是跑到云家的地里闲逛？最可恨的是她还收获满满，游春马的马鞍子上挂着一个硕大的篮子，篮子里满是云家种植的新蔬菜。她下手很黑：一拃长的黄瓜还戴着顶花，就被她摘下来了；至于云琅想要留种的卷心菜，她的篮子里也有一棵，胡萝卜长长的缨子从篮子边露出来，还能看见橘红色的半截果肉；至于甜瓜跟菜瓜，更是数不胜数。大长秋背着一个大口袋跟在阿娇身后，如同土贼。

见云琅挡在小路上，阿娇烦躁地挥挥手，示意他让开。"家里有客人来，没工夫跟你掰扯。"云琅赶紧牵着游春马让开小路，就听擦肩而过的阿娇嘀咕道，"一个大男人牵着游春马，也不知道丢人，偏偏又长得细皮嫩肉的……"云琅很想大喊一声自己的性取向很正常，他从不肯让别人误会他身上有董君的影子。

整片大地上最勤劳的人其实是那些野人，露水还没下去的时候，他们已经背着一筐筐的煤石向云家，或者向长门宫进发。自从这些人干起背煤石的生意之后，上林苑里的猎夫就不敢再碰他们了。尤其是长门宫也开始跟云家一样大肆收购煤石之后，猎夫们就远离了这片土地。长门宫的侍卫们对待猎夫的态度比对待野人的态度还差，只要猎夫出现在弩箭射程之内，他们立刻就会动手，不会有丝毫的犹豫。对于背着煤石的野人，侍卫们表现得很热情，虽然还是把这些人当牲口使唤，却不会轻易伤害他们。长门宫开始用云家的铁炉子，他们对煤石的需求非常大。眼看着就要到冬天了，如果没有储存足够多的煤石，这个冬天就不好过了，重新烧木柴的话，就意味着他们需要自己去砍柴。

云琅从一个黑黑的野人手里接过一串野葡萄，丢给了野人两个钱。现在，这些家伙家里有了存粮，也开始接受铜钱了。野葡萄这东西就不能吃吗？主要是籽太多，还酸得厉害，用来酿酒还差不多。云琅要这些熟透的野葡萄，其实就是为了栽种之后嫁接家养的葡萄苗，看看能不能弄出一种新的葡萄品种来。

太阳升起来了，露水渐渐地消失，清凉的早晨几乎是在一瞬间就变得炎热起来。云琅扣上草帽，沿着始皇陵走了一圈之后，就回到了家里。

老虎跌跌撞撞地从楼上下来，快要走下来的时候，一只爪子却踩空了，一骨碌从楼梯上掉了下来，就死狗一样躺在地上不起来了。云琅被老虎嘴里的酒气熏得眼泪都下来了，太臭了……

"昨晚要你家的仆婢侍寝，被人家打了一顿！"东方朔懒懒地趴在栏杆上，额头上有一个大包。

云琅一边揉着老虎的脖子，希望这家伙快点醒过来，一边对东方朔道："下回小心，她们身上都有刀子！"

"咦？这是什么道理？"

"没道理。只要她们喜欢，干什么都成；她们要是不喜欢，就会动刀子。"

"哦，那还是不要找你家仆婢了。那两个煮茶的仆婢还是很不错的，明明满脸都是风尘之色，对男人却不假辞色，这是何道理？难道说我的文采风流不足以吸引她们？"

云琅好不容易把老虎拽起来，喘着粗气道："那是两个聪明的妇人，知道自己想要什么，知道什么样的人可以亲近，什么样的人不能亲近。在她们看来，你就属于那种完全不可亲近的人。"

东方朔大度地挥挥手道："哦，这是要准备过日子的女人啊，算了，确实跟我不是一路人。对了，你昨日说的那个指南针到底是个什么样的东西？"

第一五四章 平天下

云琅想说指南针的时候,东方朔要说天下大事;现在,东方朔想说指南针了,云琅却只想跟他说农桑。人是一种非常感性的动物,有时候做事完全是被一时的冲动支配着狂奔,等到完全冷静下来之后,就会觉得很无趣。这就是机会的得失。东方朔如果有参与指南针制造的背景,他应该能以最快的速度进入刘彻的视线。可惜,他似乎更喜欢抱怨。

"云氏以桑麻起家,如今正在培育新的家禽,蒙陛下厚爱,也获得了一些新种子,如今也陆续有了结果,先生不妨一观。"

东方朔才走到云家的鸡舍猪圈边就不愿意再走了,叹口气道:"某家努力一生就是为了脱离鸡豕农桑,明知道这里面有大文章可做,某家还是不能说服自己,不看也罢!"

云琅看了东方朔一眼道:"为官到底是为了什么?"

"自然是敬君王,牧四方,平天下!"

云琅点点头不再说话。东方朔是一个有话就说的人,这应该是他最真实的想法。云琅从来没有指望过这个时代的官员会站在百姓的立场上说话，即便是有一些看似为民张目的官员，他们实际上是站在律法的角度做事，本质还是为了皇权的稳固，不许其他人做一些过分的事情。百姓生产粮食，生产各种物资，在他们看来这是天经地义的。在他们眼中，百姓就是干这个事情的。

可能是猪圈、鸡舍勾起了东方朔一些不好的回忆，所以他跑得很快，转瞬就不见影子了。云琅回头瞅着满身鸡毛的孟大、孟二，再看看干净的猪圈里养着的那些肥猪，不由得摇摇头。农家的产业都是有关联的，比如猪羊鸡鸭鹅的粪便可以肥地，可以提高粮食产量；粮食多了，反过来又能饲养更多的牲畜以及鸡鸭鹅；副食品多了，又能改善百姓的伙食，减少人们对粮食的需求量。

这是一门大学问！

一门很大的学问，东方朔却弃之如敝屣，直到此刻，云琅才可以肯定地说，东方朔将来在仕途上未必能超越喜欢养鸡鸭鹅的孟大跟孟二。云琅也能清晰地看到孟大、孟二两人最后的结局，这两个智力有缺陷的家伙，将来一定能够享受一辈子的荣华富贵而无倾覆之忧。刘彻即便是再暴虐，也不会伤害这两个只会给他带来源源不断的财富不可能生出任何坏心思的傻子。短短一日，东方朔就错过了两个能够让他一展宏图的机会……

"中山人公冶长擅长鸟语，并时常以此为傲。有一天一只乌鸦对公冶长说：'公冶长，公冶长，南山有只獐，你吃肉，我吃肠。'公冶长就去了南山，果然发现了一只刚刚死掉的獐，于是他就把獐背回家大吃了一顿，只是忘记了给乌鸦吃獐肠。后来有一天，乌鸦又对公冶长说：'公冶长，公冶长，南山有只獐，你吃肉，我吃肠。'公冶长大喜，再一次去了南山，结果南山只有一个刚刚被人杀死的商贾。公冶长刚要跑，就被官府捉住，百口莫辩之下，被官府当作贼人给砍了脑袋。所以说，人有异术并非好事！"

清谈这种事情，战国时期就已经出现了，有用简短的小故事来讲述一个深刻道理的习惯的只有道家。云琅见东方朔一直在看着自己，知道这个故事是讲给自己听的，就举起茶杯笑道："先生出自道门？却不知修习的是老庄，还是黄老？"

东方朔笑道："我酷爱庄子，就是担心自己会有劈棺惊梦的残酷经历，所以我只爱妇人一年……"

李敢瞅着东方朔道："何为劈棺惊梦？"

东方朔笑道："庄子妻年少，曾与庄子相约：'君死我绝不再嫁，守节而终。'一日庄子进山，见一女子正在用扇子扇坟，惊问其故。妇人曰：'与亡夫有约，待其坟头土干之时方能再嫁。等了九日，坟土依旧不干，遂执扇扇之，盼其速干！'庄子想起与妻子的约定，不由得忧心忡忡，不过三日就亡故了。庄子妻大悲，日日守在棺木之前哀痛不绝……有楚王孙过庄子门外，见庄子妻年少貌美，遂百般诱之。庄子妻开始不从，后经受不住楚王孙的诱惑，与楚王孙成其好事，不过两日就如胶似漆。楚王孙有心痛之疾，非人心为药引不能活命，仓促间哪来人心？庄子妻遂道：'死五日之人心可成？'楚王孙曰：'善！'是夜，雷雨交加，狂风大作，庄子妻手持利斧劈棺，准备摘庄子之心以疗楚王孙心疾……利斧劈棺，雷电缠绕，炸开棺木，庄子起身坐起，哈哈大笑着进入了雨中，不知所终。庄子妻羞愧难当，回首却不见了楚王孙与一班从人，这才知道，什么楚王孙，什么富贵梦，不过是庄子幻化而成，羞急之下以利斧割颈而亡……妇人不过是大树上的叶子，大树死了，叶子也就随风飘落异乡，不若一秋一换新叶，主人家以为如何？"

曹襄怒道："这妇人如此不知廉耻，若是落在我手上，定会一刀两断。"

云琅皱眉道："此事错在庄子，并非错在庄子妻。"

东方朔笑道："此话怎讲？"

云琅叹息一声道："事情的起源乃是庄子对妻子不信任，而后才有了后面的事情。人心多变，不能试探，试探得多了，信义也就没有了。庄子妻好好地为庄子守灵，是他幻化出了一个绝美的富贵少年，是庄子有错在先。试问，在他试探之前，他可曾对自己的妻子有过半分的信任？被人劈棺摘心不过是他咎由自取而已，说出来也是自取其辱。道家不是讲究道法自然吗？存在的就是合理的，庄子一代圣人，还有什么看不开的吗？"

霍去病慨然起身，指着东方朔道："大丈夫出则虎步龙行，入则风停云收，一双铁肩自能担起世间万物，怎么总是把目光落在妇人身上？这样的高论，不听也罢！"说完就从二楼跳了出去。

东方朔面不改色，拱手朝云琅施礼道："主人家能否为东方朔引见一下阿娇贵人？东方朔这里有许多的话要对阿娇贵人说，或有益于云氏，也将有益于阿娇贵人。"

云琅笑了一下道："云氏与长门宫有小径相通，这条小径只限于长门宫人来云家，云氏却不能进长门宫。或可派一二仆役去那边守着，一旦遇到大长秋，便为先生说项，至于成不成，云氏不做保证。"

东方朔起身笑道："足矣，待某家这就去小径尽头守候。"

曹襄见东方朔匆匆出门了，就对云琅道："太急了。"

云琅笑道："不光是东方朔急，你也急啊。长门宫卫的整训非一朝一夕的事情，你却不顾那些长门宫卫家人的死活，将他们圈禁在骊山，也不知他们的父母妻儿吃什么。一群每日心怀后顾之忧的人，能训练出什么东西来？你要是再这样下去，可能会出现逃兵。"

"少不了他们的钱粮！"

"我知道，你知道，李敢知道，问题是那些长门宫卫知道吗？阿娇把那些人丢在阳陵邑四年不闻不问，他们就算是想得多一些，也是应该的。"

李敢攀着曹襄的肩膀道："先弄一些米粮发给他们，别让他们的家人挨饿，反正你不缺少那点钱粮。如果实在是舍不得呢，发给他们钱粮以后从他们的俸禄中扣出来就是。"

第一五五章 傻乎乎的大汉人

曹襄虽然聪明，却毕竟年幼，一个十五岁的少年心中全是驱虎狼雄霸天下的大事，自然就想不到军中的那些小事情了。"阿琅，你来我军中担任司马吧，比你在羽林军中担任司马要好得多。"曹襄觉得云琅是一个不错的人才，就张嘴招揽。

云琅撇撇嘴道："我之所以会当羽林军的司马，完全是因为当了这个司马，我不去军中管事，就能领一份不错的俸禄。当了你的司马，这样做能成吗？"

曹襄怒道："自然是不成的！这支军队初创，自然有很多的事情要干，我只管领军，其余的事情我不管，都要司马来处理。"

云琅笑道："既然你的军队全是骑兵，别的忙我帮不上你，改造一下你的骑兵我还是能做到的。"

曹襄摇头道："怎么改造？马蹄铁已经装上了。"

云琅怒道："一个个蠢得可以啊！知道有一边马镫很容易上马，怎么就没有想过给战马装上两只马镫？这样一来不就能空出两只手了？用双腿控制战马，用两只手拿着武器作战，怎么也要比一只手有力气吧？也不知道你们是怎么想的，天啊。有了两个马镫，骑兵就能站在马背上作战了，也能在马上开弓射箭了。你们总说匈奴人骑着光背马都能开弓射箭，就不想着改变一下？总是把一条腿垂在马肚子上，你们就不难受吗？"曹襄、李敢被云琅说得面红耳赤，他们发现事情好像真的是这样的，知道方便一边的腿，却不知道方便两边的腿，确实有些愚蠢。"一个个傻不拉唧的，我怎么能低下身子给你们当司马？老子丢不起那个人啊……"

曹襄咬着牙道："我先去找人试试你的双边马镫，如果不成我们再算账。"

云琅端着茶杯喝了一口茶，笑道："如果成了呢？"

曹襄怒道："我知道你看上我的那套掐丝金棋盘了，要是能成，它就是你的。"

云琅大笑道："你就是一个识情知趣的家伙，放心，以后有了想法继续便宜你。"

曹襄拉着李敢直奔云家的马厩，他们的战马都在云家养着，只是最近不太骑。

坐在二楼的平台上，云琅觉得现在的生活很好。有一个猥琐的家伙守在小路尽头等待与贵人偶遇，有一个傻子正跟老虎搏斗，一次次被老虎压在地上，依旧乐此不疲，还有两个把别人战马身上的单边马镫解下来，往自己的战马身上装。妇人们散在田野里愉快地劳作着，有的还唱着歌，乐府的那个糟老头韩泽如果来这里，一定会收集到很多好听的曲子。半大的小子们更是勤劳，有的在烧石灰，有的在接收野人送来的煤石，有的在山坡草地上放牧，有的跟着孟大、孟二侍候家禽、家畜。至于一整天都不见人影的小虫跟红袖，估计穿着连体游泳衣到阿娇家的池子里显摆去了。如果可能的话，云琅很想就这样生活下去，带着一群本来没什么希望的人，慢慢地变得有希望，慢慢地变得富足，变得有人的模样，这很好。只是看到那座高大的封土堆，云琅的鼻子就酸得厉害。太宰一向怕冷，也不知道他现在躺在那个冰冷的台阶上，会不会感到难受。云琅觉得自己还必须去一趟始皇陵，找到彻底关上始皇陵的办法。如果不能，他就准备配点火药，把整座陵墓炸塌陷算了。

小虫一拱一拱地在水池子乱刨，白皙的屁股蛋大半露在外面。阿娇现在就盯着小虫的屁股看，怎么看怎么觉得小虫身上的游泳衣很好看，就那么几片布，便把女人最美的身段显露无遗。小虫还是一个孩子，没胸没屁股的，跟男孩子差别不大，如果……阿娇低头瞅瞅自己高耸的胸脯，从一只大鹅状的羊皮囊上跳下来，大声喊道："大长秋！"大长秋也不知道是从哪里钻出来的，咻的一声就出现在阿娇的身边。阿娇指指小虫身上的游泳衣道："按着我的尺寸也做一件。"大长秋眯缝着眼睛瞅瞅小虫依旧撅着的屁股蛋子，立刻笑得见牙不见眼："给陛下看吗？"阿娇怒道："要不是为了你们这些狗奴才有点出头的机会，我会这么没羞没臊的吗？"大长秋连忙躬身道："谢贵人怜惜奴婢。"

大长秋招招手，立刻就过来两个膀大腰圆的宫女，在他的示意下从水里把小虫捞出来，然后就抬着去了小楼。穿着一身纱衣的阿娇重新爬上那个大鹅状的羊皮囊，划着水来到一片阴凉处，问道："云琅他们在干什么？"

大长秋蹲在岸边道："云琅在喝茶，东方朔守在小径上准备与奴婢来一场偶遇，霍去病在跟老虎较力，曹襄跟李敢躲在马厩里不知道在捣鼓什么。贵人，东方朔……"

阿娇睁开眼睛道："他怎么了？"

"听小黄门禀报，东方朔口口声声说有一些有益于我长门宫的谏言奉上。"

阿娇哧地笑了一声，道："又是一个大言炎炎之辈。这些人哪，嘴上说起来头头是道，办起事情来往往缩头缩脑，无非是一些要我克己守礼、知晓尊卑的话。宫里鹌鹑一样的女子还少了？也没见有谁能笼络住阿彘的心。他们的废话不听也罢。"

大长秋犹豫了一下，又道："卫青去了右北平。"

阿娇的神情立刻就变得有些黯然，一只白皙的手轻轻地撩拨着身下的清水，叹口气道："终究是要用实力来说话的。卫子夫运气好，有一个能打仗的弟弟，就处处占尽了便宜。呵呵，你说说，我那些哥哥弟弟怎么就一个个都是酒囊饭袋呢？"

大长秋笑道："咱们家隔壁不就住着四个不错的少年郎吗？虽说霍去病、曹襄跟卫子夫关系很深，可是啊，云琅跟李敢却与卫子夫没有任何的关系……就奴婢看来，这四人中间，当以云琅的才能为第一，霍去病勇猛刚毅次之，曹襄狡猾多智再次之，李敢落得一个忠谨勇猛最次之……放眼整个大汉国，才智超越他们四人的少年不多。"

阿娇叹口气道："以前我总觉得云琅似乎有求于我们，自从他大病一场之后，这种感觉就不见了，这是何故？"

大长秋笑道："自然是出了变故，还是大变故。奴婢初见云琅之时，他的眼底还有紫色血斑，这可不是什么病痛导致的，应该是中了剧毒。他归来之后，日日以胡萝卜、清水为食，老奴以为这是在解毒。"

阿娇皱眉道："云琅身上还有我们不知道的事情吗？"

大长秋点头道："很多。比如他的来历，这件事就连陛下都没有弄明白，绣衣使者去了中山国、蔡地，那里的云氏已经因为战乱星散，不知所终。他第一次出现的地方就是骊山，在这之前，没有人见过他，也没有人听说过他。他一出现就非常引人注目，蜀中卓氏、长平公主，乃至于旁光侯刘颖、丞相薛泽都对此子有很大的兴趣，只是此子后来进入了陛下的视线，那些人才偃旗息鼓，不敢拉拢云琅。陛下之所以同意将骊山的三千亩土地给他，也是为了就近观察，毕竟，以元朔犁、水车、水磨、马蹄铁这几样东西的贡献，值得陛下为他冒险，忘记他可疑的出身。"

"这么说，阿甄把他安排在长门宫附近，就是为了方便护卫我们的羽林军就近监视他?"

大长秋笑道:"不是这样的。云氏现在保有的这块地,是云琅亲自挑选的,看样子,他完全是为了利用温泉才挑选这里的,与我们做邻居,应该是一个偶然。"

第一五六章 霍去病的野望

云琅现在不太在乎别人的调查。自从来到这个世界之后,他就努力让自己的过去逐渐变得丰满起来。人的一生其实就是一个不断填空的过程,做一件事情填一个空格,有些人阅历丰富,早早地就填满了空格,有的人阅历浅,就会慢一些,不过,这些空格迟早都是要被填满的。云琅在大汉是不一样的,他前面的空格是按照设想来填的,牵着梅花鹿出现在官道上的那一刻才是按照真实事件来填写的,所以,他的表格很漂亮。仅仅是学问广博这一点,就使他从普罗大众中突显了出来。露了两手冶铁、制器的本事之后,他的身份很快就变成了隐士高人的门徒,他平日里偶尔泄露的一两句话,更是坐实了这个身份。普通人隐居起来让官府找不到,那叫逃户,也叫野人;高人隐居起来不让官府找到,那就是淡泊名利的表现。非常不公平,却没有地方讲理去。

东方朔是一个有大毅力的人,一个人蹲在小径的尽头待了足足两天,见到了很多小黄门,也见到了很多护卫,话说了很多,钱财也散出去不少,只可惜，他依旧没有获得阿娇的召见，这让他相当失望。

"你下回再见到小黄门的时候直接抓起来揍他一顿，说不定你就有见到主人家的机会了。"曹襄今天胃口大开，捧着一大盆他酷爱的凉面，吃得极为起劲，还有工夫给东方朔出馊主意。

东方朔一点胃口都没有，一碗面条已经被他搅成糊糊了，依旧没有吃几口。"小黄门不能动。我准备回去之后找几个优伶试试，那些该死的侏儒跟我拿的俸禄一样，却能天天见到陛下，天下不公莫过于此。"

东方朔确实是一个很有才华的人，通过这几天的相处，云琅算是看清楚了这个人。他的知识面并不是非常广，只是，他有一个本事，那就是胡说八道也能自圆其说。云琅上小学的时候就从鲁迅先生的《从百草园到三味书屋》这篇文章中知道了一种叫作"怪哉"的虫子，他至今都不知道这种虫子是什么样子的。现在见到了东方朔本人，他决定求证一下，想知道是不是真的有怨气所化的虫子，是不是真的被酒浇过之后就会溶解。

"胡说八道！"这就是东方朔给云琅的答案，非常确切，也非常肯定。也就是说，他根本就不知道什么怪哉虫。不过，他的话语里充满了愤怒，估计是不愿意说，而不是不知道。

曹襄凑到云琅身边小声道："我家的仆役把他不要的老婆给拐走了，他自然很不高兴。"

云琅回头瞅瞅曹家那个趾高气扬的家仆，点点头，对曹襄道："你家里都是些什么人啊？"

曹襄端着饭盆抽抽鼻子道："我家的家仆也比东方朔富裕一些。那个女人正无处可去呢，有人接手，而且家境不错，自然就跟着走了。"

"他不是不在乎吗？怎么生这么大的气？"

"曹福把那个女人带来云家了……"

"哦，你是要羞辱东方朔？"

"不是我，是我母亲！她深恨东方朔总是一副骄狂的样子，还在很多时候对妇人口出不逊之言，这一次是要教训他一下，让他知道妇人也有尊严。"

"这么说，那个平姬只是配合一下？"

"嘘——莫大声。这家伙的女人缘真不错，那个女人都要被赶出家门了，还想着跟东方朔和好。"

"他们一个个是不是脑袋里进水了？用这种法子逼迫东方朔回心转意？你没见东方朔的眼睛都有些红了。"

曹襄撇撇嘴道："谁知道那个妇人是怎么想的，反正我母亲泄愤的目的达到了。"

云琅知道曹襄把事情和盘托出的缘故——他对东方朔的印象很好，不想看东方朔尴尬，又不好戳穿母亲的计划，就告诉云琅，通过云琅的嘴巴来告诉东方朔。云琅很讨厌当人家的传声筒，不过，看在东方朔的头发都要竖起来的分上，决定帮他一次，就冲着东方朔眨眨眼睛。本来愤怒得快要炸开的东方朔见云琅冲他眨眼睛，眼珠子骨碌碌地转动了两圈，已经涨红的脸迅速回归平静。他本来就是一个非常聪明的人，刚才只是被怒火蒙蔽了理智，稍微冷静一下，就立刻想明白了其中的关联。再看那个趾高气扬的曹氏家仆，眼中的嘲弄之色无论如何也掩饰不住了。

东方朔腾地站起身，冲着大厅外面吼道："平姬，回家！"说完就大步流星地往外走。一个背着小包袱的女子急匆匆地跑出来，迈着碎步低着头跟在东方朔的身后，一步都不愿意离开。

东方朔在马车前停下来，笑吟吟地冲云琅拱拱手道："蒙君款待，东方朔受用至极。下次如果再有这样的宴饮，片言相邀，东方朔即便在千里之外，也将飞马赴会。"

云琅大笑道："先生何其谬也！山高无声，水深无言，话说多了也就不值钱了。"

东方朔哈哈大笑，再次朝云琅拱手道："某家脾性已成，强行改之，只会落人笑柄。借用云郎妙语——别人笑我太疯癫，我笑他人看不穿……哈哈哈哈，曹氏家奴何在？速速为某家赶车！"

曹襄在曹福的腿上踹一脚，曹福就立刻弯腰弓背地跳上车辕，挥挥马鞭，驱车远去。

霍去病丢下饭碗道："不是一路人。不过，傲上而不欺下也算是一条汉子，他刚才呼唤那个妇人与他同行之举，就让某家高看他一眼。"

李敢笑道："总归是跟妇人纠缠在一起，没什么大出息！就是故事讲得好听。"

云琅笑道："锥子放在布袋里，总归是要出头的。此人心性坚毅，一两次的失败对他来说算不了什么，看他持之以恒的劲头就该知道，他没那么容易认输。"

霍去病叹息一声道："我舅舅去了右北平，我想同去，却被斥责，舅母也不同意我现在就去北地。该死的，我何时才能真正长大！"

曹襄笑道："你长大之后干的第一件事情却是成亲，我听说岸头侯已经派人跟我母亲商量你的婚期了……哈哈哈，我估计啊，在你生出儿子之前，恐怕没机会出征！"

霍去病恨恨地一拳砸在地板上道："那就明日成亲，后日生子……"头天成亲后天生子，这事有难度，即便真的成功了，生的也是别人家的儿子。所以，霍去病想要搭卫青出右北平的顺风车，无论如何都是赶不及的。

少年人总是希望自己快快长大，他们总觉得成年人的世界要比他们的世界精彩得多。而老年人却总是盼着时光倒流，假如可能，他们甚至希望自己的时间永远定格在少年时。在少年人无限的渴盼中，秋天终于来了……云家在夏收之后种植的糜子跟谷子已经长成，沉甸甸的谷穗在秋风中摇来晃去。云家的秋粮并没有像张汤说的那样大幅减产，也不像云琅说的那样丰收。秋粮的亩产量不过是中等而已。不过，云家的缫丝工艺却得到了极大的改进。刘婆这个名不见经传的妇人，经过云琅三言两语的启发，迅速地将多达十六道的缫丝工艺简化到了十一道，这让云家的缫丝速度比以前整整快了一倍。

第一五七章 商业化养殖的初级阶段

工艺程序的简化带来的最大好处就是减轻了妇人们的劳动量。目前也只能如此了。在后世，工艺的改进带来的将是产量的飙升，以及利润的大幅度上涨。可惜，在大汉国，云家的缫丝作坊没有足够多的蚕茧来缫丝。

"少爷，明年的春蚕，我们可以多养一些。"刘婆的头发梳得光光的，昔日憔悴的模样再也看不见了，脸上多了一些肉，这让她以前看起来瘦长的脸变得圆润了一些。云琅的鼻子很灵敏，他甚至闻到了刘婆身上有桂花油的味道。她的身边也多了一个十余岁的小姑娘，看样子是她收拢的小丫鬟。

云琅从怀里摸出一颗从曹襄那里弄来的珠子，放在刘婆的手里道："换换你的首饰，云家的大管事总要有些拿得出手的东西才成。"

刘婆紧紧地攥着那颗珠子，都快要攥出油来了，她知道这颗珠子的来历，也知道这颗珠子的价值。"老婆子明年一定养更多的蚕，正好咱家的桑田也能采叶了，这是老天爷让我云家发财啊！"

云琅点点头道："不管云家发多少财，桑蚕收益里面总有你的半成，这是规矩，从明年春蚕收获之后就开始。"

刘婆的嘴巴哆嗦得厉害，身为云家的桑蚕大管事，她知道这半成的份子是多少钱。"老婆子就算是拼了老命，也会让云家发这笔桑蚕大财！"

云琅拉着刘婆的手道："家里就这么个状况，得用的人不多，好好干活，我打算让当初投奔我云家的妇人们都变成财主，哈哈哈，这就要看你们干得怎么样了。"

刘婆犹豫一下道："老婆子最近也算是见了一些世面，没听说主家给仆役们发钱的，这不合规矩。"

云琅瞅着这个已经从赤贫一族变成半个资本家的妇人道："云家要那么多的钱做什么？当初收留你们，实在是因为看不得你们受苦。既然进了云家，那就一起吃好的，也算你们运气。"刘婆讪讪地一笑，她也觉得自己刚才说的话有些不妥。

梁翁扶着帽子走了进来，小心地关上了大门。今天外面的风大，吹得窗棂哗哗作响。刘婆起身给梁翁施礼，她是大管事，而梁翁现在身份是云氏谒者，也就是管家。

云琅不明白梁翁说的"家里的蛋多得吃不完"这句话。他总觉得只要是食物，在大汉国永远都是不够的。"少爷，今天咱们家总共收了两千六百八十四颗鸡蛋、十七颗鸭蛋、三百六十一颗鹅蛋。被孟少爷他们拿去继续孵蛋的种蛋有一百三十四颗，剩下的鸡蛋、鹅蛋怎么办？"

云琅抓抓后脑勺道："那就卖掉啊。我当初在阳陵邑居住的时候，鸡蛋值钱着呢。"

梁翁苦笑道："少爷，太远了，马车运过去之后，就全部磕烂了，会白白地糟蹋掉那些好东西的。"说着还小心地指指阿娇家的方向。这老东西在云家一年多，也变得聪明起来了。老梁说得没错，就现在的马车、现在的路，人坐上去都能颠个半死，指望运鸡蛋过去，就跟梁翁说的那样，走不到阳陵邑就全部弄碎了。

"家里现在有多少颗蛋？"

"鸡蛋三万两千三百一十二枚，鹅蛋两千四百七十七枚，至于鸭蛋，全部被孟家少爷拿去孵鸭子了。"

云琅敲敲脑袋，他不知道梁翁是怎么把鸡蛋的数量精确到个位数的，可是，庞大的数量真是让他吃了一惊。"以后家里每人每天一颗鸡蛋，你跟刘婆加倍，剩下的蛋我去问问阿娇贵人，看她家能买多少。先去给我拿二十颗鸡蛋过来，我做点新东西，拿去请阿娇贵人尝尝。"

听了云琅的话，梁翁的眼泪都出来了，连忙道："使不得，使不得啊，谁家仆役每天吃鸡蛋？这要是传出去，人家会说少爷您不会持家。"刘婆也在边上阻拦，她也认为这事不妥当。

云琅吧嗒一下嘴巴道："就这么着了，养鸡的没鸡蛋吃不像话。快去给我拿鸡蛋吧。"梁翁、刘婆见家主心意已定，就千恩万谢地匆匆出门，准备把这个好消息告诉所有人。

小虫听了这个消息撇撇嘴，她每天都吃好几个鸡蛋，如果不是少爷说这东西吃多了不好，她还想多吃些。家里的孩子们听到这个消息也没有多大反应，自从家里的鸡开始下蛋之后，他们每天本来就有一颗蛋吃，没什么新鲜的。仆妇们的感觉就不太一样了。身为妇人，家里缺粮的时候，她们往往是第一个开始挨饿的，现在每天都有一颗鸡蛋吃，这可是从未有过的事情。云琅站在二楼上，瞅着这些激动的妇人，不由得有些惭愧。其实云家的伙食也就那样，多一个馒头这些妇人感觉不到伙食有什么变化，现在没有多一个馒头，而是多了一颗鸡蛋，她们就觉得生活有了翻天覆地的变化。说白了，其实就是一种简单的资本欺骗而已。

天快黑的时候，云琅端着一盆子茶叶蛋来到小路尽头，让守在那里的小黄门禀报大长秋，就说云琅求见。很快，大长秋坐着一辆轻便马车过来了，先是上下打量一下云琅，然后大笑道："我家侍卫们说你是天下最大的败家子，且让老夫好好看看。"

云琅站直了身子道："那就好好看看，败家子就是我这样的。"

大长秋摇着头笑道："阿娇今天都被你的大手笔给惊到了，你云家真的已经富庶到仆妇每天都有鸡蛋吃的地步了？"

云琅笑道："养鸡的吃一颗鸡蛋算什么？这不，我还特意煮了一些稀罕的鸡蛋，特意拿来请贵人尝尝。"

大长秋把鼻子靠近盆子，用手撩撩盆子里散发出的热气，笑着道："糟蹋东西吗？居然用茶叶来煮鸡蛋！"

云琅坐上大长秋的轻便马车道："尝过之后你就知道味道了，我可是在小火上煮了整整一下午呢。"

阿娇穿着一双绵软的拖鞋，正跷着脚坐在软榻上看竹简。云琅进来了，她也懒得起身，随手指指台子下面的垫子，示意云琅跪坐在那里，然后放下竹简瞅着云琅道："你家的鸡蛋真的已经多得吃不完了？"

云琅把盆子给了大长秋，跪坐在垫子上道："三万多颗鸡蛋，好几千只鹅蛋，总要想个法子卖出去才成。"

正要吃大长秋剥好的茶叶蛋的阿娇手哆嗦了一下，顾不上吃茶叶蛋，丹凤眼睁得大大的，道："多少？"

"准确的数字是三万两千多，管家记得清楚，我哪能记住那么多？今年还都是小鸡，产蛋量不高，到了明年估计一天就有五千枚鸡蛋。"

阿娇默默地吃完茶叶蛋，评价道："味道怪怪的，还是鸡蛋的味道。我问你，我要的小鸡、小鹅什么时候能到位？"

云琅苦笑道："您家里的田地还没有整饬好，没有粮食，您拿什么喂鸡？不多的几只还好，它们自己捉虫子吃就成，几千上万只鸡，中间牵涉的东西可就多了，万一来一场鸡瘟，您可就血本无归了。"

阿娇豪迈地摆摆手道:"总要亏本后才能知道养鸡不易。明年开春,种地、养鸡、养蚕,一样都不能少。另外,你家吃不完的鸡蛋全部给我,有的是人吃。找大长秋算钱去吧。"说完就重新拿起一卷竹简,只是目光没有放在竹简上,而是直勾勾地瞅着屋顶,非常吓人。

第一五八章 阿娇的第一桩生意

不理睬就是阿娇撵客人走的方式，她从小就这样，并不会因为高看云琅一眼就有所改变。

大长秋虽然是长门宫的大管事，但他对三万颗鸡蛋也没有什么概念。直到在云家看到了满满一屋子的鸡蛋，他才明白，就靠长门宫里有资格吃鸡蛋的六个人，不可能把这些鸡蛋全部吃光的。堆积如山的食物，对大长秋这种见惯世面的人来说，冲击力很大。如果是一屋子的金银，他反而不是很在乎。手里握着一枚硕大的鹅蛋，大长秋笑道："明年长门宫里也能有这么多的蛋？"

云琅苦笑道："如果阿娇的想法成为现实，你家的蛋要比我这里的多一倍。"

大长秋不断地将手里的鹅蛋抛起，然后接住，慢悠悠道："陛下来长门宫三趟了……"

云琅点点头道："阿娇本来就是绝世佳人。"

"与佳人什么的无关，陛下想要美女，什么样的得不到？还不至于为了一个美人在一个月中连续出宫三次,他只是喜欢跟阿娇在一起罢了。这是他自幼儿时期就养成的习惯,只要阿娇不发火,不纠缠,陛下还是非常愿意跟阿娇亲近的。一个月相会三次,呵呵,宫里面的那些妃子、夫人都没有这样的荣幸。"

"一枚鸡蛋五个钱,一枚鹅蛋十个钱,您看如何?"宫闱秘事不适合云琅这样的外人听,云琅不知道大长秋为什么要跟他说起这些,云琅还是觉得不说这些事为妙。

大长秋没好气地对云琅道:"你难道不觉得陛下临幸长门宫比你这几个鸡蛋更重要吗?单是陛下赏赐下来的钱,就比你养十年鸡赚的钱要多。"

云琅皱眉道:"不觉得。陛下有钱,可是陛下的钱也不是无源之水、无本之木,还不是百姓耕种种出来的,商贾经营买卖得来的,工匠做工做出来的?货物与铜钱相等的时候铜钱才算是钱,才算是有价值的,一旦没了鸡蛋一类的货物,陛下有多少钱也没用啊。所以,我们现在只谈一个鸡蛋五个铜钱,余者不谈。"

大长秋愕然道:"似乎有点道理。你的意思是从今往后阿娇就不该要陛下的钱?"

云琅皱眉道:"没必要用那些赏赐下来的钱,阿娇越是把自己看得高贵,她的地位也就越超然。无所求,便不会受制于人。"

大长秋拍拍云琅的手道:"你比司马相如高明一百倍。这些蛋就按照你说的价钱的一倍算吧。"

云琅笑着摇头道:"我觉得我也很高贵!"

大长秋大笑起来,指着云琅道:"阿娇说你看似谦卑,实则高傲无比,果然如此。"

云琅赔着笑脸道:"已经活得不容易了,要是再为钱弯腰,那就太不值了。"

大长秋叹口气道:"人还是活得有骨气一些比较好,虽然会损失一些东西，却落得个痛快。老夫这等阉人就没机会挺直腰板做人了，那一刀，把什么精气神都给割掉了。"

云琅看着大长秋道："在这个世界上，我最尊敬的一个人也是阉人……他的精气神可没有丢掉。"

大长秋愣了一下，仔细地看了云琅一眼，发现他脸上已经浮现了一丝哀痛之色，就不再问了，拍拍他的肩膀，便出了仓库。

刘彻的桌案上放着两枚蛋，一枚鸡蛋，一枚鹅蛋。这两颗蛋非常普通，跟集市上的鸡蛋、鹅蛋没有任何的区别，刘彻却看得很仔细。张汤跪坐在垫子上，低着脑袋瞅着地面，随时准备回答皇帝的问题。半晌，刘彻才抬起头道："这么说，还真的有人家里的鸡蛋、鹅蛋到了吃不完的地步？"

张汤连忙道："至少云氏就是。微臣亲自察看过，他家的鸡蛋、鹅蛋已经装满了一间仓库。即便如此，云氏的家仆还每人每日有一颗鸡蛋的份例，微臣已经求证过了，属实。"

刘彻抬起头瞅着未央宫高大华丽的藻顶，幽幽道："阿娇说她近日采购了一大批鸡蛋，问朕要不要，还说一枚鸡蛋十个钱，一枚鹅蛋十五个钱，还需要一手交钱，一手拿货，更需要朕派人去长门宫拉。你来告诉朕，阿娇什么时候开始干商贾的勾当了？"

张汤忽然想起云琅以前问他关于商贾定位的问题，微微一笑，拱手道："长门宫如今正在开垦荒地，兴修水渠，移栽桑苗，动静很大啊。如此一来，长门宫也就算得上是自耕农了，农户巢卖一点鸡蛋、鹅蛋，怎么就成商户了？"

刘彻的脸上露出笑容，又问道："阿娇要的鸡蛋、鹅蛋价格，你觉得怎么样？"

张汤呆滞了一下，连忙道："有些霸道！"

"哈哈哈哈哈……"刘彻的大笑声顿时在未央宫里轰然响起，"未必。朕刚才找人察看了宫里的采买记录，一查才知道，朕每日吃的鸡蛋，一枚竟然需要二十钱，内库居然就这样支应了，给朕的理由是，朕吃的每一颗鸡蛋都是精挑细选出来的，十余枚鸡蛋才能挑出一颗，所以二十个钱的价钱并不算高。张汤，你觉得内库管事们说得有道理吗？"

张汤俯首道："正该如此！"

"咦？你平日里不是最恨贪渎之辈吗？今天怎么转性子了？"

张汤直起身子拱手道："事关陛下衣食安危，靡费一些，臣以为没有什么不妥。"

刘彻继续靠在巨大的锦榻上，仰着头幽幽道："当年先祖文皇帝为了减少宫中靡费，曾自耕籍田，以供粢盛，朕几乎忘记了这样的事情。如今，阿娇准备效法文皇帝自食其力，朕以为可！"说完又看看桌子上的两颗蛋道，"云氏立寨不过一年多，能做到这种地步，实属难得。这就是一只有本事的猴子，总是在那里跳弹。你看紧一些，莫让他行差踏错，待他长成，朕自然会重用。大汉国国土广袤，朕不怕有更多的人才跳出来。"

张汤俯首应道："喏！"

一队宦官来到了云家。大长秋大刺刺地走在最前面，来到云家的仓库跟前，指着里面的鸡蛋道："给老夫数仔细了，少算一枚，老夫就拿你们的脑袋算账！"

仓库里的货物已经是长门宫的了，云家仆役自然只能站在一边看着。梁翁很想帮忙去数一下鸡蛋、鹅蛋，毕竟又过了好几天，家里的鸡蛋、鹅蛋又多了不少。清点完数目，大长秋瞅瞅梁翁，见梁翁没意见，就当他是同意了，指着两辆拉钱的马车对梁翁道："你家一辆，长门宫一辆，随便挑一辆吧！"

梁翁干惯了铁匠，对于重量非常敏感，瞅了一眼两辆马车压出来的车辙，果断地选择了一辆车辙更深的马车。

大长秋笑道："果然有云氏风范！"说完就轰走了那些拉鸡蛋的黄门，找自家的车夫赶走另一辆马车，看样子是不打算把马车还给皇帝了。

云家自然不敢这么做。梁翁用最快的速度找人把一车铜钱搬下马车，手里抓了一把把的铜钱往那些小黄门的袖子里塞。家主说了，这是一桩长久买卖，可不敢把人都得罪光了。

大长秋走了，小黄门们才算是松了一口气，一个个面露笑容，伸直了胳膊，等着梁翁往他们的袖子里装钱——这才是跟皇家做生意的模样！长门宫大长秋根本就不懂怎么做买卖！一个黄门首领模样的人悄悄地问梁翁，以后能不能直接跟云氏交易，避开长门宫。梁翁小声道："您这么想那是理所当然的事情，可云氏哪里敢忤逆长门宫啊？您也看到了，有大长秋在这里，这件事恐怕是做不成的。"那人瞅瞅不远处的长门宫，沉重地点点头，他也觉得这个主意不是很靠谱。

第一五九章 安宁的日子

梁翁跟黄门约定,黄门每隔十日就来云家拉一次鸡蛋,中间就不找大长秋了,直接把一半的钱交给人家就成。有大长秋在,很多别的交易根本就无法进行。

梁翁拉来的铜钱都是散钱,哗啦啦地堆在屋檐下面。这一次拉来的钱成色不错,小虫跟红袖带着三个妇人忙着把钱一个个用麻绳穿起来,这样好存放。小虫捡起一个钱,对着太阳仔细地看,然后一脸陶醉地穿在绳子上,被父亲呵斥了一顿之后,才开始认真地穿钱。云家很少有这么大量的铜钱进账,蚕丝全部被云琅跟张汤换成了粮食、牲口,说起来,卖鸡蛋的钱才是云家第一笔正经的收入。粮库里的粮食很多,多到云琅都数不过来,这东西就是安定人心的定海神针。家里有粮,心中不慌,在大汉国尤其如此。对大汉国的人来说,家里的房子,库房里的粮食,满地乱跑的家禽、家畜,以及田地里正在生长的庄稼,才是真正的好东西,至于钱,有没有关系不大。

同一时间,阿娇也在数钱,还兴致勃勃的,这也是她靠本事赚的第一笔钱。至于以前,她对钱就没有什么概念。"这些钱能买十头牛吧?"阿娇瞅着面前的好大一堆钱,不懂装懂地问大长秋。

大长秋苦着脸道:"最多能买两头牛,还不能是壮牛。"

"这么多钱呢!"

"如果是吃的肉牛,买十头没问题;如果是耕地拉车的熟牛,最多两头。"

阿娇惋惜地瞅着地上的钱道:"太少了。"

大长秋可不敢打击阿娇的积极性,连忙道:"上户人家一年都赚不到这些钱,咱们只是过一遍手,就能有这么多的钱,已经很好了。再说,这可是一大笔活钱,每隔十天就有一堆。"

"明年,明年我们要赚多多的钱,最好把整个长门宫都给我装满!"

大长秋狠狠地点点头道:"一定要装满!"阿娇笑了起来,整个人似乎都有了异样的神采。大长秋看着阿娇的肚子,暗自道:"如果你腹中有了陛下的骨肉,装满钱的长门宫算什么?"

初秋过后,就是中秋,大汉人没有过中秋节的习惯,秋收节已经过去了,天气逐渐变得一天冷似一天。长空中开始有了一声声的雁鸣,云家饲养的鸭子也在水面上努力地扇动翅膀,想要追随那些大雁去遥远的南方过冬。只可惜,它们翅膀上的大羽毛全部被孟大、孟二给铰了,不论它们怎么扑扇光秃秃的翅膀,也无法从池塘上飞起来,滑动的轨迹反倒把池水搅得满是涟漪。

孟大、孟二兄弟俩饲养的两只鸭子却振翅飞走了。两兄弟明明知道是这个结果,却追着飞走的鸭子足足跑了五里地,最后实在是跑不动了,才趴在地上号啕大哭。鸭子是早上飞走的,傍晚的时候孟大、孟二才回来,两人身上脏得不成样子,见到小虫在发晚饭,就想凑过来吃饭。小虫的大眼睛一翻,两兄弟就哆嗦一下,赶紧去水渠里洗澡。

俩人洗完澡回来之后,小虫已经准备了两份饭,装得高高的白米饭上还多了一只油汪汪的鸡腿。孟大一边吃饭,一边对小虫道:"小虫,你做我婆娘吧，我保证对你好。"

正在嗑着炒熟的麻籽的小虫大眼睛翻一下，道："你有婆娘，少打我的主意，我才不要嫁给傻子呢。"

孟大连忙放下勺子道："我不傻，少爷说了我不傻，我会养鸡、养鸭子、养鹅，正在学怎么养猪、养牛，以后能养活你。我不要家里的婆娘，我要你当我婆娘！"

这样的话孟大已经说过很多次了，小虫吐掉嘴里的麻籽皮笑道："好啊，等你没婆娘了再说。"孟大第一次说的时候，小虫只是羞怒，这话被执着的孟大说了一百遍之后，她就懒得跟孟大纠缠了，只是随口敷衍。孟大听小虫同意了，就嘿嘿笑着，低头用力地往嘴里塞米饭。

"没书看啊！"云琅丢下手里的竹简，遗憾地对守在一边做刺绣的红袖嘟囔一句。

红袖抬起头看着少爷道："您把长门宫里的书看完了？"

"两千多斤重的竹简能看多长时间？知道不，你家少爷我无聊得连历法都看了两遍。"

"可是，霍家小郎、李家小郎、曹家小郎家的书您也看完了，现在，长门宫里的书您又看完了，咱们想找书就不容易了。"

云琅懊恼道："百十万字放在以前，是你家少爷一星期的阅读量，如果痴迷一些，两天都用不了……现在，你家少爷看书，不再是以字数来论了，而是以一天看了几担书来算……惨啊！"

"您比那个东方朔博学多了。"

"废话，我看书看得胳膊都粗了，能不比他博学吗？"云琅絮絮叨叨地抱怨着，懒懒地从躺椅上站起身子，觉得自己的身体都快要生锈了。而且，生锈的可不光是身体，脑子好像也变得非常不灵光，再这么下去，云琅认为自己可能就要废了。

"您应该自己写本书。"红袖放下绣花针欢喜道。

云琅摇摇头道："算了，我脑子里装的东西跟你们装的不一样，安卓系统跟苹果不兼容，就算是写出来了，别人也不会赞同，只会认为我在妖言惑众。这年头写书太可怕了，动辄就有掉脑袋的危险，露巧不如藏拙，我们还是安安稳稳地过日子算了。"红袖点点头，她可听不懂什么安卓、苹果的比喻，却对云琅藏拙的说法深以为然。听母亲说，来家就是处处争先才被皇帝抄家灭族的，她可不希望云家也遭受这样的厄运。

去年，云家的田野上浓烟滚滚，今年，云家跟长门宫的田野上一起浓烟滚滚。昔日碧绿的原野不见了，取而代之的是大片大片被平整好的土地。云琅带着老虎在荒原上散步，一只梅花鹿呦呦地叫唤着从远处跑来。老虎嘴里发出一声闷哼，这头该死的母鹿来了，它今天刚刚洗过的澡算是白洗了。云家的鹿场，就是靠这头母鹿到处诱骗过日子呢，云琅还不允许老虎把它给吃掉。母鹿跑过来，也不理睬云琅，就欢喜地在老虎身上蹭来蹭去的。老虎一脸的忧伤，任由母鹿把身上的虫子、杂草、尘土蹭到它闪闪发亮的皮毛上。母鹿无礼地嗅它的屁股的时候，老虎才一巴掌把这只无聊的母鹿拍开……这样的游戏整整进行了一个下午。

田野里已经枯黄一片，一小块甜菜叶子正在慢慢变红，这是云家未来的大进项。云琅扒拉开肥厚的甜菜叶子，瞅着底下肥壮的根茎，非常满意。种子已经收了两茬，每一包种子都有记录，接下来就是找含糖量最高的根茎，培育出含糖量更高的甜菜。

在云家的另一边，十几个人正拉着绳子丈量土地。为首的老汉云琅认识，是曹家的谒者曹胜，他远远地看见云琅在田野里瞎逛，就扭动着肥胖的身子滚过来行礼。

"怎么，曹襄真的把地换过来了？"

曹胜肥胖的脸上满是油汗，堆满了笑容，道："换过来了，换过来了！七千亩上田换了这里三千亩荒地,别人都说我家侯爷是败家子,他们知道个屁,只有我们这些常来云家庄子的人才知道这笔买卖有多划算。您看看,长门宫里的贵人不也开始开荒了吗?"

第一六〇章 歇斯底里

云琅只是笑笑,并不作答,示意曹胜继续去丈量土地,他带着老虎、母鹿继续在田野上漫步。

秋高气爽,又站在宽广的原野上,云琅难免会生出几分思古的幽情来。刘汉最大的特点就是不矜持,外人有好的地方,立刻就拿来以为己用。大一统的国家就要有大一统的气势。刘邦是一个彻头彻尾的实用者,他才不管哪些东西是大秦的,哪些东西是赵国的,哪些东西是楚国的,只要有用,刘邦连父亲的肉都能吃。就是在这种性子的驱使下,大汉国迅速地凝聚了人心,然后在这个基础上,重新演化出一种新的文明,这个文明就叫作大汉文明。文、景两位皇帝最大的功勋不是施行了轻徭薄赋的国策,而是利用有限的几十年,彻底地弥除了战国以来遗存的纷争。在大秦国还有人打着恢复什么赵国、楚国、燕国、齐国一类的口号揭竿而起,到了大汉,这种情况就很少出现了,即便有也是什么奔豕大王一类的笑话。也就是说,在文景之治下,已经没有人再去怀念那些已经消失在烽烟中的战国诸雄了。自此,一个真正意义上的大一统帝国成形了。

脑子骨碌碌地转了很久，云琅觉得心旷神怡。很久不动脑子，人会变得痴呆。现在既然已经活动了一下脑子，看什么东西都顺眼，就算是衣衫褴褛的野人，这时候看起来也觉得很亲切。

野人们对云家的老虎已经没有半点的敬畏之心了。这一年多以来，老虎干的最凶悍的一件事情，就是一爪子拍掉了某个家伙的半个屁股，这还是那家伙想要偷偷进云家的结果。

不知什么时候，在距离云家不远的官道上，慢慢形成了一个小小的集市。这个集市里面主要的货物就是煤石。骊山的北坡上有一片很大的煤石层，野人们就是靠挖掘这些煤石拿来卖，获得了稳定的食物来源。现在挖煤石的野人越来越多了，云家跟长门宫用不了那么多的煤石，于是，这个小小的集市也就形成了。大汉的炉子都是土炉子，要么就是火盆，再讲究一些的人家用铜炉，这三种炉子最大的特点就是只能烧柴火跟木炭。大汉人用铁炉子烧煤石的习惯，是卓氏铁器作坊弄出铁炉子和烟囱之后才开始养成的。煤石比木柴耐烧得太多了，也便宜得太多了，于是，这种小范围使用的炉子，在煤石多起来之后，也就盛行于长安、阳陵邑了。

云琅带着老虎、母鹿笑眯眯地瞅着热闹的煤石交易市场，在这个市场上，云琅不但看到了贩卖一些吃食的小贩，更看到了军酒税司的税吏。那些背着煤石过来交易的野人，似乎并不害怕这个穿着官服腰挎宝剑的税吏，每交易过一背篓煤石之后，就会往税吏面前的一个箩筐里丢两个铜钱。这是一个很好的现象，说明官府对野人的看法已经有所改变，不再拿他们当野兽对待了。

自从去年那场大饥荒爆发，刘彻放开了上林苑不许外人轻易进入的禁制，准许百姓进入山林湖泽，自己寻找果腹的食物之后，就再也没有重新设置什么禁制，直到现在百姓依旧可以进入上林苑，而不用担心会被羽林军驱赶出去。这对野人也是一桩好事，他们终于有了一个可以跟外面的人交易的机会。手里有了钱的野人，就会趁机在这个小小的集市上购买一些平日里吃不到的食物，或者用煤石换取一卷麻布，然后就重新走进了荒野。那些专门收购煤石的商贾，已经在路边搭建了很多的棚子。金钱的力量是强大的，云琅相信，一旦这些试探着收购煤石的商贾有了赚头之后，这些简陋的木头棚子很快就会变成一幢幢的房子，这里最终也会变成一个热闹的露天集市。如果时间够久，煤石够多，这里就算是变成一座新城市，云琅也不感到奇怪。

回到家里的时候，云琅看见曹襄摊开了四肢，有气无力地躺在台阶上晒太阳，他身上的甲胄都没有卸掉，两条腿上全是污泥。在他脑袋边上坐着云家的茶博士侍女，她弄好一杯茶，吹凉了，就倒进曹襄的嘴里。老虎走过去，低头在曹襄的脸上嗅嗅，就被曹襄烦躁地一把推开。

云琅坐过去，拿了一杯茶道："怎么会这么狼狈？"

"公孙敖，我要杀了他！"

云琅抽抽鼻子道："那可不太容易。他把你怎么了？"

"我娘请了公孙敖来帮我训练长门宫卫。"

"哦，明白了，公孙敖是不是连你一起给训练了？"

"是啊，今天跟长门宫卫们一起穿着铠甲，背着两把长刀、一柄长矛、十五斤粮食，走了整整五十里……好好的大路不走，哪里难走，哪里有水坑，他就要求我们走哪！"

"这是你自找的。你好好的文官不当，怎么想起当将军了？这句话我藏肚子里好久了，早就想问你，萧规曹随就是你家祖宗干的漂亮事情，你怎么就不能接着随呢？"

"你知道个屁啊！文官早就不吃香了，全变成了看皇帝眼色行事的傀儡。现在一个侯爵要是没了军功支持，爵位迟早会被撸掉。你以为曹家就我一个人？好大一家子呢，有资格进灵堂的男子就不下四十个！平阳侯府如果没了爵位，立马就是树倒猢狲散的下场，曹家也会很快从显族沦落成豪族，最后变成平民，这个后果我这个家主承担不起啊！"

云琅牙痛一般吸着凉气道："为了家族，你这个大病初愈的人就一定要上战场？"

曹襄怒道："成不了百战百胜的大将军，我战死还不成吗？一样能保住爵位不失！"

人一旦歇斯底里了，就开始不讲道理，对别人不讲道理，也不跟自己讲道理，只想痛痛快快地宣泄一下。霍去病说自己会成为一个英明的统帅，几乎所有的人都相信，因为他身上有成为名将的所有特质。他刻苦，他勇猛，他无畏，他知道克制自己的情绪，知道研究敌人的心态，知道从自己的名将舅舅那里汲取一些有用的东西，因此，他成为名将，可能性很大。曹襄就不一样了，他祖上就没有给他留下成为无敌统帅的基因，只给了他一个虚弱多病的身体，跟一个与他的能力丝毫不相配的高贵爵位。他在很小的时候就被妇人围绕着，被柔声软语呵护着长大，少年时的一场大病，几乎摧毁了他所有的希望，让他所有的期望都变成了一场梦。当云琅救治他的身体的时候，他的梦想也开始复苏，只是在开始第一次尝试的时候，就被公孙敖给了当头一棒。在残酷的现实面前，他又开始怀疑自己的梦想是否正确，就这个看似很合理的怀疑，云琅就知道，曹襄想要成为一个名将的梦想可能已经破灭了。

"我把所有人都赶走，你尽情地哭一会，哭够了我们就开饭。"云琅给了曹襄一个大大的笑脸，然后让院子里的人全部出去。

第一六一章 别把自己当人

皇家教育，其实就是把人逼疯的一个过程。很不幸，曹襄因为有一个长公主母亲，所以他接受的就是大汉国最高级的皇家教育。云琅不知道长平到底想要一个什么样的儿子，在他看来曹襄其实已经很不错了，活了十五年，经受了这么多别人不可能经受的事情，依旧没有成为变态，这已经说明，曹襄骨子里是一个很好的人。

云琅在屋子里喝茶，曹襄就躺在外面哭，他真的在哭，哭得呜呜呀呀的，非常伤心。一炷香之后他就不哭了，翻了一个身，趴在门槛上威胁云琅道："不准说出去，说出去了，朋友就没的做。"

云琅没有理会威胁，瞅着哭得一塌糊涂的曹襄道："我怎么才能帮到你？"

曹襄用袖子胡乱擦把脸道："揍公孙敖一次。"

云琅咂巴一下嘴巴道："你先上，我跟着，最多我们两个一起被公孙敖揍，反正他也不敢打死我们。"

"你要是陪我一起去军中受训，我就不伤心了。"

云琅瞅着曹襄道:"你以为我在训练场上会表现得比你差?你别忘了,我可是能跟霍去病交手的人,即便是使诈,那也是在差距不大的情况下。"

"你刚刚大病一场,我也大病初愈,我们两个的遭遇是一样的,我不信我会比你差到哪里去!"

云琅怜悯地看着曹襄,摇摇头道:"你会哭死的!"

"我不管,你想要我好受些,就跟我一起去被人家操练。"

云琅点点头,从里间取出霍去病赠送给他的铠甲,挂在大厅里去潮气。

狼狈的曹襄似乎一下子来了精神,翻身坐起,拍着手道:"好啊,好啊!以后只要你需要,要我干什么都成!"

"少许诺,尤其是你身为曹氏家主,更要少许诺,否则会给你以后的日子带来很多困扰。"

"少来,这一关过不去,我就没有以后。"

"你什么道理都懂,为什么总是做不好呢?"

曹襄咬着牙道:"我没有恒心!"

"好吧,我们一起培养一下恒心,我这人唯一的缺点就是太有恒心了……正好,我前段时间身体不太好,确实需要好好地动一下,陪你走一遭公孙敖的阎王殿,也不算什么。"云琅掸掉盔甲上的灰尘,笑着对曹襄道。

五更天的时候,云琅已经收拾妥当了,经过一年的生长,霍去病给的盔甲,他如今穿上正合适。红缨盔,锁子甲,牛皮绞丝战裙,两道束甲丝绦将这身铠甲牢牢地绑在他身上,他不断地调整着丝绦的松紧度,束甲的时候不能太紧,也不能太松,直到感觉合适了,才让红袖跟小虫给丝绦绾上最后一个结。一柄制式长枪挂在马上,一长一短两柄战刀插在腰间,背后还有一架短弩,肋下一壶弩箭,脚上一双薄底的快靴,两块护着小腿的腿甲也牢牢地贴在绑腿上面——在这一刻,云琅几乎算是武装到了牙齿。按照大汉军司马的标准配备,云琅还需要装备六根短矛、三柄双面战斧、一面牛皮蒙铁圆盾。小虫看了披挂战甲的云琅之后，就嗷嗷叫着要把那袭红色的大披风给他披上，被云琅严词拒绝。这东西除了耍酷之外，没多大用处，如果被公孙敖操练得狠了，这东西绝对是一个碍事的玩意。

曹襄早就披挂好了，站在门前瞅着云琅道："我发现你好像长得比我英俊一些。哥哥求你一件事，咱今天骑战马成不成？就不要把你家的游春马拉出来了，真是丢不起那个人啊！"

云琅笑道："夸我英俊也没有屁用，我就是喜欢骑游春马怎么了？这种马性情温和，遇到突发事情也不会炸蹶子，又被我训练得会跑了，还有比这更好的战马吗？"云琅说完打了一个呼哨，游春马就被老虎从马厩里给撵出来了。云朗踩着台阶上了游春马，也不管曹襄，率先冲出了家门。游春马早就不堪老虎的骚扰了，现在有机会离开老虎，立刻长嘶一声，撒开了腿狂奔。

曹襄在后面惊讶地吼道："你家的游春马怎么跑这么快?!"说完就匆匆地跟上。

这还是云琅第一次全副武装纵马狂奔，游春马也非常配合，踩着松软的荒原，奔驰得越发急速。从云家出发向北走十五里，就是羽林军在上林苑的一座营寨，云琅上次来过，自然不会迷路。十五里对战马来说，正好是一次奔袭的距离。云琅马速不减，他想看看以耐力温驯著称的游春马到底能不能完成一次全速奔袭。深秋清冷的风从云琅耳边掠过，让他的脸有些疼，他并不理会，身体伏在游春马背上，随着马身体的起伏慢慢地与马相互适应。曹襄的马毫无疑问是万里挑一的宝马，即便是云琅先走一步，在跑了七八里之后，它也慢慢地追上了游春马。大汉国最让云琅满意的一点就是骑马了，这个世界似乎就是为战马准备的，不论是地形，还是道路，都像为战马奔驰而天造地设的。

"你家的马确实不错，这么久才追上，真的了不起！"曹襄在两匹马擦身而过的时候，大声夸赞。

当游春马呼吸时喷出的白雾变成柱状的时候，军营已经近在眼前了。云琅放缓了马速，让游春马自己慢慢地从疾驰变成慢跑，最后缓缓走到营寨前面，等先到的曹襄报名入营。大汉国的军队规矩多，并且能持之以恒，即便是后来到了黄巾军造反的时候，大汉国的军队依旧强悍无比。这也就是那句"国恒以弱灭，而汉独以强亡"的来源。

此时天色大亮，军寨大门大开，一支七百余人的队伍已经开始列阵。公孙敖坐在马背上，如同一座雕像，在他的身后，一个壮汉刚刚擂响了战鼓。按照大汉军律，战鼓停止不到者斩！

曹襄跳下马扯着嗓子大吼道："军校曹襄报名入列！"

云琅也赶紧跳下马喊道："军校云琅报名入列！"

公孙敖用玩味的眼神瞅瞅曹襄、云琅，挥挥马鞭子道："入列！"

鼓声停止，公孙敖见人已到齐，满意地点点头道："还不错，经历了昨日一番苦熬，还以为会有几个尿包不敢来，没想到今日反倒多了一个。哈哈哈……有种！耶耶最喜欢有种的汉子，更喜欢看那些自称有种的汉子在某家手下变成一摊烂泥。别以为你们不是羽林军，耶耶就会放过你们。既然你们要去疆场厮杀，耶耶的手就不会软。哈哈哈，只有过了耶耶这一关的汉子，才有资格去疆场跟敌人杀个你死我活。听清楚了，想要过耶耶这一关，就别把自己当人！"

长门宫卫一起捶着胸甲吼道："喏！"

公孙敖笑了一下道："既然都认为自己是好汉，那就先给耶耶练出一副铁脚板来！"一串号角声响起，八个羽林军校尉背着红旗率先离开了军寨口，其余长门宫卫紧紧地跟上，唯一的差别就是羽林校尉们全部骑着马……跑步是云琅的强项，虽然身上的装备重了一些，他觉得自己还是能跟上的。

曹襄小声道："这个家伙昨日就是这么折磨我的。"

云琅小声道："留着力气应对今日的考验吧，我估计今天的操练一定比昨日更狠！"

第一六二章 不准在水中哭泣

太阳西斜的时候，云琅扶着曹襄慢吞吞地从荒原深处一步一步地挪回来。很奇怪，曹襄今天没有想哭的意思，反而笑得非常开心，上气不接下气地对云琅道："现在你知道公孙敖就是一个牲口了吧？"云琅摇摇头，想起自己以前看过的关于特种兵训练的场景，今天只是普通的负重越野跑而已，真算不得什么。"今天还不够狠？"

"如果公孙敖只有这两下子，他训练不出什么好军队。"

"你是说，如果这支军队落到你手里，我的下场会更惨？"

"对啊，负重五十里奔跑，真不算什么。当年魏国吴起挑选魏武卒的时候，可是负重百斤，奔行百里者为优。"

"你能做到？"

"估计不成，会被累死！"

两人一言一语地慢慢走上大路，他们的身后已经没有一个人了，就身体素质而言，长门宫卫中的哪一个都比他们两人强。

"我想坐一会。"曹襄瞅瞅四下无人，就对云琅道。

"不成，按照规矩，停顿，屁股落地为失败！"

"没人看见！"

"我能看见你，你能看见我。"

"天老爷啊，你会出卖我？"

"如果是这事，一定会！"

"你真是我的挚友……"曹襄抱怨着，依旧一步步地挪动着。他很聪明，对于聪明人来说，偷懒的后路被堵死了，继续奋斗将是最好的选择。

又走了半个时辰，羽林军营遥遥在望，曹襄舔一下干涩的嘴唇，对云琅道："你还有水吗？"

云琅晃晃水葫芦道："没有了。"

"中午路过那个泉眼的时候，怎么就忘记灌水了！"

云琅怒道："我灌了，是你担心负重没灌水！我的水都被你喝光了，我就喝了一口！"

曹襄咧咧嘴笑道："回去请你喝葡萄酿，加了冰的那种。"

"现在拿出来才算是有诚意，回到家里你以为我就弄不到加冰的葡萄酿喝？"

"告诉你啊，葡萄酿这种东西，喝别人的才畅快，喝自己家的实在是太心疼。"

两人谁都不敢停止说话，他们已经非常疲惫了，只有不断地说话，才能分散一下肉体的疲惫跟痛苦。

公孙敖赤身裸体地躺在一张躺椅上——看躺椅的式样，应该是从云家拿来的。公孙敖两条毛茸茸的大腿暴露在光天化日之下，黝黑的腱子肉一疙瘩一疙瘩的，这副模样，比他穿上铠甲看起来还要吓人，他手里端着一个黑陶大碗，一口一口地喝着碗里的东西，神态悠闲。见云琅跟曹襄两个相互搀扶着走过来了，他嘿嘿笑道："军中规定，不得相帮，你们今日的操演不过关！"

曹襄早就没了争辩的心思，毕竟一大群长门宫卫看着呢。不过，他们过得也不轻松，一人手里握着一柄巨大的木槌，正在用力地捶着一根根大腿粗的木头桩子，木头桩子入地三尺才算是合格。

"不要停，他在故意激怒你们，好浪费你们的时间。现在抓紧砸木桩子！"霍去病熟悉的声音从一边传过来。霍去病、李敢从一边走过来，一人手里拿着一柄木槌，分别给了云琅跟曹襄，半拖半拽地将两人弄到最远处的两根刚刚入土的木桩子跟前。"半蹲，腰背挺直。木槌动，全身动；腰发力，腿支撑；木槌上扬，提走半身；木槌下落，双脚不动；连环，最为省力。这是口诀，一定要记住了。"

只要不动双腿，曹襄觉得自己还有力气，抡起槌子重重地砸击在木桩子上，木头桩子颤抖了一下，下降了一寸。曹襄大喜，看来砸木头桩子不是很难，一槌子一寸，三十槌子应该就能完工。霍去病、李敢见曹襄开始疯狂地砸木头桩子了，叹口气就把目光转向云琅。云琅很悠闲地从怀里取出一副麻布手套戴上。手套制作得不错，手掌指头肚子的地方特意垫了一层薄薄的兔皮，而且非常贴合他的手掌。云琅戴好手套，就拎着槌子试一下，感受一下分量，然后按照霍去病说的口诀，双腿半蹲，将木槌在身后抡了一个半圆，然后吐气开声，重重地砸在木桩子上。他并没有停，趁着槌子被反弹起来，双手紧握槌柄，待槌子下降的时候，趁势发力，让槌子再一次转了一个圆圈，狠狠地砸在木头桩子上，木头桩子猛地下沉，云琅再次借力……让木头桩子下沉一尺，是最简单的，云琅一连砸了百十槌子，感觉胸口发闷，快要吐血了，才停了下来，将槌子丢在一边，双手扶着膝盖，眼前一阵阵发黑，金星乱冒，汗水顺着下巴、鼻尖、眉毛胡乱流淌。曹襄嗷嗷叫着，如同一只疯狗，木槌雨点般落在木头桩子上，像发泄多过的训练，一槌比一槌艰难……

云琅眼看着木头桩子上的红线没入地面，双手松开了木槌，两只手颤抖得如同寒风里的枯叶。曹襄比云琅还要先完成训练，只是他现在的状态不是很好，四脚朝天地躺在地上，嘴角有白色的口涎流出来，两只眼睛直愣愣地看着天空，一动不动。霍去病提了一桶水浇在曹襄的脸上，曹襄打了一个激灵，一口悠长的气终于从鼓鼓的胸腔里吐了出来。看得出来，他真的很想哭，只是这家伙拼命地扭过头找云琅——如果云琅哭了，他一定会哭得天昏地暗！

云琅当然不会哭，他把脑袋埋在木桶里，好让自己快要炸开的脑袋平静下来。

"你耍赖，不准在水桶里流眼泪……"曹襄带着哭腔怒吼道。说着就爬到一个水桶跟前，也把脑袋栽了进去，身体一抽一抽的，抓着水桶边缘的手血迹斑斑。

公孙敖走了过来，瞅瞅地上的木头桩子，再看看一边的霍去病跟李敢道："下不为例！"

云琅喘息着道："将军，卑职好歹也是军司马，你身上不着寸缕，坦率而行，是不是有碍观瞻？"

公孙敖喝了一口酒道："耶耶还在军中喝酒了，看不顺眼就去弹劾，君命没下来之前，耶耶就算是放屁，你也要给耶耶好好地闻着！今天的操演你做得还是不错的，虽然更像是一个娘们，骨头还是硬的。只要你熬过操演，来羽林军中就职，耶耶也捏着鼻子认了。"

瞅着公孙敖一瘸一拐地扭着黑屁股蛋子走了，云琅问霍去病："将军一直这么没遮拦吗？"

李敢小声道："我们听说，将军在疆场上睡觉，一定要跟母马在一个帐篷，至于要母马干什么我们就不得而知了。"

霍去病怒道："道听途说之言，你也信？"

曹襄一下子就把脑袋从木桶里拔出来，大声道："信，耶耶信！谁不信谁是骡子！"

霍去病瞅瞅天色，对云琅道："军寨马上就要关闭了，你们快点回去吧。"话音刚落，沉重的鼓声就响了起来。霍去病、李敢两人胡乱拍拍云琅、曹襄的肩膀，就快步回军寨了。几个呼吸的工夫，军寨外面的一大群人就不见了。

一个长门宫卫把两人的马从军寨里牵出来，小心地把他们搀扶上马，施礼之后就回了军寨。

曹襄勉强在马上挺直了腰板道："有效果了，长门宫卫以前很恨我，现在肯帮我们牵马了。"

云琅强忍着腹中的饥饿，对曹襄道："对他们好一些，最好能成为兄弟，这样你从战场上活着回来的可能性就大很多了。"

第一六三章 莽夫

从军，是一个苦差事，云琅有吃苦的思想准备。在这个法律还未萌芽的时代，黑店、强盗多如牛毛，个人武力高强还是非常重要的。游走天下的读书人，不会击剑，不会骑马，没有过人的胆识，是不成的。太宰的身体埋葬在了始皇陵，云琅觉得自己跟大秦的关系已经画上了句号。反汉复秦这样的大事，无论如何也不该是他的责任。这个世界很精彩，他还没有看够……

骑在马上的两个人都没什么说话的兴致，好在云琅的游春马对回家的路很熟悉，晃晃悠悠地带着他们回家。老虎蹲在一个高高的山坡上，看见云琅回来了，从山坡上扑了下来。云琅的坐骑跟曹襄的宝马都不安地停下脚步，也不敢跑，跑了被老虎追上后果更严重。

曹襄不安地对云琅道："你家的老虎喜欢蹲马屁股上，这是从哪学来的？"

云琅懒懒地道："反正不是跟我学的。你要是不想让老虎蹲在你的马屁股上，就给它弄一匹马吧。"

曹襄两只胳膊抬不起来，只好用脑袋顶顶老虎的下巴道："你能不能下去？你太重了，我的宝马可驮不动我们两个。"老虎对曹襄的话自然是置若罔闻的，继续蹲在马屁股上巡视它的领地。

当两人躺在温泉水渠里的时候，谁都不想说话，一天的操演已经把他们不多的精力消耗光了。

"阿琅，谢谢你……"曹襄冷不丁地说出一句感谢的话。

"应该的，我有我的目的，不是专门陪你吃苦。"

"我知道，你做事目标永远都非常明确，我知道你这么干一定有你的道理，但我还是想说谢谢你，至少，我才是你参加操演的始因。"

云琅小心地把身体往外挪了一点，这家伙总想靠近他。

最后一排南飞的大雁走了，骊山就开始落霜了。云琅总是吹不好笛子，曹襄这家伙却对长箫非常擅长，在羽林军寨吹的一曲《夜月》赢得了很多人的好感。

霍去病箭法高超，即便在黑暗的环境下，也能将羽箭一支支地钉在几乎不可见的箭垛上。李敢的箭法也好，只是四石的巨弓让他不能连续射击，可是他射出的每一支箭都带着摄人心魄的尖啸。公孙敖随手丢出酒碗，一支羽箭就击碎了酒碗，碎陶片乱飞。每次，曹襄都要怒视公孙敖一眼——这浑蛋根本就是故意的。

长门宫卫们完成了操演，被淘汰的只有四人。不是这四人不能完成操演，而是这四人根本就无心参加操演。曹襄解除了他们的军职，这四人痛哭流涕，却感念曹襄的仁慈，大礼叩拜之后就离开了军营，开始自己的平民生活。不论是曹襄还是云琅，都没有问他们为什么会心不在焉，就算他们有天大的理由，也不能留他们在军营里继续瞎混。军队是要上战场的，能做到心无旁骛的才是好战士，牵挂太多，会伤害到别的将士。

当酒碗的碎片再一次掉在脑袋上，曹襄怒道："公孙敖，你要干什么？"

公孙敖又将一个酒碗丢上半空，冷冷地道："看到两个连滚带爬才通过操演的混账，马上就要统率七百六十二个好汉，耶耶心中有气，不服！"

云琅丢下笛子，用袖子遮盖着脑袋，无奈道："牵连我做什么？我是来让自己变得强悍的！"

"呸！无耻！想要变强悍，那就拿出真正的本事来，总是投机取巧算怎么回事？"

"我哪里投机取巧了？别人跑五十里地，我也跟着跑五十里地；别人砸木头桩子，我也跟着砸木头桩子；别人骑马两百里奔袭，我也骑着马跑了两百里……"

"住嘴！别人跑五十里地用一个半时辰，你们用两个半时辰！别人砸木头桩子三百锤到位，你们用了多少锤？还两百里奔袭，骑马骑得快要断气的人真是罕见啊！射箭勉强上箭垛，还有脸用弩箭！一千次劈杀，两千次刺杀，一千次挥盾，你们完成了哪样？居然有脸说长门宫卫的标准就是这样，耶耶的，长门宫卫们是好样的，就是你们——你们是长门宫卫的耻辱！这也就是在长门宫卫，这支军队不受耶耶管辖，如果在羽林军中，每日的惩罚鞭子，早就把你们抽成一堆烂肉了！"

公孙敖是标准的大汉军人，人家一般不这样称呼他，都叫他武夫。这种得罪人的话也能在大庭广众之下说出来，是真的没脑子。这样的人冲锋陷阵很不错，真的拿来当将军使唤，是非常不正确的。好在刘彻非常知人善任，不让这个脑袋里全是肌肉的家伙领兵打仗，只允许他训练军卒。

曹襄的鼻子已经快要气歪了，云琅瞅瞅曹襄那双在夜色中显得绿莹莹的眼睛，就知道公孙敖这家伙跟曹襄算是结仇了。

霍去病拖走了已经喝高了的公孙敖。李敢来到云琅身边道："他就是口快一些。"

"他是在嫉妒！"曹襄阴沉沉地说道。

"公孙敖与家父是好友，我不好说别的。"

云琅笑道："你父亲如果想要马上封侯，就要学会控制自己的脾气，尤其是直言不讳的习惯一定要改掉。"

"军人不就是这样的吗？"李敢不解地问道。

"可是侯爷不是这样的。灌夫、窦婴是怎么死的，你难道不知道吗？"

"家父为人豪爽……"

"在军营里豪爽没错，回到家里就不要豪爽了。我听说你父亲自封神箭将军，有人已经暗地里称呼你父亲箭侯，你觉得这是好事？"

"有这种事？"李敢大惊。

"林暗草惊风，将军夜引弓。平明寻白羽，没在石棱中！这首诗给你了，你可以传出去，夸赞你父亲箭法如神就好了，不要自封什么箭侯。你父亲都自封了，你认为皇帝还会封赏他吗？"云琅打了一个酒嗝，慢条斯理地给李敢分析道。

李敢把云琅吟诵的那几句背诵了两遍，然后道："休沐之日我就回长安，跟我父亲好好说说。"

霍去病回来了，无奈地朝曹襄拱拱手道："阿襄莫要记恨！"

曹襄面无表情地道："去病不用帮他说项，事情已经出来了，公孙敖的一番话让我在长门宫卫中颜面扫地，想要统御这支军队，就要花费更大的心思跟钱粮。他甚至让我这一个半月来的辛苦全部白费了，这已经不是无心之失了，是真正的包藏祸心！"说完，就恨恨地将酒碗摔在地上，不用他吆喝，曹氏的家将们就簇拥着他跨上战马扬长而去。

"我不该邀请将军跟同僚们过来。"霍去病有些后悔。

云琅把一只刚刚烤好的羊腿递给霍去病道："好好吃你的吧，关你屁事！你必须笼络住羽林军中的人，你没见阿襄刚才愤怒成那个样子也没有当场发作，而是悄悄离去的？这就是在给你留颜面。我们兄弟将来的日子还长着呢，公孙敖这样的将军已经过气了，多一个少一个其实问题不大。"

霍去病啃了一口羊腿，无奈道："你怎么也这么说啊？"

云琅笑道："我也有气啊，那浑蛋刚才说我无耻！再说了，我也不喜欢这种口无遮拦的人。勇敢是一回事，喜欢把自己的不满随意宣泄的人就不是勇敢了，而是莽夫！你以后为将，如果需要一个敢冲锋陷阵的人，公孙敖是一个极好的人选；如果需要一个带兵的人……"

第一六四章 始皇陵的后时代开发

云琅早上醒来的时候，依旧觉得脑袋很疼，大汉国的残次品绿蚁酒喝多了就这症状。醪糟不像醪糟，酒不像酒，甚至还有一股子醋糟子味道，一大口酒下肚，然后再吐出半口酒糟，确实很无趣。红袖包的小馄饨很好吃，云琅一口可以吃两个，一大碗馄饨下肚，被绿蚁酒弄没的魂魄也就归来了。曹襄昨晚就没回长门宫卫的营地，而是住到了云琅的隔壁。云琅吃馄饨的时候，他已经吃完了早饭，正在院子里比画一杆长枪。

"别弄了，你就是再勤恳，在个人武力上也比不过霍去病跟李敢，不如把工夫用在你比较擅长的阴谋诡计上。"云琅端着饭碗瞅着一板一眼地练习刺杀的曹襄道。

曹襄拍拍脑袋道："阴谋诡计不用练习，我天生就是一个阴谋家。总归是要上战场的，多练练没坏处。"

"别生公孙敖的气了，那就是一个莽夫，不值得你如此大动肝火。"

提起公孙敖，曹襄的怒火就压制不住，他丢下手里的长枪道："什么东西?!昨日我特意摆下那么大的阵仗,就是为了向他表示感谢,代我母亲向他致谢,证明我曹氏领了他此次的人情,定有后报。现在,他一句话就把自己辛苦挣来的人情挥霍一空,天底下怎么还有他这种人?"

云琅把最后一只馄饨塞嘴里吞下去,放下饭碗道:"等你眼界再宽广一些,你就不生气了。现在你的问题是,怎么面对你那些骄兵悍将对你的轻视之心?"

"无他,唯功名利禄尔!我没有强大的武力,却有强大的权势!"曹襄重新捡起长枪,插在门廊下的兵器架子上,快快地上了楼。云琅相信曹襄会处理好这件事,而且是用他自己的方式,驾驭部属是他从小就会干的事情。

一个半月的训练让云琅强壮了很多,至少胸部、腹部的肌肉已经有了一些形状。他握着栏杆,在半空晃悠一下就从二楼跳了下来。老虎欢快地跟上,它以为云琅要跟它开始游戏了。一人一虎冲出云家,沿着长长的水槽架子向松林狂奔。老虎跑一阵子就要停下来等云琅,一旦云琅将要抓到它的尾巴了,这家伙就再一次狂奔,这样的游戏老虎非常享受。

松林里的缫丝工棚鸦雀无声,偶尔有一两只麻雀从棚子里飞出来。两个看守工棚的妇人,悠闲地坐在向阳坡上缝制着冬衣,也顺便享受初冬的阳光。老虎淘气地衔着人家的针线笸箩跑到云琅身边献媚。云琅把妇人的针线笸箩还回去,说了两句闲话,就咬着牙走进了太宰居住过的那座大院子。这些天以来,云琅尽量避免来这里,没了太宰的大院子,也就是松林里的一个普通院落罢了。太宰走了,云家的教书先生也就不见了,自从小虫问过一次,云琅冲她发了一通脾气之后,就没人再问他了。两个老人乐呵呵地坐在阳光下,一个用磨石打磨木片,一个摆弄着麦秸——又有一个快要完成的小小的宫殿模型出现在屋檐下的桌子上。

云琅坐在桌子前面,开始按照自己的设想重新摆弄组合模型……摆弄好了,就把它用鱼胶固定好,搬进屋子里,放在一个巨大的桌子上,跟其余部分一起拼好。如果太宰还活着，他就能看得出来，这是一座始皇陵寝的模型图。模型图已经完成了两成，云琅特意掩去了章台宫，即便如此，巨大的桌案上还有很大一片空白。在桌案的边上，还有一座模型，是云氏庄园的微缩模型。如果仅仅是进来看这些东西，人们只会被两个野人精巧的手艺所震撼，会认为云琅正在计划建造一座更加美丽的庄园，而不会联想到其他。至少，阿娇就对云家的模型非常感兴趣，长门宫里也有一套阿娇自己摆弄的长门宫微缩模型。而霍去病在云家的房间里摆放着一座城池模型，他经常彻夜不休地研究如何守城，或者攻城。

　　制作始皇陵微缩模型的计划很久以前就开始了。每一次进入始皇陵，其实就是云琅对始皇陵做的一次探索，那些密布始皇陵的丝线，是云琅在测量始皇陵各个部位的尺寸时留下的东西。太宰以为那是云琅为了自己的安全做的一些准备，哪里知道，这是云琅在计算整座始皇陵的面积。以这座山一般巨大的封土堆来说，始皇陵的面积实在是显得有些小了。以始皇帝的雄才大略，他不可能只给将要复活的自己准备这么一点东西。相比这座巨大的陵墓，云琅对那个伏剑自杀的秦国公主更有兴趣。她死去的年代已经很久远了，她身为皇家贵胄，陵卫们居然没有给她收尸，这实在是太奇怪了。太宰拿到那柄短剑时痛苦的样子，是瞒不过云琅这个有心人的。该是太宰的东西，全部归太宰，这是理所当然的，所以云琅烧断了栈桥，封闭了章台宫。然而，章台宫的外面，云琅理所当然地认为该是属于他的，是他一个人的宝藏。这些事情在太宰活着的时候，云琅不能去做；如今，太宰死去了，云琅将再无顾忌。

　　松林院子距离那个瀑布不是很远，也距离皇陵卫士们的陵墓不远。冬日，瀑布的水流很小，却极为清澈，云琅站在那座石壁面前，沉默了良久，还是没有进去。雕像的模型早就制作好了，只要云琅愿意，他就能把陵墓里陵卫的骨骼全部凝结在黏土里。云琅不想早点开始这个工作，他想亲手把这个堪称艰巨的工作独立完成，当成献给太宰的最后一瓣心香。断龙石终究应该放下来，云琅凭借直觉，认为太宰能进去的地方，一定不会是太重要的地方。或许云琅对始皇陵的了解要比太宰还多一些，至少，距离始皇陵东侧三里地长满麻籽的土地下有三座巨大的兵马俑，就是太宰所不知道的。陵墓太大了，占地范围也太广了，渺小的人站在上面总是不能一窥全豹的，因此，欺骗、隐瞒就自然而然地出现了。偌大的始皇陵对于云琅来说，就是一个巨大的未解之谜，云琅很想知道始皇帝死后到底弄出了多少谜团。独占一座密藏的感觉是幸福的，这足够云琅用一生去发掘，最终独享宝藏。

云琅离开骊山，跟老虎一起漫步在松林间。老虎总是喜欢追逐那些乱飞的松鸡，却总是不能得逞。它现在已经有些养尊处优了，对于钻进荆棘丛的松鸡从不强行抓捕，这会弄乱它美丽的皮毛。

阿娇的长门宫浓烟滚滚，这是阿娇的仆役们在准备耕种的土地上烧野草、灌木。高贵的人只要跟农家联系起来，就会变得朴实无华。头上包着一块蓝色绸布的阿娇如同一个地主家的女主人，正在调派仆役们放火烧地，见云琅过来了，就朝他招招手，指着那些已经烧过的土地道："你看看，灰烬够不够？"

云琅叹息一声，对于土豪家的做派非常感慨——云家烧地的时候地上只有半寸厚的一层灰烬，阿娇家土地上的灰烬，足足有半尺厚，也不知道这些天她到底在土地上烧了多少东西。"灰烬足够了。只是，您要马上耕地啊，把这些灰烬全部翻进泥土里，要不然风一吹，灰烬被吹跑了，您就白干了。"

阿娇白了云琅一眼道："就你聪明吗？大长秋早就想到了。灰烬是湿的，怎么跑？即便是跑了一千里又如何，还不是在我家的土地上！"

第一六五章 和匈奴的第一次偶遇

跟阿娇这种人就没办法好好地说话,她只要一张嘴,就能把云琅这种普通人噎一个大跟头。事实上,她这句话没什么错,大汉国就是她家的,哪怕她是一个下堂妇,这么说也是可以的。阿娇见云琅不说话了,柳叶眉变得有些竖,怒道:"问你话呢,明年这里的收成能不能比你家的高?"

云琅连连点头道:"这是必然,这是必然。"

"我家的小鸡,昨日死了两只……"

云琅眨巴着眼睛听阿娇絮叨,她家现在有三千多只小鸡,死掉两只是多么正常的事情啊。在大汉,三千多个孩子都没可能全部活下来,更别说小鸡了。

"明年的粮食仔细些种,有人要看!"阿娇显摆够了之后,冷不丁地说了一个大消息给云琅听。能让阿娇带话的人除了刘彻不会有其他人,听到这个消息,云琅笑了,刘彻终于忍不住要来了。"是不是有些得意?"阿娇瞅着云琅道。

"诚惶诚恐!"

阿娇叹口气道:"诚惶诚恐?这样做就对了。大长秋也总是规劝我诚惶诚恐一些,我却做不到,如果非要那个样子才能让他过来,我宁可一个人在长门宫过日子。"

阿娇很明显没有跟云琅再说话的意思。这个女人做事情全看心情,心情很好了,即便在她面前放肆一些也没关系;心情不好了,就会立刻翻脸。云琅拱手施礼之后就离开了。阿娇依旧站在高处装她的农妇,现在,她已经把自己彻底代入了农妇的身份之中。大片的田地里全是焦黑的灰烬,想要干净地回去,云琅只好绕道。

重新回到了骊山,这里就让人愉快得多,淙淙的流水,高大的树木,还有一匹难看的战马,一个蹲在泉水边喝水的人。此人身材低矮,黝黑,身上的衣衫乱糟糟的。他喝水的样子非常奇怪,云琅一般都是双腿蹲在水边喝水,那家伙不一样,他的左腿蹲着,右腿却向后弯曲,脚掌还稳稳地蹬在地上,似乎准备随时暴起杀人,或者逃跑。几乎在云琅发现那个人的同时,那个人也发现了孤身一人的云琅,他站起身,用一种奇怪的眼神看着云琅……怎么说呢?就像是一匹狼在看着一只羊。

"此处乃是私人园林,这位兄台为何不告而入?"云琅停下脚步,警惕地问道。那个汉子张嘴笑了,露出一口大白牙,缓缓地向云琅靠近,由于他站在上风位,一股浓重的腥膻气随风飘了过来。云琅从怀里掏出一个酒葫芦笑道:"不论如何,远来的就是客,先饮一口酒。"云琅笑眯眯地将酒葫芦丢给了那个已经离他不足十米的汉子。

汉子探手抓住酒葫芦,摇晃一下,就丢在地上,两只眼睛鹰隼一般地盯着云琅,然后就冲了过来。云琅吧唧一声趴在了地上,冲过来的汉子惊骇欲绝地发现,一个硕大的猛虎脑袋就在他的对面。猛虎的两只爪子已经张开了,两寸长的利爪迎着他的脸狠狠地抓了过来。汉子大叫一声,身体一侧,堪堪避过老虎的左爪子,却被右爪子抓了个正着。比钢钩还要锋利的老虎爪子从他的脸上划过，带起一连串的血花。躺在地上的云琅看得很清楚，自家的老虎兄弟这一爪子几乎把那个人的脸给切开了，还是切割成了五份，最长的那根爪子甚至把他的一只眼睛也给抠出来了。就在云琅以为这人已经完蛋了的时候，他居然从地上翻身爬起，快速向战马方向狂奔——战马身上有他所有的武器。老虎昂首咆哮一声，那匹战马就哀鸣一声跪倒在地。老虎一个跃起超过了那个汉子，一只大爪子按在不断悲鸣的战马的脑袋上，摇晃着尾巴，等汉子靠近。汉子的脸上血流如注，似乎知道已经没了退路，就狼一般号叫一声，探手扯掉身上碍事的衣衫，张开双臂面对老虎，竟然一步不退。

　　云琅站在一边仔细地打量了一下那个汉子道："你是匈奴人吧？怎么过来的？"匈奴汉子对云琅的问话充耳不闻，缓缓地向溪水靠拢。老虎的爪子在战马的脸上用力蹬踏了一下，那匹马的脑袋就被爪子撕开了一条好大的口子，眼看是活不成了。"投降吧，我可以饶你不死。"云琅觉得那个匈奴人身上的血快要流干了，虽然从他受伤到现在不过是几个呼吸的时间，他经过的地面上已经是血迹斑斑了。有老虎看着他，他根本就不敢转身逃走，只要是打过猎的人都知道，把自己的后背暴露给猛兽是个什么下场。

　　云琅忽然想起春日的时候霍去病说过，匈奴左谷蠡王可能会报复，他顿时就变得紧张起来。若是如此，过来的匈奴人就绝对不仅仅是这一个人。他心中大急，冲着老虎大叫了一声。老虎不满地瞅瞅云琅，然后就再一次向匈奴人扑了过去。云琅趁着老虎跟匈奴人扭打成了一团，连忙来到那匹已经死掉的战马跟前，撕开匈奴人的马包，匈奴人的弯刀赫然暴露了出来。云琅大叫一声，见匈奴人已经被老虎牢牢地按住了，就取出随身短剑，一剑捅在匈奴人的大腿根部。匈奴人大叫一声，用脑袋顶着老虎的下颌奋力坐起，云琅却趁机用短剑在他的两个肩窝上各捅了一下。匈奴人啊啊出声，挣扎了两下，就无力地倒地。

　　云琅来不及理睬这个匈奴人，一想到阿娇就在左近，万一这个女人被匈奴掳走了，大汉国那可就真的成了一个大笑话。云琅几乎是狂奔着回到了原野上，阿娇依旧站在高坡上假扮农妇，才出了林子云琅就朝阿娇大吼道："快跑啊，匈奴人来了！"距离太远，阿娇听得不是很清楚，疑惑地看着狂奔的云琅，示意他走近点。

云琅刚刚跑了两步，就发现大长秋几乎是飞一样地从另外一边跑过来，身后还牵着一匹狂奔的骏马，就骏马跑动的样子来看，这可不是什么游春马。"匈奴来袭！"大长秋大喊一声就来到了阿娇面前，屈身跪倒，让阿娇踩着他的后背上马。

"什么?！"阿娇大叫一声，立刻就踩着大长秋的肩膀上了战马，她不能落在匈奴人手里，这一点阿娇还是清楚的。阿娇刚刚上马，又有十六名骑士惶急地跑过来，见阿娇已经上了马，就立刻让出一匹坐骑给大长秋，然后迅速地簇拥着阿娇远去。

此时云琅蹿出去足足有十丈远了。阿娇无恙，这时候就要考虑家里人了，匈奴人来了，他们是怎么来的？来了多少？云琅来不及想这些事情，一想到家里的四百多个妇孺，他一点时间都不敢浪费。

云家吃饭的钟声响起来了，这也是云家召集仆役的讯号，家里的仆妇们全部匆匆地出了居住的地方，叽叽喳喳地说笑着向家主居住的木楼前拥过来。她们很高兴，每一次家主召集大家聚会的时候都有好消息宣布，比如上一次给大家加鸡蛋吃的事情，就是仆妇们最津津乐道的。

"匈奴人来了，快走！"

梁翁脸色发白，大吼着要仆妇们跟着他进松林，这是云家人唯一能躲避的地方。"带着自己的孩子，不要着急。匈奴人还没有过来呢，我们去松林那边躲避一下，等匈奴人走了，我们再回来。"云琅实在是不敢催促这些妇人，他怕一旦催促了，后果会更加严重。

第一六六章 杀敌（一）

"我要回去拿包袱！"一个高大的妇人听说匈奴人来了，第一反应居然不是害怕，而是要回去拿自己积攒的财物。刘婆一巴掌抽在妇人的脸上，怒吼道："带着孩子去松林那边！谁敢回去，老婆子今天就砍死她！"高大的妇人捂着脸大哭起来，她这一哭，好多妇人也跟着大哭，那些年幼的孩子更是跟着号啕大哭。不过还好，刘婆那把不知道从哪里找来的刀子发挥了作用，一大群妇孺跌跌撞撞地向松林跑去。妇人们很害怕，听说匈奴人吃人不吐骨头，上一次匈奴突袭甘泉宫不过是十二年前的事情，这些妇人哪里有不知道的道理？听说匈奴人又来了，顿时没了主张，只能是家主说怎么做，她们就怎么做。

宣真、毛孩等孩子大呼道："去松林山洞躲避一时！"于是，宣真在前面带路，毛孩在后面压阵，这才维持了队伍的齐整，快速地进入了松林。

云琅有军职，还是羽林军司马。羽林军的职责就是守卫建章宫，也称为建章宫骑。既然匈奴人已经摸到骊山了，必然威胁到了建章宫，此时如果再不归营，就是泼天的大罪。好在已经捉了一个匈奴人，有了一个脱罪的借口，就今天这事，不论建章宫有没有事情，全长安三辅的军队都有大罪。尤其是云中、雁门、定襄、太原四郡的军队、郡守，更是罪不可赦。云琅穿好了盔甲，全副武装地守在门前，护送妇孺们往松林走。就在这个工夫，云琅看见西北方向冒起了无数股狼烟，他微微地叹了口气。等家里的妇孺全部进了松林，并且隐藏在褚狼他们以前藏身的山洞里，云琅这才松了一口气。这里比较安全，除了云氏之外，基本上没人知晓，匈奴人劫掠如风，短时间内无论如何也不可能找到这里的。

云琅找到溪水边的那个匈奴人的时候，匈奴人的血已经流干了，他看了满身披挂的云琅，吐出了最后一口气。

云琅找不到云家的护卫，就在刚才，那些护卫的家眷也跑得不见了踪影。梁翁抱着云琅的铁臂弩战战兢兢地跟在云琅身后，怒气冲冲地道："都跑了！老奴去找何良他们，他们说匈奴人打过来了，就带着家小跑了！"

云琅笑道："不是一家人，没可能进一家门的。他们以为云氏的庄园宏大，一定会遭受匈奴人重点劫掠，所以弃甲而逃，却不知道，匈奴人的这一次进攻，与十二年前的那一次进攻有着天壤之别。离开云家这个坚守的地方，带着全家暴露于荒野，反而更容易遭受灭顶之灾。"

梁翁见云琅很平静，慌乱的他也就安定了下来，这才看见地上的那具尸体。

"匈奴人！我刚刚杀的！"

梁翁一听这话，两只眼睛顿时冒光。他从腰里取出一柄斧头，三五下就把匈奴人的脑袋砍了下来，举着血淋淋的脑袋兴奋地对云琅道："少爷，斩首一级，这可是军功！就是不知道这家伙是匈奴当户，还是将军、都尉。"

云琅指指倒毙的战马道："他的东西在那里，你好好地搜搜，最好能找到可以证明身份的令牌。这家伙非常彪悍，我跟老虎一起才杀了他。"梁翁拍拍老虎的脑袋，又亲昵地拿脑袋蹭蹭老虎脑袋，然后就收拾那个匈奴人的遗物去了。云琅瞅着荒野道："这里偏僻，匈奴人应该不会跑到这里来的。你就留在这里，我跟老虎去羽林大营。"云琅为除了自己之外，云家唯一的一个成年男子打气道。

"少爷，您不知道，先帝病重时，匈奴人就来过一次上林苑，还把甘泉宫给烧了。听说，当时匈奴人攻破了雁门关，北方四郡全部失守，被匈奴掳走的百姓不下十万。少爷，您也藏起来吧，咱们家已经斩首一级了，怎么都能交代得过去，老奴一个人看家就成了。"

云琅摇摇头，在梁翁担忧的目光中，骑着游春马带着老虎离开了骊山。

狼烟升起了，上林苑里的所有活物似乎都藏了起来。云琅跟老虎不敢走大道，现在，有很高的可能性会遇见匈奴人的骑兵大队。如果是汉人之间的战争，云琅一定会避开的。如今，既然来的是匈奴人，即便是再危险，云琅也要试一下。如果连他这个羽林司马都躲起来了，还指望谁能站起来跟匈奴作战呢？

走了不到十里地，云琅的衣衫就被汗水湿透了。他觉得不能再往前走了，老虎在不断地低声咆哮，这是警讯，老虎已经觉得这里很危险了。前面不远处有一个不大的山包，正好卡在路边，山包上的茅草很深，是一个不错的伏击地点。如果来的匈奴人很多，云琅就决定藏起来；如果来的是零散的匈奴人，云琅就准备用铁臂弩杀了他们。

游春马很乖巧地卧在草丛里，老虎也静静地趴在草丛中。云琅不紧不慢地安置好铁臂弩的三脚架，将上满弩箭的铁臂弩装在三脚架上，这样可以最大限度地保证射击的精准度。云琅安排好了一切，刚刚准备休息一会，就看见三骑一前两后地从大路上狂奔过来。云琅将身体伏低，通过弩的望山仔细地观察来人。前面跑的明显是一个汉人，身上血迹斑斑，背后还背着一个牛皮筒子，看样子是信使。后面的两个骑兵明显就不是汉人，虽然穿着汉人的衣服，因为霍去病说过，汉人目前还没有本事纵马弯弓……羽箭嗖嗖地从信使背后飞过，信使紧紧地趴在马背上，毫无还手之力。

云琅微笑着放过狂奔的信使，将后面的那个匈奴人的身形套进了望山。小山相距大路不过三十米，正好在铁臂弩威力最大的射程之内。云琅轻轻地扣动了机括，一支铁羽弩箭就咻的一声刺进了那个正要发箭的匈奴人的脑袋，铁箭射穿了头颅，匈奴人一头从马上栽了下来。云琅来不及看战果，就迅速地将弩箭瞄准了另一个匈奴人，这一次他几乎没有等待，匈奴人的身体刚刚进入望山，他就扣发了弩机。弩箭追上了狂奔的匈奴人，从他宽阔的后背刺了进去。匈奴人大叫一声，趴在马背上拨转马头就要斜刺里进入荒原，他非常机敏，一刹那的工夫他就察觉了弩箭是从哪里飞来的。趴在草丛里的老虎悄无声息地钻出草丛，有着厚厚肉垫子的爪子落地无声，悄悄地追了上去。浓密的荒草丛，那是老虎的天下。

信使明显地发现了身后的追兵已经被干掉了，就停下战马，拱手朝云琅所在的方位吼道："多谢兄长救护，张六子感激不尽！军务在身，不敢停留，如果兄长去了我北大营，只要说出今日的事情，张六子定有厚报。"

云琅静静地看着那个叫作张六子的北大营信使，一言不发。等张六子离开了，他才下了山包，牵着匈奴人的战马拖着那个匈奴人的尸体进了草丛。老虎回来了，巨大的犬齿上血迹斑斑，两只爪子上也满是血迹，肚皮翕合得厉害，可见刚才的战斗也非常激烈。云琅摸摸老虎的脑袋，往它的大嘴里倒了一点酒。老虎咂吧两下嘴巴，就重新把脑袋搁在爪子上休息。

杀了人，云琅没有任何的不适，身体反而兴奋得有些颤抖。他重新趴在荒草丛里，继续通过铁臂弩的望山，观察这个完全不一样的世界。

第一六七章 杀敌（二）

每一次，只要老虎的耳朵开始摆动，云琅就会瞭望四周，这个过程持续了足足三个时辰。在这段时间内，有六拨人从他望山的世界里走过，有惶急的商贾，有乱跑的野人，也有赶着马车的富家子。云琅不知道他们的目的地是哪，每一个人都像是身处世界末日，惶惶不安。云琅忽然发现，自己好像有些理解刘彻为什么要穷兵黩武了，这种随时有人要你命的感觉真的不好，一点都不好。

大路上忽然有隆隆的马车声，云琅起身观望，只见十余辆华贵的马车从远处驶来，车夫站在车辕上奋力驱赶马匹，两个武装护卫站在马车后面，紧张地观察着后面的情形。车速极快，拉车的马口吐白涎，已经陷入了一种癫狂的状态，依旧狂奔不休。领头的一辆马车的车轴忽然折断了，华贵的车厢轰然倒地，被狂奔的战马拖拽着继续前行了百十步，战马力竭，也翻倒在地上。两个翠衣艳妇哭叫着从残破的马车里爬出来，头脸上全是血迹。紧接着一个胖胖的男子也从马车里爬出来，虽然狼狈了一些，却似乎没有受伤，举着一柄剑怒吼道:"不跑了,不跑了,耶耶不跑了!就在这里干死匈奴人!"听了那个胖子的话,两个翠衣艳妇的哭声越发大了。

后面的马车绕不过前面的马车,也只好停下来。一个绿衣男子从马车里跳出来吼道:"张连,快把你的马车弄开,匈奴人追来了!"

那个叫作张连的胖子摇摇头道:"杜预,别跑了,马已经撑不住了,你看看你的马,已经在吐白沫子了,最多还能跑三里地。趁着现在有点时间,不如把这些马车堵在道路上,我们跟匈奴人大战一场。"

"你说什么?张胖子,就你还能跟匈奴人大战?是送死吧?让开,老子能跑多远算多远!"

从马车里跳出来的纨绔越来越多,云琅饶有兴味地瞅着这些人,准备看他们怎么选择。匈奴人估计已经追过来了,云琅已经看见后面有尘土扬起来了。这些纨绔中的很多人他其实是认识的,曹襄上次在家里召集冤大头帮他凑钱,其中就有这里面的好几个人。那个叫作张连的家伙,祖先就是赫赫有名的留侯张良;那个叫薛亮的,他父亲就是宰相薛泽;还有那个长得最高的家伙,叫周鸿,他就是周勃的后代。十余辆马车,二十几个护卫,十余个马夫,女人倒是有十七八个,无论如何,也算是有点战斗力。云琅不知道那个叫作张连的家伙如何组织这群乌合之众来对付强敌。

拉车的马因为猛然停了下来,再也没有力气负担马车了,一个个哀鸣一声就跪在了地上。想要逃走的薛亮,顿时面如土色。张连从车厢里取出一架弩弓,一边上弦,一边道:"我不敢逃了,我把庄子里的仆役全部留给了匈奴人祸害,回到家也是被我耶耶打死的命。不如在这里拼一下,战死了,家里也好对外解释庄子里发生的事情。"这些纨绔非常出乎云琅的预料,他还以为这群好色胆小的混账一定会逃跑的,没想到他们竟然很快就达成了统一意见,由周鸿家那个老护卫指挥,在这里跟追兵大战一场。张连在一个翠衣女子的屁股上拍一巴掌,又指着荒原道:"何氏,你带着陈氏快跑吧!告诉你,哪怕被荒原里的野兽咬死，也比落在匈奴人手里好一百倍。如果能活着，就回到你们夫君身边去吧，我们在阳陵邑的院子也归你们了，好好过日子！"一大群妇人顿时头都不回地钻进了荒原……

张连遗憾地看着跑走的妇人，对薛亮道："可惜了哟！"

周鸿瓮声瓮气道："有什么好可惜的？等耶耶们活着回去，再找回来就是！"

周鸿话音刚落，云琅就听见一阵急促的马蹄声从远处传来，很快，一队骑兵就出现在云琅的视线里。只是看衣着，云琅就知道这是一队匈奴人，三十几骑从大路上烟尘滚滚地追过来，仅仅是一往无前的气势，就让人心头生畏。

"举弩，准备，一百步平射！"

周鸿的家将多少还算是有些见识，知道如果不能以第一波弩箭齐射杀死一半的匈奴人，他们将再无活路。马蹄声越来越近，云琅的脸上全是汗水，扣在扳机上的手也湿漉漉的。他看见纨绔们排成了一个乱糟糟的队形，家将的命令刚刚下达，就有稀稀疏疏的弩箭平射了出去。

最前面的是一个穿着厚重羊皮袄的匈奴猛将，他手里的武器非常简单，就是一根粗大的硬木棒子，一头大，一头小，如同锤子一般抡起来之后，就挡飞了迎面过来的弩箭。"啊哦哈——"匈奴猛将抖手把棒子抡了出去，靠在马车边上的一个汉人躲避不及，竟然被一棒子敲碎了脑袋，粉红色的脑浆子飞溅得到处都是。

距离太近了，匈奴人的马速也太快，张连他们只来得及发起一次射击，就看见匈奴人狰狞的面容出现在他们的面前。张连怪叫一声，丢掉手里的弩弓，用肩膀扛着翻倒的马车，竟然生生地将翻倒的马车给顶到了大路边上。一个匈奴人躲避不及，人马一起撞在马车上，将马车撞得粉碎，那个匈奴人连同战马却再也分辨不出形状了。张连也被强大的冲撞力量顶得飞了出去，掉在地上就开始大口吐血。

那个雄壮的匈奴将军，骑马绕过残破的马车，手中早就换上了一柄鹤嘴斧，在经过马车的时候，趁势将鹤嘴斧敲击在一个护卫的胸口。那个护卫身体好像一下子就变成了两截，虽然没有断，却倒飞了出去，撞倒了身后的马夫。薛亮嗷地叫了一声，就钻进了一辆马车底下。周鸿却举着一柄剑迎着那个头上绑着恐怖骨甲的匈奴猛将冲了过去，如果不能挡住这个家伙，后面的匈奴人就会全部过来。周鸿的长剑跟鹤嘴斧撞在一起，却没有发出多大的声响。周鸿精工打造的百炼铁剑居然砍断了鹤嘴斧，去势不竭的铁剑掠过匈奴猛将的腰腹，在他的腰上开了一道很大的血口子。

云琅一条腿压着老虎，不让它冲出去，手上却冷静地不断扣动弩机，每一支弩箭离开铁臂弩的瞬间，就会贯入一个匈奴人的要害。正是有了云琅，后面的匈奴人才不得不放缓进攻的速度，四处寻找发射冷箭的人。

周鸿虽然挡住了匈奴猛将，他握剑的虎口却被刚才剧烈的撞击弄得撕开了，大拇指奇怪地扭曲着。一柄长剑从匈奴猛将的身后刺过来，他闪身避开，大叫一声，居然用胳膊与腰肋生生地将那柄长剑夹住，身体扭转，握剑的周氏护卫就被抡了起来，跟周鸿撞在一起。

云琅低下头，一支支羽箭嗖嗖地从头顶飞过，如果不是他给自己挖了一个小坑，让他的身体低于山头，他早就中箭了。一排牛皮绳圈飞了过来，有的套在挡在路上的马车上，有的直接套在人的脖子上，挡在路上的马车连同那些无法动弹的挽马一起被强悍的匈奴人拖走了。云琅用脚重新给铁臂弩上好了弦，安置好铁臂弩之后，蓦地看见一个肮脏的面孔就在距他不到两尺的地方，他觉得自己好像闻到了那个家伙喷出来的臭气。

第一六八章 杀敌（三）

一只粗大的爪子探过去，臭气立刻就变成了血腥气，那个爬上山包的匈奴人发出一声恐怖至极的叫声，就从山包上滚下去了。估计他到了地狱也忘不了刚才看见的那颗狰狞至极的老虎脑袋。

有了铁剑的匈奴猛将催动战马，在纨绔群中左突右杀，所到之处残肢断臂乱飞，原本还有一点战意的纨绔们顿时哭爹喊娘地往马车下面钻。那些作战经验丰富的护卫却前赴后继地向匈奴猛将扑过去。周氏家将声嘶力竭地吼道："杀死他！我们有援军！"匈奴猛将哈哈大笑，手里的铁剑简直太适合他了，这东西杀起人来犹如砍瓜切菜一般，匈奴人的铜刀根本就不能与之相比。眼看着自己的部属也越过了马车障碍，他的铁剑挥舞得更加有力。

老护卫眼看着匈奴猛将的铁剑就要砍到额头上了，眼睛一闭，用手中长剑用力地挡了上去。匈奴人的铁剑落在他的剑上，却没有多少力道，他诧异地睁开眼，却发现匈奴猛将正在用力地催动战马，低头一看，原来张连躺在地上，双手死死地抱着匈奴猛将战马的一只蹄子，一边吐血一边哭喊："杀死他！

周鸿的眼珠子似乎都有些红了，他的右手已经废掉了，干脆不加理会，双臂张开，无视刺过来的长剑，一头撞在匈奴猛将的身上。匈奴猛将终于在马上坐不稳当了，号叫一声从马上滚落。周氏护卫惨叫一声，他看得很清楚，匈奴人的长剑刺穿了小主人的身体。这时候他再也顾不得指挥战场了，从马车后面跳出来，举剑就刺。匈奴猛将一只手抓住了老护卫的剑刃，狞笑着一膝盖顶开趴在他身上的周鸿，单手抓着老护卫的长剑，即便鲜血长流，他也不在乎。一个纨绔号叫着从马车底下蹿出来，他的武器早就丢了，却跳上匈奴猛将的后背，张开嘴就咬在那家伙的脖子上，匈奴猛将不论怎么挣扎都甩不掉这个如同附骨之疽的家伙。然后，又跳出来一个纨绔……直到那个匈奴猛将被人海淹没。

云琅射出去了十五支铁羽箭，铁臂弩上仅剩下最后一支了。他的脑袋眩晕得厉害，在最短的时间里，他为铁臂弩上了五次弓弦，这远远超过了他能承受的极限。他强忍着扣动了弩机，将最后一支铁羽箭射进了一个要去救援他们将军的匈奴人的胸口，然后就丢掉铁臂弩，举着长矛呐喊一声，从山包上冲了下来。这一刻，他好像忘记了这样下去很可能会死。

每个人都在死战。马夫笨拙地举着长剑围绕着匈奴骑兵团团乱转，虽然总有同伴被匈奴人杀死，他们也总能找到机会杀死那些停止不动的骑兵。云琅的长矛斜斜地从一个匈奴骑兵的腰肋处刺了进去，锋利的长矛一直深入那家伙的胸腔。云琅不敢松手，推着长矛向前冲，直到把那个匈奴人从战马上推下来。

那个巨大的人球忽然散开了，匈奴猛将摇摇晃晃地从人堆里站起来，一只眼珠子吊在眼眶外面，两只耳朵也不见了踪影。他从一具尸体身上拔出一柄长剑，正要刺下去的时候，一只手抱住了他举剑的胳膊，很快又有很多只手缠绕在他的身上，让他雄壮的身体不得不再一次倾倒。

云琅听得脑后一阵狂风刮过，回头一看，才发现老虎整个身体扑在一个举着铜刀的匈奴骑兵身上，一阵令人牙酸的咯吱声过后，那只握着铜刀的手就掉了下来。云琅反手将长矛刺了出去，这个动作他曾经每天都要重复两千次，所以非常熟练。匈奴人的铜刀击打在长矛上，宕开了长矛。云琅松开了长矛，一柄短短的投枪出现在手上，胳膊稍微弯曲一下，投枪就贯进了匈奴人战马的脖子。战马嘶鸣一声倒在地上，三四个拿着各式武器的马夫就压在了那个匈奴人的身上。云琅的左肩处麻木得厉害，这地方刚才挨了一刀，因为有铠甲护着，铜刀被弹起来，可是匈奴人强大的力道依旧作用在了他的身上。

老虎咆哮一声，一支羽箭插在它的肩胛上，这引起老虎更大的愤怒。它放开了那个脑袋被他踩躏得已经没有模样的匈奴人，一个空翻扑向那个拿着弓箭在外围放冷箭的匈奴人。云琅踉跄两步想要去帮老虎，眼前却金星乱冒。他咬破舌尖，从背后卸下短弩，只要眼前出现匈奴人，他就果断地扣发弩机。眼看着骑在马上的匈奴人越来越少，云琅第一次觉得胜利的天平正在向他们这一方倾斜。弩箭射完了，云琅想要给短弩上弦，却发现他的左臂一点力都使不上。

一匹战马撞在云琅的胸口，将他撞得向后倒去，马上的匈奴人也从马上掉了下来，一柄长矛刺穿了那个匈奴人的咽喉。云琅努力地眨巴着眼睛，想要看清楚面前这张熟悉的面孔，却怎么都想不起来他是谁。天空在旋转，大地在倾斜，他努力地探出手去，却没有抓住眼前这个人，软软地倒在地上。耳朵里全是人嘶马叫的声音，所有的声音都混成一团，有人对着他大吼，他却分辨不出是谁的声音，也听不清楚那人到底说了些什么。老虎的大脸出现在他的头顶，他探出去的手抓住了老虎嘴边的软肉，胡须有些扎手，不过，很真实。有人掰开他咬得紧紧的嘴巴，往里面倒了很多酒。云琅渴极了，大口吞咽着酒浆，酸涩的酒浆变得非常甘甜，如同玉液琼浆一般滋润着他焦渴的五脏六腑。

"好样的，一人击杀了十三个匈奴人，不愧是我御林军的军司马！"五官的感觉终于回来了，云琅也终于看清楚了眼前的人。公孙敖喋喋不休地说着话，看云琅的眼神都冒着金光。

"十六个！"云琅如果没有立功便罢了，真的立功了，他绝对不允许别人贪他的功劳，尤其是杀匈奴人这种功劳，他一点都不嫌多。

公孙敖笑道:"再拿三个人头过来,耶耶就立刻给你再记三级功劳!"

云琅拍拍老虎的脑袋,脑袋上有一道刀伤的老虎立刻就钻进荒草里,不一会就拖回两具匈奴人的尸体。"还有一级在家里。"

公孙敖狞笑道:"这就派人去取!哈哈哈,我羽林军此次斩首六百七十七级,还有谁敢再说我羽林军全是娃娃?!"

"小郎啊——你可不能死啊!"一个凄惨的声音从云琅身边传来。云琅转过头去,只见那个老家将抱着肚子上插着一柄剑的周鸿哭得凄惨无比。那一剑云琅看得很清楚,没从肚子中间穿过去,只是穿过了腰肋处的皮肉,应该死不掉才对啊。

"小郎,你的两条腿被战马踩碎了。"一个健壮的护卫抱着同样凄惨得不能再凄惨的张连痛哭失声。

"快看看耶耶的家伙还在不在!如果不在,你就一剑弄死我,否则我就弄死你!"

"在,在,在啊!你的膝盖骨被马蹄子踏碎了!"护卫连忙解开他血糊糊的下裳瞅了一眼道。

张连长吁了一口气,看着天空道:"老天总算是待我不薄啊!只要家伙在,用腿换一辈子的安逸,也值了,回去就把何氏、陈氏给耶耶抓回来……"

公孙敖冲着张连挑起大拇指夸赞道:"好汉子!留侯家的子孙,果然没有废物!"

张连傲然道:"那是自然,是某家决定要在这里跟匈奴人决战的,要是继续跑,被人家追上逐个击破,没人能活下来……"

第一六九章 风雨欲来

杀死匈奴大当户的功劳很大，可是杀死这个匈奴人的猛士很多，于是功劳就不好分了，好在最后他们还是达成了统一意见。张连付出得最多，所以他分到了脑袋，周鸿分到了两只手臂，其余纨绔就把剩下的部位给分了。大汉的军功要求非常严苛，没有实物不得记功，这是一条铁律，当初项羽被一群人杀死之后，他们就是这么分功的。

唯一没有分到功劳的人是薛亮，就连胆小的杜预都分到了匈奴猛将的一只脚。倒是他家唯一活下来的一个护卫跟马夫分到了一个匈奴人的首级。薛亮低声跟自家的人商量，能不能把那个匈奴人的首级算在他的头上，却被护卫跟马夫严词拒绝了。在公孙敖面前商量这种事情是极为不妥当的，一旦护卫跟马夫同意这个建议，公孙敖一定会直接取消他们的功劳，并且会拿他们去治罪。碰了一鼻子灰的薛亮想要重新加入纨绔圈子，却被那些焦头烂额的纨绔给推了出去，从今天起，他很明显地被所有人抛弃了。

云琅给老虎包扎脑袋，那一刀砍得很重，伤口也很长。云琅找到缝衣服的针线，火烧之后，就用在开水里煮过的丝线给老虎缝伤口，过程自然是非常痛苦的，老虎吼叫着，直到云琅给它缝好了伤口，才无力地趴在一边。老虎肩胛上还挨了一箭，不过这一箭对它来说不算什么，匈奴人的狼牙箭对它的伤害很有限。

霍去病来的时候，云琅已经躺在一张爬犁上，被游春马拖着往家里走。云琅的爬犁上还拴着十一匹匈奴战马，这都是他缴获的。李敢看得眼红，一个劲地叹息，他就不该离开云家，如果还在云家，今天这场小小的阻击战他就能参与了，带领一群纨绔作战，会让他一战扬名天下的。

霍去病的样子也不好，脸色苍白。李敢叹息一声道："你们两个好运气，一个刚好碰见了一小股匈奴人，阵斩一十六人，一个在甘泉宫守卫太后，阵斩了一个裨王，击溃了裨王所属两百八十余骑。啊——你们运气怎么这么好啊?!"

霍去病叹息一声道："你以后有的是机会。大战这就要开始了，匈奴左谷蠡王发动的这次突袭，让陛下颜面无光，我们一定会发起反击的。"

"到底怎么回事？现在可不是先帝时期，内有八王之乱，外有匈奴压境，最后让左贤王偷袭得手。现在北边的四郡都有重兵把守，怎么会让匈奴人跑到甘泉宫来了？"

霍去病拍拍老虎的肚皮，小声道："等事情平息了我再对你说，牵涉太多了，也太深了。阿敢，你的嘴巴一定要封牢，不能在外面胡说八道，等我们从军营解散之后，就去阿琅家，不要留在阳陵邑，更不要踏进长安城一步。"

李敢点点头道："知道，这一次恐怕没人有好日子过了。"

听霍去病说得严重，再想到公孙敖那副得意的劲头，云琅就把这事抛诸脑后。既然羽林军只会有功，不会有罪责，自己这个羽林军司马也就安然无恙，说不定还能升官，别人倒霉与他一点关系都没有。回家的路上，云琅发现一群群的大汉军马在荒原上游荡，如同梳子一般在清理可能溃散的匈奴人。云琅不知道前来偷袭甘泉宫的匈奴人有多少,不过,看目前的状况,应该不算太多,而且已经被大汉的军队击溃了。

回到家里,依旧一个人都没有,送云琅回来的羽林军在院子里喊了好久,梁翁才战战兢兢地从一个地窖里爬出来,见云琅跟老虎都躺在爬犁上,哆嗦着嘴唇一句话都说不出来。云琅笑着打发走了羽林军同僚,对梁翁笑道:"安稳了,把他们从山洞里找回来,赶紧做饭,我快要饿死了。"

梁翁紧张地看看拴在爬犁上的十一匹彪悍的战马道:"这些马……"

云琅笑道:"我跟老虎杀了十六个匈奴人,缴获了十一匹战马,这些马都是咱家的了。"

梁翁正要出去找那些妇孺,好让他们回家——山洞里什么都没有,一大群人挤在一个小小的山洞里,还不知道怎么受罪呢——就看见宣真跟毛孩缩头缩脑地从外面溜进来。二人见梁翁跟云琅都在,欢呼一声跑过来道:"家主没事就太好了!"

云琅笑道:"去告诉刘婆婆,警讯已经解除,匈奴人也都被大军给杀光了,可以回来了。"两个半大的少年闻言大为欢喜,一溜烟地抢着向山洞跑去,想要早一点把好消息告诉每一个人。

梁翁搀扶着云琅上到了二楼,老虎也跟着爬上来,这个憨货今天算是吃够了苦头,守在云琅身边一动都不愿意动。在刘婆他们回来之前,云琅就沉沉地昏睡过去了。

这一场大战,对云琅来说是一场劫难。直到现在,他都想不明白自己当时为什么会一个人挺着长矛从山包上冲杀下去。明明早就想好了,一定要守在山包上,只用铁臂弩杀敌,绝不近距离与匈奴人作战的,为什么脑袋一热就冲下去了呢?"哪来的胆子啊——"即便是在昏睡,云琅依旧在梦中感慨出声。

睡眠可能是最好的药。云琅一觉醒来之后,已经是第二天的下午了。老虎正在有一口没一口地舔舐着饭盆里的蛋液,见云琅睁开了眼睛,就看他一眼,然后继续慢慢地吃自己的饭。红袖、小虫、刘婆以及云氏的两个奉茶女子,都守在云琅的床边。被人托着坐起来后,云琅对刘婆道:"家里一切都好吧?"

刘婆施礼道:"小郎,家中一切都好,就是家里的牲畜跟家禽一天没有喂食,有些焦躁,现在也好了。"

"告诉梁翁,云家从今日起开革十六名护卫,也就是从今日起,他们必须离开云氏,不得迁延。"云家的护卫就是摆设,就像云家的工匠一样,云家只能使唤,却不能留住。工匠到底是国家的,云家有资格使用已经是很难得了。可是那些护卫做得太过分,平日里在云家混钱粮,一旦云氏有难,他们就一窝蜂跑了,这样的护卫要他们做什么!

"他们也没脸回来了,小郎只要把文书递给官家,官家自然会处置,咱们不用做恶人。您受了伤,先把伤养好才是家里的头等大事,莫动怒。跟那些与我们不是一条心的人动怒,不值得。"

听说家里一切安好,云琅也就放心了。"长门宫那边是什么情形?"云琅又问。

小虫回答道:"仆婢们回来了,阿娇贵人不见踪影。"

红袖连忙补充道:"大长秋也没有回来,如今,长门宫里只有百十个守卫在看守,看样子阿娇贵人很快就会回来的。"

云琅叹口气道:"还以为能好好地过几年安生日子,这才几天啊,匈奴人都跑到家门口了。刘婆,吩咐下去,这些天不要轻易地离开家,红袖、小虫也不用出外背水了,等官府的公告出来之后再做安排!"

一群人伺候云琅吃过饭,就把安静的空间留给了云琅,他们知道家主在这个时候一定有很多的事情要想,梁翁下令,不许任何人打搅。云琅最担心的其实还是曹襄,不知为什么,霍去病、李敢、刘婆、梁翁他们谁都没有跟云琅说起过曹襄的事情。这让云琅隐隐约约有一种不妙的感觉。

第一七〇章 云家需要更多的资源

运送到云家的伤患很多，包括昨日在大路上迎击匈奴人的一众纨绔。双腿肿得跟大象腿一样的张连早就没有了昨日的豪狂，浑身滚烫，如果不能降温，就会被自己的体温给活活地烧死。周鸿肋部的贯穿伤已经有些发炎了，如今面如金纸，昏迷不醒，且水米不进。至于别的纨绔也好不到哪里去，几乎个个带伤，骨断筋折者算是最轻的伤患。不仅如此，羽林军中的伤患也被公孙敖一股脑给送过来了，百十个伤患，躺在云家的饭堂里，非常壮观。

看着杀猪匠一般的医生伸着一双黑不拉叽的手就开始处理伤患，云琅实在是看不下去了，他决定自己动手。事实上他也没有好办法，没有那些药物，他只知道高温消毒这一条，知道病人居住的环境越干净越好。于是，他让人先把那两个杀猪匠一般的医生放在滚烫的水里面，狠狠地洗了一遍，胡须头发眉毛全部剃掉，还警告那两个医生，看完一个伤患就用柳枝水洗一遍手，敢少洗一次就乱棍打出。

在大汉军队中，医生的地位并不高，主要是高居不下的伤患死亡率造成的恶果。在很多人看来,有没有医生其实不重要嘛,他们能干的事情一些老到的军卒干得更好。伤兵一旦进了伤兵营,就看个人的造化了,命硬的能活下来,命格浅的死了是必然,不死才是奇迹。大汉国不是没有高明的医生,只是这种医生乃是凤毛麟角一般的存在,再加上高明的人又有隐居的习惯,别人不求上门,他们轻易是不会出手的。

对于开放性的创伤,云琅的处理办法就只有一个:用浓浓的皂角水洗干净伤口之后,再用盐水洗一遍,最后用丝线缝上。伤口浅的直接缝死,伤口深的就缝两遍,肥一些的缝三层,最后留一点口子,在伤口上插一截芦苇管子引流了事。

大汉国的金疮药云琅看过,种类很丰富,有公猪油,有面粉,有黄蜡,有甘草,有血竭,有龙芽草,加水搅拌之后,依靠药膏的黏性来堵住伤口,不让伤口继续流血。还有一些更过分,里面含有大量的硫黄……

云家有三七,研成粉末之后添加清凉的药材比如薄荷,然后用一点蜂蜜敷在消过毒的麻布条子上,最后绑在伤口处,立刻就获得了伤患的一致好评,他们都说伤口处凉凉的,感觉很舒坦。药里面添加了薄荷,不清凉才是怪事。这些事情,云琅一个人可干不过来,云琅清洁了两个医生,自然也要清洁他们的,尤其是他们身上那些可怕的寄生虫让云琅忍无可忍。

云家的仆妇都是见过大世面的,一个脏了吧唧的赤裸男人出现在面前她们根本就不在乎。她们一边七手八脚地给台子上的赤裸男人清洁身体,一边还有工夫对每一个男人品头论足。就性别而言,男人似乎更有侵略性,不过,那是在一般情况下。现在,他们的伤处被麻布包扎得密密匝匝,被人剥光了如同待宰的猪一样放在台子上,他们就比女人还要害羞。一个大胡子军卒被妇人清理干净之后,穿上干净简单的病号衣衫,痛不欲生地趴在干净的单人床榻上无声地饮泣。其余军卒也没有看笑话的意思,被一群妇人围观、拨弄、清洁身体的过程他们也要经历一遍,尤其是那些妇人还用一块麻布遮住口鼻,看不清美丑……

云琅觉得大汉人很耐活，被砍掉胳膊，拿着烧红的烙铁把伤口封闭起来，那些人也就是号叫两声，连昏迷的都很少，第二天就能大口喝粥。张连还似有些失落，他的两条腿被战马踩成肉饼了，膝盖以下没有复原的可能，他却不愿意把自己的两条腿锯掉，哪怕两条腿已经有味道了，他依旧不肯。

"锯掉吧，一了百了，你那天不是说，只要中间的家伙还在，就千值万值吗？赶紧做决定，腿锯掉之后养好伤，你还是那个纵横花丛的好汉。"云琅站在张连的床边温言劝解。

"腿没了能长出来吗？"

"有这种可能。听说世上有几种药物，能够活死人肉白骨，肢体再生也不是什么难事，只要你能弄到那种药。"

张连连忙拉着云琅的手问道："什么药？哪里有的卖？我这就派人去买。"

云琅抽抽鼻子道："不好买。听说玄菟郡那里有一座大山，山上有一种叫作人参的东西，只要长够一千年的，就会幻化成人参娃娃，就有这种功效。另外，昆仑山的冰天雪地里长着一种叫作雪莲的东西，天气越寒冷，它就绽放得越美丽。听说雪莲花开的时候，整座山的野兽都会被吸引过来，围着这朵花跪拜……"

张连似乎被故事吸引住了，眼中满是憧憬之色，低头看看自己已经彻底变形的双腿，咬着牙道："去掉吧！"

云家成了一个临时的医院，好处多多，至少，羽林军、阳陵邑、上林监运来的粮食、药材、麻布，够云家吃用好多年的。只是，曹襄一直没有来……

公孙敖来到云家，一脸的沉痛之色，当他看到云家饭堂里依旧躺着的那些军卒时，神情有了一丝变化——送来这么多人，现在还有这么多人。"死了多少？"

云琅摇头道："到目前没有死的。昏迷不醒的还有十三个，能不能活过来就看他们的造化了。"

"一个死掉的都没有？"

"只能说目前没有！"

"好样的！老夫觉得你越来越适合当军司马了，再努力打磨几年，来羽林军当真正的司马耶耶也认了。"公孙敖跟云琅说完悄悄话，就哈哈大笑着去看他的部下，拍拍这个，挠挠那个，在这个胸口擂一拳，赌咒发誓地说一旦他们伤好了，就能见到陛下给的赏赐。伤兵们被公孙敖这一闹，心中的郁闷似乎消去了很多，开始有说有笑地跟公孙敖抱怨。

公孙敖看过伤患之后，又来到云琅的小楼上，指着不远处的饭堂道："以后羽林军中的伤患都送到你这里成不？"

云琅笑道："不是不成，主要是住不下。你也看见了，让兄弟们睡在饭堂里，我有些不忍心。"

公孙敖苦笑一声道："有本事的人即便是拿捏人的痛脚，也拿捏得让你无话可说。行啊，不就是几栋屋子吗？羽林军将佐还是有些本事的，至少盖几座房子没有问题。"

云琅摇头道："军队要想没有顾忌地打仗，军医很重要。我说的军医可不是你送来的那两个屠夫，我要真正的医生。同时，如果有妇人专门修习护理之道，对于伤病的恢复极为有利。卑职希望在云家开始试行护理法度，专门聘请一些妇人专门负责照顾伤患。"

公孙敖皱眉道："没有这个先例，妇人不得进入军营。"

云琅笑道："上战场的医生，必然是男的，回到上林苑之后，就只能是妇人了。"

公孙敖想了一下，对云琅道："上报中军府吧！"

第一七一章 刘彻要来了

云琅的消息来源其实是闭塞的，或者说，这个世界的人对于消息都不是很敏感。身份越高贵的人对消息的灵敏度就越高，很多时候他们就是一个个消息的来源。谁得到消息最迅捷呢？自然是皇帝！云琅不好去找皇帝打探消息，只好到刚刚从甘泉宫回来的阿娇那里听消息。

"雁门关被人家攻破了，上郡也被人家劫掠了一半。左谷蠡王派来了六千死士，与上一次袭击甘泉宫的目的相同，就是为了掳掠我大汉的皇太后，然后威胁大汉国，要赎金，弥补人家被卫青袭击遭受的损失。你遇到的那几十个匈奴人，其实是听说我住在长门宫，专门跑来抓我的，还好被你给杀死了，这个人情我领了。不过，为什么袭击甘泉宫的匈奴人足足有四千，跑来袭击我的匈奴人却连四十个都没有？这分明是看不起我，估计啊，长安三辅的贵妇们可有的嘲笑了……"

云琅跪坐在毯子上，听阿娇絮絮叨叨地说了好长一通，他到现在都没有听明白阿娇所要叙述的重点是什么。听她的意思，似乎对只有四十个匈奴人来袭击她非常不满意，觉得人来少了，让她非常丢脸。别人不知道，云琅可是亲眼所见，她一听匈奴人来了，一刻都不犹豫地踩着大长秋的肩膀就骑马跑了。这才来了四十人，要是四千人，还不知道她会被吓成什么样子。

"为何没有听到长门宫卫的下落？"云琅趁着阿娇喝水的工夫，连忙插嘴道。

阿娇白了云琅一眼道："就你操的心多，人家有一个长公主母亲、大将军继父，会有什么事情？别人击溃了匈奴人，他就带着长门宫卫们追杀下去了，打落水狗的好机会他们家怎么可能错过？现在估计都快到太原郡了。"

云琅长吁了一口气，笑道："没事就好，没事就好。"

阿娇离开高高的软榻，走下来瞅着云琅道："你这人做朋友真是没的说。听说你为了几个纨绔朋友，一个人举着长矛从躲藏的山包上冲下来，还一口气杀死了十六个匈奴人？"

云琅苦笑道："上林苑乱套了，我这个羽林军司马要是还不归营，那可是军律所不能容忍的，所以我就准备去军营效命。走到半路上看见了匈奴人，当然要抵抗一下的，不瞒您说，我当时是抱着战死的心态去的。躲在草丛里射杀了七八个人，见张连、周鸿他们苦战，快要支撑不下去了，没有看袍泽战死而袖手不顾的道理，这才硬着头皮冲下去的。现在想想，也是一身冷汗啊。"

阿娇点点头，对云琅中肯的回答很满意，叹口气道："男人家总是想着建功立业，可是又有多少人知道建功立业有多难。有文采的，就卖弄文字，为博得君王的一声夸赞就绞尽脑汁；有武艺的，就披挂上阵，尽力杀敌，战场上可没有只许我杀你不许你杀我的事情，一个个红着眼珠子厮杀，尸山血海地出来，才能弄一个侯爵，也真是可怜啊！"云琅幽怨地看着阿娇在那里大言不惭，这女人难道以为大汉国真正的侯爷就跟萝卜一样多吗？有本事把这话说给李广、苏建、公孙敖他们听听，看他们会不会发狂。"看在你杀死了匈奴哨探，还专门跑来向我示警的分上，告诉你一件事——这一次被中尉府下狱的

163

人,可不是一个两个,我不准你去找张汤,为某人讲情,更不许打着我的旗号去帮别人。这一次跟以往不同,匈奴人都打到上林苑来了,总归要死一些酒囊饭袋的,要不然,这大汉的天下就危险了。好好地在你家里琢磨怎么救人,才是该干的事情,哪怕跟那些纨绔一起花天酒地也没关系,就是不要掺和进这一次的事情里,免得人没有救出来,反而把你给带进去,听清楚了没有?"云琅也是这么想的,他在大汉人际关系简单,能让他牵挂的也只有霍去病、李敢、曹襄三人,这三人是他以后在长安三辅能否过上好日子的关键,可不敢有事。至于别人,只要不是自家人,谁死都无所谓。

"把你家冬天种菜的本事教给大长秋,长门宫冬日里也该有些绿菜,长安温汤监人家不愿意给我供应,还是自己种一些,免得看人脸色,跌了身份。"云琅觉得很不可思议,刘彻拿掉了她的皇后身份,其余的却一点都没碰,各种待遇甚至还在皇后之上。大长秋早就说过,长门宫的份例是比照甘泉宫的。甘泉宫是刘彻母亲王氏居住的地方,打死云琅都不相信一个小小的温汤监敢克扣她的绿菜。阿娇见云琅似乎不相信,就怒道:"胡萝卜、卷心菜、黄瓜、红葱头,还有那种蒸着吃的甜萝卜,我都要了,一样都没有,就给我送来了一些茄子、水芹、油菜、韭菜!"

听阿娇这样说,云琅总算是明白了,阿娇平日在云家的菜园子里摘菜,已经摘习惯了,她认为云家有的东西,皇家就该一样不缺甚至更多。云琅不打算解释这件事,阿娇之所以抱怨,其实就是打算以后天长日久地在云家菜园子里继续摘菜,这可能是她不多的一点乐趣之一。"冬日里蔬菜长势不好,有些菜没法子种植。不过,云家的热水渠上还是有一些的,您如果喜欢,尽管去摘,这是云家的无上荣光。"

阿娇的嘴角上翘,目的达到了,看云琅就有些不顺眼。她在宫里时就不喜欢韩嫣那个妖人,云琅长得似乎比韩嫣还要俊秀一些,这让她有些烦躁。云琅如何看不出来阿娇的表情变化?这个死女人就不知道什么叫作敷衍,或者说,她根本就懒得敷衍任何人。云琅起身告辞,被大长秋送出长门宫,忍不住抱怨道:"能不能不要这么直接啊?"

大长秋哈哈大笑道:"贵人对长得好看的男子从来就没有什么好脸色,尤其是对你这种长得阴柔的人,更是讨厌,能跟你说这么多的话,老夫都感到奇怪。对了,你不会幸进吧?"

"什么意思?"

"董君!"

云琅强忍着呕吐的欲望干呕了一声道:"我只喜欢女子,只喜欢美丽的女子,我还打算生儿育女,还准备福泽绵长。官职有没有无所谓,家里能不能富贵也无所谓,您不能这样羞辱我!"

"老夫见到跟你亲近的人,无不是相貌英俊之辈,你们举止也亲密,还以为你……"

"明天,就明天,曹襄、霍去病、李敢他们敢登门,一律用大棍子撵出去,以后我只结交公孙敖、张连、周鸿这一类的人,长得越丑越好!"

"如此,老夫就放心了。走好,不送。"

云琅走在回家的路上,嘴角上翘得厉害,阿娇跟大长秋都如此担心他会勾引刘彻——这说明,刘彻就要来了。云家需要刘彻的到来,然后敲定根脚,确定云家在上林苑居住的合法性。大汉的法律虽然变来变去的,但刘彻没有变,至少在未来将近五十年的时间里,他都是至高无上的存在。

吃晚饭的时候,云琅见到了公孙敖,他跟伤兵们在一起吃面条吃得很愉快,至于把碗里的肉挑给军卒吃,这个表演就太明显了,也不知道是跟谁学的。"看着这些小家伙受伤,心里就不得劲。家里把他们送到羽林军,就指望他们出人头地,能给自己挣一份家业,如果还没出战就死在长安,没法子交代啊!"

第一七二章 能收钱的就不收人情

莽夫学老奸巨猾的人说话,样子很恶心,云琅几乎都不敢看公孙敖抽成包子一样的脸。他带兵就没仁慈过,据霍去病跟李敢说,他教训军卒的唯一手段就是抽鞭子。此人嘴笨,军卒错了,他也没办法说得清楚,只是按照一个老军伍的直觉判断,胡乱抽犯错的军卒,希望对方能够顿悟。

"云家这几天收拾干净一些,一些看起来肮脏的病患就转移到后面去,仆妇们也挑拣几个长得周正的,如果你家没有,就去我家拉,总之,要让贵人看着顺眼。"公孙敖瞅着云家那些长相很一般的仆妇有些发愁。

"将军不用担心,这些仆妇就因为长得普通,才肯干这种伺候人的活计,您要是找来一群美艳的妇人,您觉得像吗?贵人之所以是贵人,就体现在高人一筹的眼光上。人家来云家要看的也是最真实的场面,如果作假,很可能会被贵人一眼看穿,到时候反而会弄巧成拙。"

公孙敖笑道:"还是你们这些读过几天书的人会办这种事情,我们这些军汉操持出来的总是被人家笑话。小子,好好地操持,如果能让贵人看得入眼,以后羽林军中的粮秣就交给你来管。"给云琅许了好处，也自认为激励过了，公孙敖就摇晃着身子去了一间单独的屋子。那是云家最暖和的一间屋子，原来里面住着六个重伤的军卒，被他给搬到其他地方去了。

云琅无奈地摇摇头。公孙敖直到现在都没有弄明白，云琅根本就不在乎这个羽林军司马的职位，若是把羽林军司马换成上林苑都监，云琅可能会更加高兴。他却时时刻刻地用本该羽林军司马掌握的权力来诱惑云琅，希望云琅能够尽心地为他效力。也不知道他是怎么想的，满长安的军队差不多都将要受到惩罚，只有羽林军一家受奖，他这时候应该诚惶诚恐才对。这人摆出一副心安理得的模样，也不知道是给谁看。夸赞羽林军的上谕一旦下达，别的将军不敢记恨刘彻，只会记恨此次事件的唯一受益者羽林军。羽林军在大汉并非最重要的一支军事力量，北大营、细柳营才是大汉军队出征的首选。此次匈奴人绕过北大营跟细柳营的防区，通过小路进入上林苑，这才让羽林军捡了一个大便宜。即便如此，羽林军战损三成，除了捞取了一个敢战的名头，再无好处，他到底有什么好得意的？天天守在云家，就等着皇帝亲临，好乘机在皇帝面前混个脸熟。霍去病就做得很好，跟李敢一起带着北大营的骑兵穷搜上林苑，四处寻找可能的漏网之鱼。这样做的最大好处就是捞取了一个苦劳。

云琅敷衍完公孙敖，就再一次去察看了一下那些依旧昏迷不醒的军卒。云琅让仆妇每隔半个时辰就用从山上取回来的冰块擦拭这些人的额头、腋窝以及大腿根，虽然没有什么太大的作用，至少能让他们的高热降下去。羽林军军卒的年岁都不是很大，昏迷中，也会耶耶、母亲地乱叫唤，听得云家的仆妇们眼泪汪汪的。云琅瞅瞅外面的天气，也暗暗地为这些少年人鼓劲，严寒的天气不利于细菌繁殖，云家也尽量做到了不让他们的伤口二次感染。但愿他们的身体足够强壮，能熬过这一劫。

"小米熬出米油，添加一点细碎的肉糜，加盐喂下去。如果不能吞咽，就用管子插进喉咙里灌下去。这两天的高热应该已经耗尽了他们的体力，必须要补充一点食物，否则他们熬不过去。"

云琅不是医生，现在却做着医生该干的事情，这是很无奈的，也是对伤兵最负责的态度。他信不过那两个被他弄成光猪一样的医生。云琅跟他们谈过，他们对医术的了解全部来自《黄帝内经》，而且全是自学成才，其中一个主要的任务是给军营中的牛马看病，给人看病只是捎带的，他们唯一会做的就是往伤兵的伤口上糊满金疮药。云琅看见过他们是如何治疗箭伤的，虽没有直接把箭杆锯断不管肉里面的箭镞那么夸张，却也差不多，也不看中箭的部位，抓着箭杆一用力就把箭给拔出来了，然后一大把金疮药就给糊上去了。伤到了血管大出血而死，算那个伤兵倒霉；没伤到血管，也没被金疮药弄感染，算那个伤兵运气好。经历了这一次的事情之后，云琅对大汉国的医生彻底地持不信任态度。

或许是云琅用草药治好了曹襄大肚子病的缘故，两个军医不敢违抗云琅的命令。其余军卒对云琅也非常信任，毕竟快死的曹襄都被他救活了，一点刀剑创伤，应该不在话下。自从伤兵进了云家，三天来没有伤兵死去，已经有人开始暗地里称呼云琅神医。这件事云琅在原来的世界里做的话会被警察抓走，会被判刑蹲监狱，可是，在这个时代，云琅觉得自己的医术要比这个世界的绝大多数医生高明得多。

"我的肚子上以后会不会多出一个洞？"周鸿吸着凉气，看着云琅从他肋部的伤口里拽出一截淡黄色的麻布，惴惴不安地问道。

"不会，等你的伤口不再有炎症，会慢慢愈合的。"云琅往他的伤口里塞上新的麻布之后道。

"世上真的有你说的千年人参、千年雪莲这样的药材？我怎么从未听人说起过？"张连坐在床上，瞅着自己的断腿问道。

"有，只是想要获得太难了。当年徐福就曾渡海去蓬莱为始皇帝求长生不老药，只是后来杳无踪迹罢了。"

"这事我知道。唉，也罢，当年秦皇何等的权势都苦求不得，我就算了，一辈子就在榻上过活算了。"张连有些失望。

刚才的动作有些大，云琅的左臂疼痛起来，他靠在门上对张连道："有一种车子可以帮你的忙，你平日里只要坐在上面，自己就能用双臂驱动车子。虽然不能让你重新站起来，它带着你四处游走还是没问题的。"

张连看着云琅惊喜地道："哪里有这种车子？即便百万钱我也要买到！"

云琅活动一下左臂道："不用百万钱，拿五十万钱给我，十天之后你就有这样的车子坐了。"

张连愣了一下，道："好！"

周鸿在一边笑道："也给我来一辆。家里的祖宗太老，已经走不了道了，偏偏是一个在屋子里坐不住的，有这样一辆车子，兴许能够讨她喜欢。"

"好啊，五十万钱。"

周鸿也愣了一下，道："好，明日就让家人去拉钱。"

等云琅走了，躺在同一间屋子里的杜预有些不屑地道："哥哥们哪一个是缺钱的主？莫说两位哥哥，就算是杜预，拿出五十万钱也不算难事，难道他不知道两位哥哥的人情要比一百万钱有用吗？"

张连哧地笑了一声，对杜预道："还没看清楚吗？人家就不愿意跟我们攀交情，宁愿收钱办事。云琅知道我们对他有感激之心，可他不愿意接受，就弄出来一辆车子，故意提高价钱，好让我们有一个还人情的机会。此事过后，大家恩怨两清，再无纠缠。"

杜预不解地道："他区区一介羽林军司马，还没有跟我们兄弟攀交情的资格吧？"

周鸿怒道："就因为知道你们会这样想，人家才不愿意攀扯！这几天你们也该看出来了，人家就是一个有本事的。这种人大多心高气傲，你看不起他，他还看不起我们这群纨绔呢！"

第一七三章 少上造

云琅其实没有看不起谁,他只想把自己的日子过得简单一些。他想拥有最简单、最有效的人际关系,而不是拥有一大堆毫无用处的乱糟糟的关系,继而让这些凌乱的关系带给他预料之外的危险。在很长一段时间里,云琅都需要安宁,过于耀眼的生活对他有百害而无一利。

落霜时节,皇帝来过上林苑,却没有来云家。公孙敖何其失望。云琅却没有任何的失落感。出其不意地做事情是大人物的特权,这一点,他早在机场工作的时候就知道了,这很像那里的突击检查。一般情况下,突然袭击确实能看到最真实的一面,只是他们看到之后一般都会大发雷霆。云琅不知道刘彻想看什么,以他一贯不信任他们的心态,说不定会假扮叫花子来云家门前乞讨。这事西方的上帝常干,结果被人家羞辱了,然后他就降下无数的灾难给世人,通过惩罚所有人来达到惩罚一小撮坏蛋的目的。刘彻的权势跟西方的那个上帝差不多,可能还要强一些,毕竟,上帝只是人们信仰的产物,刘彻却是上天在人间的代理人,只要他愿意,他能带给人间无数远比大洪水一类的惩罚严重得多的灾害。

云家的日常就是最美的，这是一定的，至少云家人的生活场面远不是一般大汉人能比拟的。在云家，没有饥馑之忧，没有冻死之苦，幼童胖嘟嘟，少年人强壮，成年人充满希望，牛羊肥壮，粮食装满了仓库，人人衣着整洁面露笑容。这就是那些人都喜欢在云家居留的原因所在。只要住在云家，就会忘记世上还有冻饿而死的人，就会忘记关内外盗贼如麻，就会忘记边关的战火，也就会忘记凶恶的匈奴人……

第一场雪落下来的时候，有一些伤兵离开了云家，他们已经痊愈了。也就在这一天，一个叫作雷宁的羽林军卒咽下了最后一口气。他是十三个昏迷不醒的羽林军卒中年纪最小的一个，今年不过十五岁，受的伤也是最重的。其余十二人都已经清醒了，虽然有两个身体变坏了，吃口东西都喂不到嘴里，但好歹还活着。雷宁死了，他的胸口受了重击，胸骨折断了。那两个在云家吃得白白胖胖的医生曾经小声说过，如果在军营，雷宁早就死了。

张连目送两个军卒抬着雷宁的尸体远去，转着自己的轮椅对周鸿道："我的模样不算差！"

周鸿笑道："你算是有福的，以后会更有福的。听说你的封赏下来了，九级的五大夫，原本这个级别没资格领封户，你却有一百户食邑，可以混吃等死啦。"

张连叹了一口气，瞅着自己的断腿道："我这是在吃自己的腿啊！算了，不说这些晦气话，你呢？"

"从军，羽林校尉！"周鸿苦笑道。

"杜预他们呢？"

"全部进羽林军，考功司已经把他们的户籍从家里迁出来了，也就是说，陛下开恩，《推恩令》不在我们这些人中间施行，家里可以放心了。"

"云琅呢？他可是斩首十六级，按理说应该是少上造，你说陛下会不会给他这个少上造呢？我怎么听说陛下以前给他许过一个关外侯？"

周鸿笑道："就是少上造，没有什么遗憾，也没有什么惊喜，中规中矩的。至于关外侯就是一个笑话，是乡侯还是亭侯？除了关中，其余的地方哪里值得去封侯？天下的富庶之地也就那么多，给谁都不合适。你看看这些年封赏的关外侯，好多都是荒僻之地，治下能有十户百姓不？没了人，要那个关外侯做什么？"

张连摇着头笑道："《推恩令》原本是陛下拿来对付诸侯王的，现在倒好，面对的是所有勋贵。一个大家族，一旦把财货、封地均分给了家里的所有子侄，不出两代人，这个大家族也就烟消云散了。好狠的主父偃啊，他一句'今诸侯或连城数十，地方千里，缓则骄奢易为淫乱，急则阻其强而合从以逆京师'，真是活活地坑死我们了。云琅运气好，避开了关外侯这个大坑，晋爵少上造，这就是说，陛下准备给他一个正经的出身。"

周鸿羡慕地道："他的起步就很高，这一步算是真正踏上青云梯了。"

云琅当然知道自己成了少上造，今天早上丞相府特意派来了一位者、一位良人，谒者宣读旨意，良人监督，见礼，一并赏赐下来的有锦缎五十匹、黄金十斤、白金五十斤、钱十万、车一辆、缁衣也就是朝服两套、靴子两双。如今，这些东西都就摆在大厅最显眼的地方，按照大汉律令，云琅可以把这些东西摆在大厅中十日，好让所有的宾客都知晓皇恩浩荡。军功赏赐果然丰厚，怪不得霍去病、李敢宁愿拼死夺取战功，也不愿意跟云琅一起做什么生意。这些东西摆在大厅里，却没有人前来祝贺。阿娇对这些东西一般都是嗤之以鼻的。长平对这些东西虽然看重，却因为爵位太小，提不起精神来帮云琅操办。至于霍去病、李敢，依旧在寒冷的荒原上奔波，如同猎人一般四处狩猎匈奴人。曹襄不知道跑哪里去了。唯一能为云琅感到高兴的就是梁翁跟刘婆、丑庸、褚狼都从阳陵邑赶回来了，参加这场属于全家人的盛宴。家里的人太多，再加上仍有很多的伤患在家里养病，所以云琅没有大操大办，仅仅命厨娘杀了两头猪、五只羊，做了一顿丰盛的晚餐，就算是庆祝了。

最让长安人吃惊的是孟大跟孟二，他们两兄弟获得了博士的称谓，虽然被称为农博士。这三个字不仅仅是一种称谓，更是一种官职，还是大汉国最清贵的职位。一般情况下，当五年博士之后，一旦出任地方官，最小的官职都是一州刺史。在朝中播弄《推恩令》的主父偃就是博士出身。孟度高兴得有些忘乎所以，几乎把家里值钱的东西全部搬来了云家，他们夫妇也似乎有常住云家的打算，并且希望能把家从阳陵邑搬来上林苑。

冬日里的云家炊烟袅袅，且从早到晚从不熄灭，主要是来云家吃饭的人太多。人多了，也就没有了一个准确的时间，随时随地给客人做饭吃已经成了云家的常态。

霍去病、李敢终于回来了。是踩着冬雪回来的，长久地在野外搜寻，他们俩已经邋遢得不成人样子了。两人的神色看起来都不是很好，跟云琅见面之后就去了温泉水渠，并且在那里泡了半天。

公孙敖功封合骑侯！霍去病、李敢受到了皇帝的叱责，皇帝还把他们两人的部属从羽林军中分离出来，变成了一支八百人的小军队。云琅贬官两级，任司马！

第一七四章 与身份匹配的好安排

云琅没法子拒绝，刘彻也没有给他任何拒绝的机会，印信都刻好了，他不能不识抬举。爵位给了，军职却降低了，所有人都在祝贺云琅。这是一个很容易理解的事情。如果说云琅以前的官职是皇帝以奖励的目的给的，他现在的官职就是大汉国必须给云琅的一种安排。前者，俸禄可能会没有，可能会有；现在，跟他的任命书一起下来的还有拖欠了他快一年的俸禄。以前，羽林军将士见到云琅，只会简单地拱手一礼，权当他是一个泥雕木塑的神像。现在不一样了，云琅不点头，那些军卒就不能放下拱着的双手。只是，这些军卒大多比较瘦弱。

公孙敖很过分，他将受伤的将士一股脑地分配给了霍去病、李敢跟云琅三人统御，战马也只给最瘦弱的，兵刃更是如此，军中的强弩全部被公孙敖给留下来了，哪怕是将士们自己装备的私人武器也是如此。霍去病向中军府申诉过，人家似乎并没有理睬。卫青向来是不管这些事情的，他认为一个将军如果没有能力给部下创造一个合适的作战环境，那么这个将军就不是一个合格的将军。没有军营，没有装备，只有八百个人跟八百匹战马，以及他们随身携带的长刀跟矛戈，还有可供八百人食用半个月的粮食、可供八百匹战马食用半个月的粮草。这样下去不行。军队本身就是一头吞金兽，八百人一个月的耗费绝不仅仅是一点粮食。不得已，云琅只好去找阿娇，看看她那里有没有什么好办法。找阿娇的意思，就是准备让皇帝知道霍去病跟自己的苦衷，至于阿娇，她对一支军队的补给能有什么办法？

"曹襄能养得起他的军队，你们就不成吗？我能有什么办法？要不，我资助你们一百万钱如何？这个我有。"阿娇笑得很难看，明显带着调侃的意味，云琅总觉得在她的笑容背后，有刘彻不怀好意的影子。她一句话就把云琅想要求助的话堵得死死的，一点缝隙都不留。云琅到底还是拿了阿娇资助的一百万钱，这个时候可不是耍脾气的时候，有一百万钱总比没有要好。上林苑很给力，告诉云琅，只要是羽林军骑都尉看中的地，就把那块地划分给骑都尉部属充当营盘。这算是这些天来唯一能让云琅开心的事情。

这道军令来得太突然了，谁都没有想到皇帝会在一瞬间就决定将他新近训练的羽林军一分为二。这种分配是极为不合理的，公孙敖拿走了羽林军力量的九成……在军中说不公平明显是一个大笑话，想要公平，先拿出与自己想要的公平相对应的实力来。因此，霍去病、李敢、云琅都没有多说什么，只是不断地向中军府提出申诉，一次不成，就两次、三次。朝廷的大军问朝廷要补给物资是天经地义的，如果不要不喊，才是一件非常不正常的事情，或许会被中尉府认为居心叵测。

首先要解决的就是这八百人的住宿问题。霍去病、李敢仅仅伤感了一晚上，就带着部下开始在云家边上建造新的军营。在盖好房子之前，这八百人只好委屈地挤在云家的仓库里、饭堂里，所有能住人的地方都挤得满满当当。云琅自然也不能偷闲，事实上，修建营房的工作被云琅全部接手。霍去病去了北大营，李敢去了中军府，争取为这八百人弄到足够的战马跟武器。中军府好说话，孟度在这里权威很高，但凡是中军府能给的，李敢都拿到了。北大营对公孙敖非常厌烦，对霍去病却很有好感。一来，霍去病是卫青的外甥，算得上是自己人，再者，他们认为，在匈奴流窜到上林苑的时候，霍去病帮他们说了一句公道话，最后还带着北大营的人在上林苑穷搜匈奴残部，给了他们最后的将功赎罪的机会。所以，霍去病、李敢回来的时候，他们背后的马车上不但有粮秣，还有铠甲跟武器。中军府从来就没有什么好东西，他们的仓库里全是军队不收的破烂，烂皮甲、烂马鞍子、烂战衣、生锈的战刀，矛戈的木柄已经腐朽了，弩弓的弓弦早就没有了任何强度，稍微用力拉扯一下就会断裂，还有腐朽的绳子，自然也有一坛坛文皇帝时期的盐菜。李敢把这些破烂弄回来了很多，尤其是破烂的刀剑、矛戈、箭矢，几乎是全部拉回来了。他准备利用云家的铁匠房，把这些破烂全部回炉锻造一遍，无论如何，也比直接用生铁冶炼要好得多。

"三百匹战马，这是北大营能力的极限了，再多，监军就会质问苏建将军。"

李敢苦笑一声："我就好好地带着能动的兄弟们当铁匠好了。只可惜中军府没有多余的材料，如果牛角、牛筋、箭杆、尾羽、白蜡再多一些就好了。"

"其实现在挺好的，陛下把我们放在火上烤，就不要怪我们干一些出格的事情。给不了我们物资，就要给我们钱；给不了我们钱，就要给我们绝对的自由；如果连自由都不给，那就是耍赖皮。"

霍去病瞅着云琅问道："你怎么想的？"

"还能怎么想？匈奴都打到了上林苑，我能想什么？要看陛下怎么想，他只会问我们要一支强悍的军队，其余的事情在他看来应该是无足轻重的小事。现在没有补给，以后估计也不会有，我们只能在其他事情上想法子。"

"伤兵现在归营了多少？"

"三百四十七人，还有八十三人还需要休养半个月，其中两人已经废了，吃饭都有问题；四人没了大拇指，握不了刀，拉不开弓箭；十六人不是断胳膊就是断腿；哦，还有一个胸骨折断的，从今往后不能出力气。"

李敢听了云琅的话，重重地一拳砸在桌子上，大怒道："这是要干什么?！还没开始训练，我们就减员二十三个人，这可是两个什伍的人马。"

霍去病冷笑道："我们不是人人都夸赞的少年英杰吗？所以人家就给了符合我们少年英杰的待遇。有兵，有将，有钱粮武器，谁不会打仗啊？公孙敖说了，八百人是看在陛下跟我舅舅的面子上才给的，否则他一个人都不给，要我们重新招募军队，自己训练，自己使用。"

云琅叹口气："我们年纪到底太小，如果再大两岁，就没人怀疑我们的能力了。公孙敖之所以敢这么大胆，就是看准了朝中的那些重臣不会支持我们，只会冷眼旁观。"

霍去病站起身，拍拍胸口道："那就别抱怨了，现在开始干吧，耶耶不信打造不出一支合格的军队！"

大汉军队即便有千万不好，遵从将令这一点却没有差错。被分配到骑都尉的少年羽林，虽然心灰意冷，在执行军令这一方面却一丝不苟，即便是云琅这么挑剔的人，也无话可说。云家的温泉水渠上还没有来得及覆盖石板，他们从远处废弃的宫殿遗迹上拉来了石板，覆盖在水渠上，再堵死缺口，这些石板立刻就成了一张张温暖的床榻，再在这些石板上面盖好简陋的木屋，一个暂时遮风避雨的地方就出现了。

霍去病丢下最后一块石板，抬头瞅着铅灰色的天空道："也不知道老天爷给不给颜面。"

云琅在他对面，只听见了后半句话，奇怪地问道："什么颜面？"

霍去病沉默片刻道："今天是一个很好的杀人日子。"

"杀谁？"云琅追问道。

第一七五章 一心为云家好的酷吏

云琅很聪明地没有追问下去。匈奴突破雁门关，突破上郡，在大汉的国土上行军超过六百里却无人知晓，这对大汉国来说是一个难以洗刷的耻辱，总要有人为此负责的，总要有人为此人头落地的，比如说雁门校尉陈适、上郡郡守吴章……只是，越这样，公孙敖就越得意，跑来霍去病的军营看了一遍正在干活的军卒，哈哈一笑就扬长而去，全然不见前些日子的猥琐，显得很是意气风发。

公孙敖越如此，张汤脸上的讥诮之色就越浓重。张汤是给云家送工匠来的，十六个铁匠，八个木匠，六个砖瓦工匠，还有三个市籍商贾。云琅比较了解工匠的用途，却不明白三个市籍商贾的作用，难免要向张汤求教一下。张汤看着天空淡淡地一笑，拍拍云琅的胳膊笑道："无须问，问了就是悲伤。"

"为何？"

"为何？犯官、赘婿、逃犯、贾人、市籍者、父母为市籍者、祖父母为市籍者，此七类人名曰'七科谪'。"

"七科谪？什么意思？"

张汤诧异地看看云琅，认真地解释道："边塞但凡有战事，边军应接不暇之时，朝廷就会征发七科谪之属出征。你云家家业日渐兴旺，农科兑换已经不足以满足你云氏，就只能去市上买进卖出。要进市，就必须由市籍者助你进行买卖。你是朝廷官员，一个少上造的爵位高贵无比，不能沾染半点铜臭气。云氏最初的买卖可以认定是农户交换、巢卖，现在，你云家蒸蒸日上，仅仅是鸡蛋、鹅蛋，就能赚到一般商贾一年都不能企及的金钱，再说是农户巢卖就是掩耳盗铃了，朝廷不许，国法不许，百姓也不许。当然，你云氏如果愿意加入市籍，某家自然无话可说。如果云氏不准备玷污自家的门楣，就必须将售卖之事交与市籍者。你要是不要？"

云琅抽抽鼻子，看着那三个笑得灿烂的市籍者，无奈地道："还能如何呢？"

张汤笑道："不要嫌市籍者赚得多，你可知，他们付出了什么样的代价，才能赚到这些钱？领头的市籍者名曰车五，他们家兄弟六人，现在仅剩下兄弟两人，其余四人全部战死在疆场上了。"

云琅看看那三个市籍者，问道："我对他们有没有约束力？"

张汤笑了："怎会没有呢？如果没有，我大汉所有勋贵岂非都要受这些腌臜人的盘剥？他们如果不能事主以诚，送交官府杀之即可。据某家所知，官府至今还没有放过一个背叛家主的市籍者，不论家主是贫穷还是豪富，此事从无例外。"

"这是自然啊，官府掌权者大多为勋贵，教训这些背叛家主的人，其实就是在教训自家的市籍者，岂能轻易饶恕？"

"是这个道理，没什么不能说的。吾辈削尖了脑袋往上钻，所求者无非是方方面面的便利而已，如果连这点特殊的权利都没有，吾辈何须如此？大难来临时逃离你家的十四个护卫已经被罢职，三代之内不得进入正军，每年入奴军时间不得少于七个月。也就是说，他们十四家人，已经为他们的短视跟胆小，付出了极为可怕的代价，三代之内再无出头之日。"

云琅愣了一下，霍去病跟他说过奴军这个大汉军队中最特殊的存在。张汤说的七个月的服役期其实根本就不存在，这些人只要进入奴军，想要脱身，除非斩首三级，否则，一辈子就在奴隶营中苦熬吧。每当大汉军队出征的时候，奴隶营永远为大军前驱，作战，攻城，往往会携带着最简陋的武器冲锋在前，用死战来消耗敌人的锋锐之气。因此，奴隶营中的死士，能活下来的不多。

云琅叹息道："他们如果不跑，仅仅是藏起来，也不会落到这个下场，至少我不会追究的。当初他们来云氏的时候，我就没有指望他们能够护卫云氏。真不知道他们是怎么想的。"

张汤撇着嘴习惯性地讥诮道："你如果没有阵斩匈奴的功绩，你以为会有人去追究他们逃离的罪责吗？你如果没有少上造的封爵，你以为会有人去找他们的麻烦吗？大汉国的律法，只保护真正的勋贵，对于那些豪族，朝廷正在不断地压制，在涉及他们利益的事情上，力所不逮啊。"

云琅听了这番话，深以为然。大汉国说起来是一个大一统的国家，实际上，中央的权力只能深入郡县，却无法深入每个人头上，更不要说桀骜不驯的岭南，以及阳奉阴违的各个封国。很多时候，刘彻之所以会持续不断地向匈奴用兵，在很大程度上是为了向国内彰显他强大的武力。这样做非常危险，一旦大汉军队不能战胜匈奴，遭到毁灭性的失败，刘彻国内的政权也有很大的可能性会土崩瓦解。因此，大汉国不能容忍失败，皇帝也对战败的将领格外严苛一些。

张汤交卸完这趟完全不必由他来执行的差事之后，并没有立刻离开云家，而是问云琅要了一间不大的房子住进去了，整日深居简出的，不知道在干什么。

云琅不愿意听从长安传来的消息，可是，这些消息还是像长了腿一般来到了云家。在一场纷纷扬扬的大雪过后，六十四个要对这次匈奴进犯负责的人，倒在了大雪中。皇帝的命令如同北风一样残酷，没有怜悯，没有宽恕，只有残酷的刑罚。死掉的六十四个人中有将领，有文官，也有绣衣使者，以及一些没法辨识身份的人。同时被处死的还有被大汉军队活捉的匈奴人。除了一个被砍掉双臂割掉耳朵的匈奴大当户被军队送归匈奴传话之外，其余被活捉的一千四百二十一个匈奴人，全部被斩首，而且他们的首级还被送去雁门关外制作成了京观，以威慑关外的匈奴。

雁门校尉陈适被处死了，取代陈适出任雁门校尉的人不知怎么的就成了公孙敖。听说这个任命下来之后，公孙敖长跪建章宫外不起，涕泪横流地感激皇帝给了他一个建功立业的机会。云琅听到这个消息之后，直觉地认为这是一个大坑，一个非常大的坑。雁门关被匈奴人攻破，此时的雁门关一定残破不堪，而且据说匈奴人掳走了雁门郡能找到的所有大汉百姓，公孙敖一定找不到什么人来帮他修筑城池、工事。再加上有一千四百多个匈奴人的头颅被垒成京观，左谷蠡王一定会发疯的，也一定会强攻雁门关报仇雪恨。公孙敖这时候带着两千两百余名羽林军去雁门关，生死难料。

"大汉国的主力军队去了右北平，我不知道雁门关会是一个什么样的局面，至少，在右北平，你舅舅应该能获得一场大胜！"云琅丢下茶杯，对一直看着地图模型的霍去病道。

"雁门关用来吸引敌人的主力，右北平主动出击，攻击匈奴兵力薄弱的燕然山。北匈奴威逼乌桓、鲜卑两部，屡屡进犯，使我大汉北疆不得安宁，希望这一战能换来数年平静。"

云琅抬头笑道："你舅舅怎么说？"

"什么都没说。我舅舅在家中从不谈军事，此次离家，也没有跟我做什么交代，只说好生打熬筋骨。"

霍去病似乎对卫青的离去没有什么遗憾，云琅也没办法，手头的消息实在是太少了，唯一能肯定的就是——雁门关一定是一个大坑，一个很大的坑，就等着左谷蠡王来跳。当然，公孙敖本身就是这个大坑里的诱饵。被公孙敖挑拣过的骑都尉大多是年纪太小的军卒，这次跟匈奴野战过后，公孙敖发现，战死的、受伤的大多是少年羽林军，因此，他毫不犹豫地将这些被他认为是拖累的少年人全部留给了霍去病。看着这些少年人都有些颓废，云琅觉得，该给他们找点东西提提神。

第一七六章 明珠暗投这是必然

"红日初升,其道大光。河出伏流,一泻汪洋。潜龙腾渊,鳞爪飞扬。乳虎啸谷,百兽震惶。鹰隼试翼,风尘翕张。奇花初胎,矞矞皇皇。干将发硎,有作其芒。天戴其苍,地履其黄。纵有千古,横有八荒。前途似海,来日方长。"刘彻躺在滚烫的温泉池子里,半闭着眼睛听阿娇给他吟诵云琅写给骑都尉将士的文告。短短的几句话听完之后,刘彻睁开眼睛瞅着衣着暴露的阿娇道:"这几句话不该由你来念,找一个关西铁汉来念最有韵味。"

阿娇摆了一个让人血脉偾张的姿势,斜着眼睛瞅着刘彻道:"长门宫里倒是有您说的关西铁汉,要不要把他喊进来?"

刘彻咂巴一下嘴,对守在一边的大长秋道:"去,把长门宫里的关西汉子全部打发去北大营,然后去上郡戍守。"

大长秋俯首道:"长门宫中只有一个关西人,名叫桑褶子,充任长门宫庖厨,未有军籍。陛下要打发他去上郡戍守,最好能让他继续给军中将士做饭,此人烧得一手好羊肉。"

刘彻喝了一口殷红的葡萄酿笑了："庖厨？那就算了，想来他也没机会进来，饶他一命吧。"阿娇哈哈大笑，大长秋的一张老脸上也堆满了笑意，刘彻更是为自己刚才的无趣大笑不已。刘彻又喝了一口葡萄酿，探手把蹲在身边的阿娇从岸上拽下来，抱在怀里道："你这里比皇宫还舒适一些，温暖如春不说，难得的是没有炭火气。"

阿娇乖巧地趴在刘彻怀里，轻声呢喃："这里的房子中没有炭火盆子，只有地下的热水道，所以，地面是热的，屋子里自然也就暖和。水里太热了，我们去卧榻。"

刘彻大笑道："以前都是我求你，现在终于轮到你求我了。没那么便宜的事情，你刚才不是说你种了青菜吗？我准备去看看你种的青菜。"

"大长秋！"阿娇尖厉的声音在水池子里响起。大长秋连忙凑过来道："贵人有何吩咐？"

"把热水道上的青菜全给我铲了！"

刘彻发出一阵震天的大笑，一把从水里捞起光溜溜的阿娇道："还是让青菜长在地里吧，我们不去床榻，就在这里，让我看看……"大长秋很知趣地躬身退出了这间有热水池的房间，关好门，然后垂首站在门前，睡着了一般。

云家的粮食很快就有一大部分变成了铜钱，不论是张汤还是霍去病，都从云家购买粮食。这让有存粮习惯的云琅很不高兴。

"好好的一张脸都抽成包子了。你家蓄积这么多的粮食，准备干什么？"张汤见云琅吃饭的时候还有些不高兴，就用筷子敲敲饭盘道。

"吃啊！"

"你家算上新来的工匠也没有五百人，你存足够一千人吃两年的粮食做什么？"

"我一般会给家里存足够三年吃的粮食，如此才能心安。"

"你就不怕人家说你私蓄军粮？"

"军粮？我家连护卫都没有，存谁家的军粮？"

"哼！你也就是没有进过中尉府，如果去过，你就该知道一句话，叫作'欲加之罪，何患无辞'！"

"你马上就要就任中尉府大人，我还担心什么？"

"廷尉、卫尉、中尉的职责你真的弄清楚了？"

"怎么，我说错了吗？"

张汤叹息一声道："你要为官，怎么能不知道朝廷官职？我这一次要升迁卫尉，不是廷尉，更不是中尉。中尉负责纠察天下，卫尉负责宫门禁卫以及长安治安，廷尉乃是九卿之一，我目前还没有资格。"

"这么说，我以后只能在长安跋扈，不能在外嚣张，是不是？"

张汤笑了，指着云琅道："怎么，很怕王温舒？"

云琅惊讶地道："接替你中尉职务的人是王温舒？"

"有何不妥？"

云琅自然没什么意见，有意见也不说出来，皇帝喜欢用酷吏来维护自己的统治，他云琅说的话有个屁用。以前云琅觉得皇帝用酷吏简直不可理喻，现在见到了真实的酷吏，他忽然发现，酷吏并不像史书上写得那么残酷。尤其是张汤这家伙，待人温文有礼，不但自己清廉，还肩负着监察百官，不许他们贪渎的大任。他来云家，最多也就混一顿饭，带给云家的好处却很多。云琅对酷吏印象再不好，人家却用实实在在的行动证明，他是一个合格的官员。至于王温舒，虽然上次在来家云琅看到了这家伙是如何对待来家的，他却恨不起来，至少砍来氏脑袋的时候，人家正在帮着往云家的马车上装来家的粮食呢。都是好人啊，不好太诋毁。

霍去病回来的时候满身泥水，李敢比他好不到哪里去，两人刚刚进门就趴在暖和的地板上，只是双手颤抖得如同抽风。"就你俩成这样了，还是大家都成这样了？"

李敢哆嗦着发青的嘴唇道:"全都成这样了。有一个傻子挖坑,结果把不远处的一个山塘给挖漏了,山塘里面的冰水全流下来了,我跟去病带着大伙一起堵漏,就成这样了。"

"其余的人呢?冬天泡水可不是闹着玩的。"

"全在你家热水渠里面泡着呢。衣服交给你家仆妇去洗了,现在都在等人拿干净衣衫。"

听李敢这么说,云琅就放心了。温泉水实在是一个好东西,大冬天的如果没有这东西,这些年轻人还会遭更大的罪。大汉的冬天寒冷而湿润,有了充沛的水汽助威,寒冷的威力愈盛。在外面活动的时间长了,人们就更加珍惜屋子里的那点热气。其实温泉带给房间的温度不是很高,至少,云琅在屋子里穿上裘衣才能感到暖和。对耐寒的大汉人来说,从石板上传来的那点热量已经足够帮助他们熬过这个漫长的冬天了。

阿娇家新盖的房子就不一样了,她把地下全部挖空了,因此,她家的房子其实就盖在一个滚烫的温泉池子上面,偌大的屋子里不要说炭火气,连蜡烛都是那种可以虹吸烟气的仙鹤回首灯。

刘彻躺在铺了羊毛毡子的地板上,阿娇小猫一般蜷缩在刘彻的怀里,两人都没有什么兴致说话。阿娇在刘彻的脑后放了一个枕头,抱起刘彻的脚用力揉捏起来。

刘彻感慨地瞅着卖力揉捏的阿娇,咬着牙道:"你早干什么去了?要是早这个样子,哪怕你不会捏脚,捏得人生疼,我也生受了,就算你脾气再坏,谁有本事动你的后位!"

阿娇瞟了刘彻一眼道:"你以为我稀罕那个后位?我从头到尾稀罕的是你这个人。我阿娇喜欢一个人就会喜欢一辈子,不像你,今天喜欢一个,明天喜欢一个的。哼,你如果不是皇帝,莫说抓挠你,我敢拎着刀子砍你,你信不信?"

刘彻叹口气道："你就死性不改吧！"

阿娇却味味地笑道："改什么改，这样挺好，我不管你在宫里是什么样，来到长门宫，你就是我一个人的。丢掉的后位我不稀罕，丢掉的东西我阿娇也不要，要我去宫里重新面对你的那群女人，还不如就留在长门宫里，至少有个盼头。"阿娇说着，趴在刘彻的胸口上，闭着眼睛道，"我经常想啊，你不是在建章宫里，而是带着千军万马跟匈奴作战去了，我就是一个等待夫君归来的女子……等待良人归来那一刻，眼泪为你唱歌……骄傲的泪不敢润湿我眼睛，在我离你远去那一天……"阿娇一连唱了两遍，却只有这两句，这是云琅给她讲故事的时候她听来的，云琅当时唱了好多，阿娇只记住了这两句。

刘彻见阿娇的眼泪都出来了，叹息一声，探手搂住阿娇，《长门赋》里的阿娇是假的，这两句乡间俚曲里的阿娇才是真实的。

第一七七章 温柔乡拦不住刘彻

云琅很希望刘彻听到《少年中国说》片断能够受到震动,结果就像一颗石子丢进大海里,一点反应都没有。据大长秋说,阿娇特意念了,皇帝也听了,然后……他就不说了。

云琅瞅着大长秋道:"阿娇莫非是在热水池里念给陛下听的?"

大长秋喝了一口茶,点头道:"然也!"

云琅抽抽鼻子,心中了然,阿娇的脸没有多大的特色,可是她的身材……云琅幻想一下都会流鼻血,穿着游泳衣的阿娇有多魅惑人,云琅能想象得到,可怜梁先生的《少年中国说》变成了人家的助兴之物。阿娇办事就不靠谱!云琅多少有些愤怒。骑都尉如今正在泥沼里挣扎,八百多人连居住之所都没有,只能挤在云家苟延残喘。想找皇帝搞点特例,已经是走奸佞之徒的路子了,还被阿娇办砸了。

刘彻起来得很早,这是他不多的优点之一。他披着裘衣在暖道上散步,看着脚下的青菜感觉非常稀奇。大长秋不敢离开左右,见皇帝停下脚步就连忙上前介绍道:"陛下,这是菘菜,最是耐寒。"刘彻拔了一棵菜瞅瞅道:"比温汤监种植的大一些。"

大长秋掩着嘴哧哧笑道:"长门宫的邻居云琅说,这东西将来有可能长到婴儿大小,最终一棵有十几斤不成问题。"

刘彻也笑了,随意道:"胡说八道!"

"可是云琅跟阿娇贵人打赌,说给他三年,他就会种出七八斤重的白菜,赌注可是一个温泉水口呢。"刘彻哈哈一笑,觉得很有趣,云琅这种送礼的方式倒是新鲜。

外面是冰天雪地,棚子底下却是绿油油的蔬菜,尤其以菠菱菜跟甜菜长势最好,韭菜被一层厚厚的土埋起来,只露出一星半点芽苗,煞是好看。白菜、韭菜也就罢了,刘彻常见,只是这菠菱菜跟甜菜他还是头一次见。

大长秋何许人也,吃的就是看皇帝脸色的饭,见皇帝面露思索之色,连忙道:"这是用博望侯给的种子种出来的,开始以为是杂草,云琅觉得这是皇家御赐之物,就没有拔掉,结果,长成之后,叶片肥厚,居然美味可口,方知,博望侯从西域带回来的种子,没有一颗是无用的。至于这种大叶子的菜蔬,名曰甜菜,云琅说甜菜的叶子可以食用,根茎却能熬糖,不比岭南进献的蔗浆逊色。"

"嗯?蔗浆?拔一棵来!"

大长秋连忙走进甜菜地里,找了一棵最大的甜菜拔了出来,只是根茎尚未长成,没什么看头。大长秋在旁边的溪水中把甜菜洗干净,才拿给刘彻。刘彻扯下一片叶子递给大长秋,大长秋接过来就大嚼了起来,吞咽下去之后笑道:"叶子不甜。"

刘彻见大长秋没有被毒死,这才撕了一小片放嘴里嚼一下,然后吐掉,道:"没甚味道!"至于甜菜块茎,他是不愿意吃的,天知道这东西会不会有毒。

"陛下，这种菜蔬云氏已经吃了半年，不论是大人还是幼童，吃了之后都安泰得很。孟家的两个傻儿子，最喜欢吃蒸熟的甜菜根，一日不吃就要闹腾。"

听大长秋说起孟家的两个傻儿子，刘彻嘴角不由得浮起一丝笑意，他指着远处的水塘道："那两个憨货不是就在那里吗？"

大长秋看了一眼满水塘的鸭子和穿得跟熊一样放鸭子的孟家哥儿俩，苦笑道："也就是这两个憨货，才能出入长门宫如无物，阿娇贵人怜悯他俩人有残疾，就由得他们胡闹。"

刘彻笑道："阿娇就该跟这种质朴之人多来往，至于云琅，哼！刁滑之辈耳！"

大长秋赔着笑脸道："还不是陛下手心里的猴子？再跳弹也跳弹不出陛下的手掌心。"

"嗯？这话是个什么典故？"

"这是云琅跟老奴喝茶时讲的一个故事，说是天地初开之时，有一颗灵石天生地孕了一只猴子，而后猴子破石而生。这只猴子以天为父，以地为母，不知人间礼法，不晓人世尊卑，仰仗从奇人之处学来的一身本事在人间胡作非为，最终被天帝收服，从而造福人间。"大长秋见刘彻的脸色没有变化，这才用最快的速度把故事复述了一遍。刘彻还在回味故事，大长秋却瞅着云家地界，暗暗发狠："老子帮你帮到了这个地步，若是再敢对红袖儿不好，看老夫会不会剥了你的皮！"故事是云琅说的没错，"不知人间礼法，不晓人世尊卑"的话却是大长秋自己加上去的，故事原本只是讲述一只猴子的反抗精神，被大长秋转述之后，变成了猴子被天帝收服，造福人间。可见，人嘴两张皮，故事怎么说，主要看说故事的环境。

刘彻听完故事，回味了片刻，哑然失笑道："告诉云琅，好好为国效力，他以前的事情，朕当作没看见。"大长秋大喜，连忙口诵陛下英明。刘彻背着手闷哼一声道："也不知道你这个老货到底收了人家多少好处，如此卖力地帮一只猴子解脱。也罢，朕没有查出他的来历，就当他是从石头缝里蹦出来的，往事不论，且看今朝！"

　　孟大、孟二早就看见了刘彻，却不敢过来，刘彻带给这兄弟俩的回忆不太好，他们以前没少挨刘彻的揍。二人赶着鸭子走得很慢，眼看就要离开刘彻的视线了，就听刘彻冷冷的声音传了过来："再敢走一步，我就把你们塞进鸡笼里面！"兄弟俩如遭雷击，抬起的脚都不敢落下，大主子跟二主子不同，他说塞鸡笼就绝对不会塞猪笼。这个道理，他们兄弟俩从小就明白。眼看着兄弟俩战战兢兢地挪着碎步往回走，刘彻显得很兴奋，他觉得自己很久没有亲手揍过人了，今天应该好好试试拳脚——见到自己这个主子，不但不过来见礼，反而想跑，真是一点规矩都没有。

　　"你欺负他们算什么本事？有本事骑上马去找匈奴大战一场，前两天就有匈奴人过来，也不见你有这么威风！"阿娇清脆的声音传进了刘彻的耳朵。刘彻有些意兴阑珊，无奈地道："谁要欺负他们了？"

　　"哼，衣袍都塞腰带里了，箭袖都露出来了，两只手一张一合的，你哪一次打人前不是这样？"

　　孟大、孟二见阿娇来了，如蒙大赦，快走两步趴在阿娇身边，小狗一般瞅着阿娇。阿娇抬手摸摸孟大、孟二的脑袋道："放心，在长门宫你们愿意干什么就干什么，还轮不到一个不常来的人欺负你们！"

　　刘彻啧啧赞叹两声，瞅着孟大、孟二道："果然变聪明了，知道找人护着，嘿嘿。可是，我想打你们的心思已经起来了，怎么把它按下去？你们给我一个理由。"刘彻对阿娇说的那些诛心之言早就不在乎了，她以前干过更过分的事情。如今看到孟大、孟二，他不由得想起自己还是胶东王时候的事情。那时候就是这样，自己心情不好拿孟大、孟二出气，阿娇总是帮这对傻兄弟。

　　孟大抬起头小心地防备着刘彻道："大主子，孟大以前帮不上大主子才会挨打，现在，孟大会养鸡，养鸭子，养鹅，还会养猪，能养好多多多，能养活很多人，大主子您就不要再打孟大、孟二了好不好？"

刘彻僵住了，他素来性情狷介，喜怒不形于色，这会听了孟大的话，在潜邸时经历的酸甜苦辣一瞬间涌了上来，眼眶都不由自主地泛红，眼球已经蒙上了一层水汽。阿娇见刘彻这副模样，叹了口气，搀扶着他找了一个长椅坐下来，温言道："衣不如新，人不如故。当年伺候你的人都没有变化，只有你高高在上的，忘记了过去。你当皇帝太久了，总不能事事向前，偶尔回顾一下，也给自己一些宽松的日子。建章宫里蝇营狗苟、刀光剑影的，如果觉得累了，就来妾身这里宽松一下，睡一个安稳觉也是好的。"

刘彻眼中的水汽很快就消失了，他沉声道："进一步何等艰难，朕如何可以退后？"

阿娇靠在刘彻身上，瞅着灰蒙蒙的天空道："你呀，这一辈子都休想安生，就像宫里推磨的驴子，至死方休。我也不知道当初助你拿到皇位到底是帮了你还是害了你，总觉得，你当了皇帝之后虽然英气勃发，却不快活。"

刘彻轻轻地在孟大、孟二的屁股上各踢了一脚，大笑道："耶耶，如果想要安逸，还当什么皇帝！"说完，就冲着孟大、孟二怒吼道，"还不快点滚起来，带我去看看你们养的鸭子！"孟大、孟二听皇帝说起鸭子，立刻就不害怕了，抽抽鼻子，兴致勃勃地将一百多只大大小小的鸭子撵过来，好让皇帝检阅。

第一七八章 天理不容

一百多只鸭子围着刘彻乱转乱叫，场面混乱不堪。刘彻却随手抓起一只鸭子仔细地看，还用手捏捏肥瘦，亲手挑选了一只最肥的丢给大长秋道："晚上熬汤！"

大长秋开心至极，皇帝此次来到长门宫远比以前来的时候用心。以前只会赏赐大量的财帛，这一次仅仅携带了三千亲卫，不但没有赏赐什么财物，反而如同男主人一般，与阿娇相处也没了昔日的生疏，就像是回到了潜邸。这是一个好的开始。阿娇不是一个合格的皇后，这在大汉已经是公论，正是因为阿娇犯了众怒，皇帝才会将阿娇贬至长门宫。巫蛊之术乃是宫中大忌，一旦宫中出现了这样的事情，一场大屠杀是避免不了的。唯有阿娇在干了这种天怒人怨的事情之后，受到的唯一处罚就是被剥夺了后位。大长秋觉得阿娇留在长门宫，要比她重新进入皇宫，对她更加有利。

云琅这时候正站在另一座皇宫前面，这里几乎没有什么变化，一条蟒蛇蜿蜒而至，越过云琅，径直去了远处的血食堆，估计有好一阵子不能再来沙海边了。空气中满是烟火气,昔日长长的栈道已经消失了,那座索桥也消失在沙海中。一具焦枯的尸体趴在甬道上,从地上已经发黑的血迹来看,他爬行了很久。

云琅回过头,瞅着道路两边影影绰绰的雕塑道:"我要关闭这里了,这是对你们最好的保护,或许两千年以后你们能够重见天日,只希望你们莫怨恨。"

……

"没有人回答,我就当你们答应了,这件事就这么办好了。"云琅等了片刻,见没有人反对,就举着火把离开了咸阳城。

在钻进蛇洞之前,云琅松开了绑缚金人链子锤的绳子,刚刚松开,链子锤就呼呼地摆动起来,与此同时,巨大的金人也跟着嘎嘎地转动起来。云琅极快地钻进洞里,拼命地往外爬。他不知道会出现什么样的状况,只知道,这次这个具有防卫性质的金人一开动,就不会再停下来,尤其是在他将限制动作幅度的青铜檄子去掉之后,会更加狂暴。高大的城墙遮住了云琅的视线,只听见轰隆隆的巨响在城墙的那一边接连响起,犹如天崩地裂一般。坟墓里的东西没什么好稀罕的,多存两千年可能还价值连城,现在,一堆才过了百年的东西能有什么价值?更何况在大汉,大家都喜欢新东西,谁会喜欢用旧的?里面的铜钱很多,可是秦半两真的能在汉八铢钱、五分钱大行天下的时候使用吗?还不是要熔化成铜,然后再铸造。大汉国铸钱的工艺实在是太落后了,铸造一百个钱,如果不算掺假,就要花费八十个钱,两成的收益而已,云琅觉得很不划算,有那工夫他能用更多的门路去赚钱,利润远比铸钱高。

一块城砖飞出十余丈远,就落在云琅身边。吓了一跳的云琅赶紧继续向后跑,最后来到太宰经常喝酒的地方,熟门熟路地掏出一坛子酒喝了起来。这样的酒坛子还有很多,是云琅特意给太宰准备的,他非常希望太宰能够从里面走出来,哪怕太宰被那块石头辐射成怪物他也高兴,可惜,这里的酒没人喝过。

大股的黄沙从蛇洞里面滑出来。看来历史上记载的是对的，秦陵周边确实有十里沙海。

云琅静静地坐在长条凳上，有一口没一口地喝着酒，一坛子酒喝完了，就看见城头上的缝隙处有大股黄沙倾泻下来，慢慢地掩盖住了那座倾倒的金人，也掩埋了高大的城墙。云琅见沙海再无动静，就轻轻地喟叹一声，背上自己的背包，转身离去。当他再一次从那道裂隙中走出来的时候，星斗漫天，有一颗流星拖着长长的尾巴，从西天飞往北边。老虎趴在云琅身边，似乎有些哀愁。

刘彻来长门宫的时候，正是骊山最安全的时候，杜绝每一个野人或者其余的什么人进入长门宫范围是三千宫卫的职责，也只有到了这个时候，云琅才会没有多少顾忌地进入始皇陵。

"下午的时候地龙翻身了。"梁翁把脑袋凑到云琅耳边轻声道。

"地龙翻身没什么稀奇的，你这么小声做什么？"

"陛下在长门宫啊，人家是天龙，地龙这时候出来拜见一下也是常情。"

"你怎么知道陛下在长门宫？这可是国之大事，到处乱说就不怕人家把你灭口了？"

梁翁见主人这么说，连忙捂住了嘴巴，骇然地瞅着云琅。"好了，吓唬你的。这话是谁传出来的？"

"孟大、孟二！"

"告诉他们闭上嘴巴，不准乱说！既然地龙翻身了，家里人今晚睡觉一定要小心，不要睡得太死。"

梁翁领命而去后，云琅去伤兵居住的地方察看了一番。偌大的一间库房里，居住的伤兵已经没几个了，被霍去病隔开之后又住进来百十个羽林军。云琅过去的时候，正好碰到那群军卒在窃窃私语，偌大的仓库里如同马蜂窝一般嗡嗡作响。只要看看那些羽林军少年激动的神情，就知道皇帝就住在他们的隔壁让他们非常兴奋。

"司马，既然有贵人在，我羽林军当执戈守卫。"一个老成一些的羽林军卒见云琅来了，就轻声道。

云琅笑道："这就要看校尉的了，他如何安排，我们就如何做，总要协调好才成，免得那些宫卫以为我们图谋不轨，打起来我们可没有理。"羽林军卒连连点头，觉得司马说得很在理，羽林军没有接到护卫的命令，贸然出去反而不美。云琅继续道："公孙敖去了雁门关，长门宫的守卫少不得要交到我们手里，公文下来是迟早的事情，且等着吧。"

云琅话音刚落，霍去病掀开门帘走了进来，沉声道："全副武装！今夜，北面的护卫军务由我们来做！"众人听了大喜，不等霍去病催促，就忙着顶盔披甲。霍去病见云琅也在，皱着眉头道："你身为司马，不能动不动就找不到人。"

云琅小声道："我这个司马也是假的，反正又不上战场，你就睁一只眼闭一只眼算了。"

霍去病盯着云琅道："谁说你这个司马是假的？以前在羽林的时候还能说说，现在可不一样了，你的告身、旌配、印信、半面掌军虎符已经送入了太尉府，一旦另一半虎符发给你，就是你出战之时，怎么能说是假的？"

云琅脸色一下子变得煞白，拉着霍去病道："不是说我没有虎符吗？就是帮你管管军务后勤……"

霍去病冷冷地瞅着云琅道："我只要战死，你就是我的继任者，大军就需要你来统率。你去问问，但凡军司马，哪一个没有备用虎符？"

"你坑我！"

"关我屁事！这是军中惯例，军司马掌辎重营，掌军法事，没有虎符你调动谁去？你敢处罚谁？你以为地方上来的那些军卒、民夫、罪囚，看你长得好看就听你的？"

"我怎么才能不要虎符？"

"可以不拿，按照大汉军律，无虎符不掌军，你在军中的身份就是一个小卒，还会因为没有佩带虎符被大将军斩首示众。"

"还讲不讲理了？我从来没有打算出去作战！"

霍去病讥诮道："你以为你可以白白享受少上造的荣耀，却不用付出？天底下哪来这么便宜的事情！"

云琅瘫坐在凳子上，拍着脑袋道："我以为是对我阵斩十六个匈奴人的奖赏。"

霍去病坐在云琅身边苦笑道："太尉府的原则很简单，遇见一个能杀敌的就一定会往死里用，死了算你背风，活着就能享受荣华富贵。你一口气阵斩十六个匈奴人，其中一个还是人家的精锐百户，此次击退匈奴之后论功，你仅仅排在我之下，还被张连他们吹得天上罕见地上少有地英勇。你要是看了太尉府的简牍，你自己都会认为，你这种有勇有谋的亡命之徒，如果不被弄上战场，简直就是天理不容。"

云琅长吸了一口气道："想想办法，我装傻成不？"

霍去病冷笑道："获得官职之前装傻，人家只会说你品行高洁，不愿意入朝为官。现在你拿了朝廷给的所有好处，却不愿意出战了，你觉得别人会怎么看你？不把你当成没胆子的赘婿才是怪事。莫说到时候你的庄子保不住，就连云家的人也休想有一个能昂首挺胸做人。在大汉，个人的荣耀、尊严永远是从战场上取得的，想要混吃等死，记着下辈子千万莫投胎到我大汉国！"

云琅仔细看看霍去病涨红的脸膛，怒道："我被弄上战场，你看起来似乎很兴奋啊？！"

霍去病大笑道："这是自然，谁上战场时不愿意把自己的后背交给自己亲亲的兄弟？你放心，上阵冲锋的事情呢，由我跟李敢来干，你帮我们照顾好后路。只要你不主动上阵杀敌，我到现在还没听说有军司马战死的。"

第一七九章 鸡同鸭讲

云琅觉得霍去病在骗他。军阵之上，一旦战败，身处军中的军司马能有好果子吃？即便逃回来了，以刘彻的性子，估计也是被他砍头的下场。云琅还不想这么快就结束他在大汉国的旅程，无论如何，也要愉快地把这一生过完。

昨天晚上始皇陵崩塌的动静也波及了云家庄子，云琅自然是知道是什么缘故，刘彻却在地龙翻身之后第一时间就跑回长安去了。皇帝获罪于天，才会有地龙翻身这种事情，这就是董仲舒在儒家学说中夹杂了邹衍的"五德终始说"后阐述的一种天人感应的例子。这让刘彻很担心，对骊山来说只是一阵震动，对别的地方，很可能是一场大灾难。

这个冬天听到的最好的消息就是，东方朔决定结束他一年一换妻的"先锋"行为。如今他很老实地在公车署上班，异于众人的行为收敛了很多。聪明人一旦能沉下心来，干事情一般会比普通人干得好，且快。所以，张汤说起东方朔的时候也是交口称赞，认为这家伙是一个可造之才，就是做的事情总是不合时宜。

云琅非常愤怒，这个浑蛋之所以会有异于常人的表现，纯粹是因为他在云家看到了四轮马车的模型之后，拿去在公车署做试验……大汉国没有专利法一说，所以他在云家看到四轮马车的模型后没有半点心理负担地认为是自己的创造。云琅仔细想了一遍之后也就释然了，四轮马车之所以没有在大汉流行，最重要的一个原因就是大汉国的马路不适合四轮马车。始皇帝制定的车同轨不是开玩笑的，所有的道路都以标准马车车辙进行设计施工，大汉国基本继承了大秦帝国的一切，自然也包括道路。虽然四轮马车在载货量以及骡马的利用效率上高过两轮马车，在舒适性上也超过了两轮马车，但面对大汉国糟糕的路况跟不讲道理的律法，想要大行其道还任重道远。

张汤将云家的四轮马车模型放在桌子上推来推去地玩耍，如同一个得到新玩具的孩子。"这样的马车既然是你想出来的，怎么就没想着推广出去？"张汤玩累了，坐下来喝茶问云琅。

"我怕被你砍头！"

张汤欣慰地点点头道："长进了很多啊，比东方朔聪明，也明白事理。你要知道，大汉律法继承了大部分秦法，车马令就是其中的一项。驾驭不合规格的马车，自然会受罚，只是惩处的力度没有秦时严苛，文帝时期已经把劓刑改为笞三百。"

云琅吃了一惊，连忙问道："劓刑就是割掉鼻子是不是？"

张汤笑了起来，露出自己鲨鱼一般洁白的牙齿道："确实如此。"

"这么说，东方朔现在住在监牢里？"

张汤笑道："这是我离开中尉府前办理的最后一桩案件，按照律法，东方朔要被笞三百。某家就是觉得他弄的马车多少还有点意思，所以才会来你家，看看最初的模型，也看看能否将四轮马车的事情上奏陛下，看看有没有法外施仁的可能。三百下打完，东方朔的半条命也就没有了。"

云琅连忙道："此事因我而起，能否纳铜赎罪？"

张汤点点头道："如此也好，纳铜五十斤，他就被放出来了，只是官职不保，而且要背上一个犯官的名头，以后想要过舒坦日子恐怕不可能了。还是等我上奏隆下之后再说吧，纳铜是最后的保命手段，能不用就不要用。"

云琅抓抓脑袋道："我觉得找阿娇贵人可能更快些。"

张汤咳嗽一声道："旁门左道！"说完就闭上眼睛仔细品鉴茶水的滋味，不再理睬云琅。

云琅立刻拿起那个漂亮的四轮马车模型，径直去了阿娇家。阿娇看到马车模型之后立刻就要云琅给她造一辆，要跟模型一模一样的……

"犯法！"

"犯谁家的法？你说的是祖皇帝的《约法三章》还是《九章律》？"

"《九章律》！"

"《九章律》中有不许百姓胡乱制造马车的律条？"

"有，对车辙的宽度有要求。"

"哦，我不知道。这样吧，大长秋，你去把那个会造马车的东方朔找来，让他在长门宫给我制造四轮马车。如果造得好看、舒适，就没事；如果造得不好，你也不用带他来见我，一刀砍死埋田里肥田！"潜心厨艺的阿娇对别的事情没什么兴趣，云琅都舍不得吃一口的冬黄瓜，被她左一刀右一刀砍得乱七八糟，眼看就糟蹋了。

云琅实在是看不下去了，赔着笑脸道："黄瓜凉拌起来味道不错，只是，用刀切出来的酱醋味道进不去，不好吃，如果用刀拍，就能很好地弥补这方面的缺憾。"

阿娇提起云氏菜刀，一刀就拍在一根黄瓜上，眼看黄瓜被拍碎，这才随便砍两刀，倒进盆子里，浇上事先调好的酱汁，胡乱搅拌两下，吃了一口，满意地道："胡瓜，还是拍出来的好吃。大长秋，记下来，这是我今天的新发现。"

阿娇拍黄瓜拍得上瘾，云琅悄悄地凑到奋笔疾书的大长秋身边道："真的没问题吗?"

大长秋瞟了云琅一眼道："以后有事就说，像这次这样，说得明明白白、清清楚楚的就成。哪些事能做，哪些不能做，阿娇自有主意，能帮的随手就帮了，不能帮的，你也莫强求。"

云琅又小声问道："再帮我问问阿娇，能不能把我从羽林军里弄出来啊？总要上战场的……"

大长秋懒懒地道："很简单。"

云琅喜形于色，连忙道："多谢，多谢！"

大长秋看了云琅一眼道："只要你能接受宫刑，就能来长门宫伺候阿娇贵人。说实话，阿娇贵人还是很喜欢你的，干我们这一行，你前途远大啊。"云琅不由自主地瞅瞅胯下，脑袋摇得跟拨浪鼓一般。大长秋起身对云琅小声道："老夫很忙，快要忙不过来了，你如果害怕上战场，就来老夫这里，老夫一手快刀，保你无恙。"云琅立刻就抱着马车模型走了……他宁愿上阵跟匈奴作战，也不想变成太监！

东方朔来到长门宫的时候，云琅快要认不出他了。"无论如何，先让某家吃一顿饱饭，而后，要杀要剐随意就好！"蓬头垢面的东方朔见到云琅，先不感谢云琅对他的救命之恩，而是开口要吃的。一锅汤面条下了肚子，东方朔嘴里咬着一只鸡腿道："听说我是来这里造马车的？"

云琅咬牙切齿地道："准确地说，你是在偷我家的马车！"

"好东西藏起来可不是君子的行为。晓谕天下，造福天下，才是我辈读书人该干的事情。"

"你就不感到惭愧？那是我的心血啊！"云琅暴跳如雷。

"某家帮你将四轮马车施行天下，你该感谢某家才对。知道不？某家已经注明此车名曰'云氏车'。日后云氏车遍行天下，你云氏也将名扬四海，为此事我已经身陷囹圄，你居然不知好歹地怪我！"

云琅的眼睛瞪得如同牛眼睛一般大，怒道："你的意思是，我救你纯属必然，是对你帮我的一种补偿，而你不需要感恩戴德，是不是？"

东方朔吃完了鸡腿，把身上的脏衣服丢掉，一边光着屁股往温泉水渠走，一边道："我本来准备用威胁那些侏儒的方式让陛下注意到我，为了酬谢你前些日子对我的照顾，才特意选择了四轮马车这个有争议的事情来做。如果不是为了帮助你，你觉得我会吃饱了撑的去触犯律法？现在好了，阿娇贵人要四轮马车，也就是云氏车，只要这辆马车造成，效仿者一定会遍布天下，你云氏的名声自然就起来了。等我洗完澡好好地想想你该给我多少钱才能弥补我的损失。"

第一八〇章 知恩图报？或许是！

"东方朔是一个知恩图报的人。"张汤如是说。

一个人如果能孜孜以求地帮助另外一个人名扬天下，这绝对是莫大的恩德，非刎颈之交不可。每个人都这样说，云琅也就不得不接受这种论调，如果继续纠缠发明权的问题，可能会被人腹诽为小人。云琅确信，他绝对不会为了东方朔去抹脖子，估计东方朔也不会为了云琅去自杀。聪明人让人讨厌就讨厌在这一点，他们有行为准则，有明确的止损线，一旦事不可为，跑得最快的一定是他们。

东方朔的一张嘴确实能活死人肉白骨，而他的那双手除了吃饭之外，剩下的功能就是握笔了。所以，他对如何制造四轮马车一无所知。在云家开始如火如荼地给阿娇制造四轮马车的时候，东方朔唯一明白的事情就是——云家的肉骨头很好吃！在东方朔被关进监牢的时候，他的老婆没有跑，一路跟着囚车从长安走到上林苑，还要照顾东方朔。这样的女人很难得，云琅就是这么认为的。东方朔则认为这是必然，他以为只要他没死，就算是少了鼻子也有大群的女人扑上来。至于那个死都要跟他在一起的平姬，是他出于怜悯才让她跟在身边的。眼瞅着平姬利用云家的资源将东方朔照顾得无微不至，即便被东方朔呼来喝去也甘之如饴的模样，云琅很想仰天长啸几声。这样的女人他在后世就没有遇见过，在大汉同样没有见到第二个！不知为什么，他接触的不是卓姬这种商场女强人，就是长平、阿娇这种政治女强人，再不然就是丑庸这种能把人活活气死的女人。不管是哪一种，都跟云琅理想中老婆的样子相去甚远，放眼望去，自己身边竟然没有一个适合被他发展成云氏女主人的人。

四轮马车最难以制造的其实就是车厢底下的转盘，这种马车是依靠两个可以左右转动的前轮来控制方向的，因此，云琅特意将车厢底下的转盘弄成了铁的。可是，问题接着就出来了，两只前轮快变成万向轮了，对车夫的要求就提高了很多。云琅驾驭这辆只有架子的马车冲进田地里之后，大长秋就派来了三五个经验丰富的车夫，日夜操练。

曹襄回来了，意气风发，只是瘦得没了人形。"长驱一千四百里逐奴，将之一一斩杀在刀下，为平生最快意之事。阵斩一百六十四，活捉三十有五，缴获无数，其中战马不下三百匹。"曹襄把话说得波澜不惊，只是一双眼睛中满是渴望，他非常渴望自己的这几个同伴能够好好地夸夸他。

"雁门关下，可还有百姓？"霍去病从烤羊腿上撕下一块肉塞进嘴里道。

"我只到太原府。"曹襄的脸有些红。

"五百长门宫卫，再加上你的三百家将，如此大的一股力量，没有去雁门关外瞅瞅，实在是遗憾。"霍去病叹口气道。

"左谷蠡王就在雁门关外，整座城关已经被他破坏殆尽，我只有八百人，如何能与左谷蠡王的三万大军作战？"曹襄不由得有些愤怒。

"一整只羊，不是一口吃完的。你部八百人，除你之外，全部都是最精锐的骑兵，且一骑双马，军粮、军械充足，只要不与左谷蠡王的大军正面作战，围绕着他的大军，今日吃一口，明日吃一口，加上指挥相宜，八百人足够了，再多反而不美，也不是没有机会击败左谷蠡王。"

听了霍去病的话，曹襄惊讶地指着霍去病对云琅道："他疯了！"

云琅点头道："他确实疯了，现在满脑子都是匈奴人。你去看看，军卒们训练用的木头桩子都被他标注了匈奴人的编号，从一号到八百号，中间还有大当户、裨王、校尉，算得上是一整支匈奴军队。不过啊，不疯魔不成活，就看他将来能走到哪一步了。作为他的军司马，我只能求天神保佑他战无不胜，攻无不克，否则我一定会有死掉的危险。"曹襄腾地一下从地板上站起来，怒道："你什么时候成了他的军司马？"

李敢吐掉嘴里的羊骨头，道："自从他击杀了十六个匈奴人之后。"

"什么？你击杀了十六个匈奴人？不是霍去病抓住之后给你当靶子射死的？估计你还没有用刀连砍十六颗脑袋的勇气。"

"用长矛刺死了两个，剩下的都是我用弩箭狙杀的。"云琅咬了一口黄瓜淡淡地道。

"天杀的，我只杀死了一个匈奴人……"

"人家现在是少上造，也是骑都尉司马，实封一百二十户，听说就在蓝田县，这可是关内的封赏，可不是什么糊弄人的关外封爵。"

"已经经过太尉府了？"曹襄的声音越发尖厉。

"没你什么事了。"霍去病哧地笑了一声，又不忍心看曹襄那张难看的脸，就把脑袋转过去。

"你怎么选了他？"曹襄怒吼。

云琅摊摊手无奈地道："关我屁事！"

"你怎么不问问我？"

云琅又摊摊手道："关你屁事！"

曹襄一屁股坐地上叹息道："这两句话不错，天底下的事情无非就是关我屁事跟关你屁事这两种结果。好吧，不说了，吃东西，我要好好长膘，这一趟远行,身子骨差点被颠散了。你别说,公孙敖这浑蛋就算有千般不是,训练军卒还是很有一套的。我如果不是硬扛过了他的训练,这趟远行就能要了我的命。——

"我听我母亲说,骊山地龙翻身了,长安却没有动静,有人说,这是上苍在警告陛下,不得与阿娇这个罪妇过于亲近。否则,地龙为何单单在陛下居留长门宫的时候翻身呢?"曹襄是一个很洒脱的人,见争取云琅当他的军司马已经成了泡影,立刻开始卖弄自己广博的消息。

李敢嘿嘿笑道:"第一个说这话的人下场一定很惨。"

曹襄大笑道:"没错,牙门将军宁良,已经被斩首弃市了。"

霍去病皱眉道:"他一介牙门将,掺和宫闱之争做什么?这不是找死吗?"

曹襄大笑道:"他的妹妹是宁美人。"

霍去病见云琅瞅着他,就不耐烦地道:"皇后不会管这些事情,阿娇也没法子再进宫当皇后。"

云琅叹息一声道:"你的骑都尉可是真正的外戚军队,这个名头一定要改掉才好,否则,就算是打了胜仗,也会逊色三分。人家公孙敖就是看准了你身为外戚,不好与他一个泼皮无赖汉争执,才把最好的兵员都带走了,武库里也仅仅留给你一些不能用的破烂。"

霍去病摇头道:"一大家子人呢,怎么可能改弦易辙?如果没有皇后,卫氏一族没有出头的可能,我舅舅更是没机会从马夫变成长平侯。生死与共是必然的。"

很多时候,只要说话说到无可奈何的时候,话题也就自然而然地结束了。谁都有要保护的人,谁都有紧张的人,谁都有怜惜的人。普天之下,只有云琅觉得自己是一个孤魂野鬼。

皎洁的月光下,东方朔手持木勺,正在往平姬的脑袋上浇水,平姬低着头揉搓头发,露出好大一片白皙的脊背。夜色静谧,只有哗哗的水声与东方朔吟诵《诗经》的声音："桃之夭夭，灼灼其华。之子于归，宜其室家。桃之夭夭，有蕡其实。之子于归，宜其家室。桃之夭夭，其叶蓁蓁。之子于归，宜其家人。"

东方朔嘴巴很硬，心肠却很软，只要看他温柔的动作，就知道平姬在他心中并非一个可有可无的人。平姬估计也知道，所以才死死地缠着东方朔不松手。东方朔总说平姬是个愚蠢的女人，现在看来，愚蠢的很可能是东方朔。

用云氏的温泉水洗过澡之后，最好用清水再冲洗一遍，毕竟里面的硫黄味道并不是很好闻。东方朔捧起一缕平姬的头发，放在鼻端嗅一下道："杂味已经很淡了，还是再清洗一遍的好。"云琅就坐在二楼的黑暗处，见东方朔提着装满泉水的木桶去了温泉水池处，换泡在温泉水里已经温热的清水，就微微地叹一口气，走进了屋子。红袖点亮了蜡烛，轻声道："夜深了，小郎该安寝了。"

云琅躺在床上，瞅着窗外的明月对红袖道："大长秋很看重你，我不问是什么关系，只告诉你一件事，你如果想去长门宫，随时都能去。前日，大长秋已经暗示过我了。"

红袖摇摇头道："婢子在云氏虽说只是一个婢女，过得比在来氏还要好些，更快活些。既然如此，婢子为何还要去长门宫呢？那里能让婢子更加快活、更加舒坦吗？显然是不成的。我娘早就说过，她恨不能嫁给贫家子，虽然粗茶淡饭，却能落一个轻松自在。"

云琅笑道："你娘没有过过贫家小户的日子，才会这样说，如果她真的成了贫家的主妇，或许就不会这样想了。"

红袖笑道："或许吧，反正婢子不想离开云氏。"

第一八一章 好人就该被奖励

东方朔的爱情是隐秘的，他不屑将自己柔弱温情的一面展现给大汉国人看。只有跟他相处过的女子们才知道，这个人是何等温柔，温柔到了宁愿给她们一个新生活的地步。

东方朔很少能娶到良家子，愿意跟他在一起过短暂夫妻生活的美人儿，大多是厌倦了迎来送往的青楼生活的青楼女子。在大汉，青楼女子要想成为平民，唯一的渠道就是嫁给官员，然后再与官员绝婚，如此才能有一个良家子的名分，才能获得大汉律法赋予良家子的全部权益。官员要想以七弃之名绝婚，至少需要等待一年……关于东方朔的这些事情，是大长秋告诉云琅的。这个老宦官，总能从一些别人想不到的渠道弄到一些让人心酸的真实答案。结婚是为了救人于水火，绝婚又是为了放那个女子一条生路……面对这样的人，云琅觉得自己应该给他做一顿美味的红烧肉，如此才能表达自己对他的敬意。这是云琅在大汉国遇到的第一个，也是唯一一个有一副好心肠的人。

云家的稻米不多，或者说，偌大的长安，稻米也不是很多，长安周边基本上不种植稻米，最近的种植稻米的地方是汉中。由于道路不好，运输到长安的稻米数量很少，因此，关中人吃得最多的还是糜子跟小米、高粱。大汉国的稻米产量虽然比麦子、糜子、小米产量强一些，却也很有限，不过，大汉国的原始稻米，在云琅的食谱上，是他的最爱。关中人吃稻米喜欢蒸煮，这种方法是对的，只是他们喜欢用蒸笼来弄熟米饭，好好的一锅稻米，蒸熟之后，米香已经跑了大半。他更喜欢往铁锅里加水，加米，然后文火慢慢地蒸熟一锅米饭，虽然锅底可能会有锅巴产生，但这样做出来的米饭，无疑是最香甜的。如果用肉汤浸泡一下锅巴，那应该是人间绝品。

下午东方朔就来到了云氏厨房。面对云琅带着浓重仪式感的做饭方式，即便是放荡不羁的东方朔也不由得肃然起敬，匆匆跑回去梳洗了头发，修整了胡须，换了一套最干净的衣衫，然后坐在云家院子里的一棵松树下，冒着严寒，等云琅喊他吃饭。亮红色的红烧肉在砂锅里被咕嘟咕嘟冒着泡的肉汤触碰着，微微颤动。云琅一点都不着急，烧好一砂锅红烧肉的秘诀就是要有耐心，只有微火慢炖，才能最大限度地将肉香激发出来，才能让黏稠的肉汁裹挟到足够多的肉味。

红袖邀请东方朔进地暖棚子里等待，还给他上了一壶热茶，让他去去嘴里的味道，好品尝家主精心烹制的菜肴。一个黑陶红纹的酒坛子被红袖泡在一个装满开水的木盆里，两个健壮的仆妇抬着木盆放在东方朔身边。酒坛子虽然没有开，仅仅看那价值不菲的酒坛子东方朔就知道，这一坛子酒应该不是他平日里喝的粗酒。这样的礼遇让东方朔变得不安起来，即便坐在温暖的地暖棚子里面，他也有些坐立不宁。

云琅做的饭菜很简单，也就一锅饭、一砂锅肉、一盘子炒青菜、一碗肉丸子汤。分量也不多，恰好够东方朔一人食用的。等红袖将饭菜安置好之后，云琅打开那一坛子酒，笑道："酒曰'玉冻春'，又名'一汪绿'，在冰雪中冰了三日，尽去酒中燥热之气，然后以滚水激之，温和馥郁的酒香被牢牢地锁在酒浆中，只有喝一口进了五脏六腑，才能发现其中的妙处。来，东方先生，饮甚！"东方朔原本满腹狐疑，听了云琅关于这坛子酒的解说之后，只觉得馋虫在胸中闹腾得厉害，一瞬间就决定，先喝了酒再说。一碗酒下肚，东方朔半天不肯吐气，直到忍无可忍之时才长出一口气道："好酒！"云琅掀开砂锅盖子，轻轻地用手撩撩味道，满意地笑道："平生做肉食，以此次为最佳，饮酒岂能不食肉！提醒一下，此物与稻米同食最为相宜，请先生慢用。"红袖给东方朔盛了一碗白米饭。米粒晶莹，与红烧肉交相辉映，再加上香味缭绕，身为老饕的东方朔哪里还有什么理智？他不由自主地端起碗筷，捞了一块一寸见方的肉块，放在米饭上，想了想，又往米饭上浇了一些肉汤，深深地嗅一口，然后就不知世上何年了……

红袖一步三回头地跟着云琅离开了地暖棚子，走远之后忍不住问云琅："小郎为何如此款待此人？"云琅停下脚步，瞅着云家忙忙碌碌的仆妇们，叹口气道："这世上的恶人太多，好人太少，能不惜损坏自己的名声帮助他人的人更是少得可怜。恶人干了恶事，从中有所收益；好人做了好事，却往往不得善终。这样是不对的……既然老天不肯眷顾好人，那么，就让我在力所能及的范围内，小小地奖赏一下好人。毕竟，好人如果只干好事而得不到起码的尊重，一颗助人的心迟早会冷掉。"

红袖回头看看狼吞虎咽的东方朔，狐疑地道："他是好人？"

云琅点点头道："他真的是好人！"

"比您还好？"

"比我还要好！"

"婢子不信！"

"以后你就会明白这位东方先生是一个多么好的人。"

做完了这些事情，云琅很欣慰，如今的东方先生与他记忆中那个嬉笑怒骂皆成文章的东方朔终于重合了。这样的东方朔，才是他记忆中的那个东方朔。

抬头瞅瞅阴沉的天空，有白雪飘下，落在云琅温暖的掌心，瞬间化为水渍，多落了一些雪花，那些水渍终于汇聚成一颗晶莹的水珠。云琅抖落那颗水珠，抬起头对阴沉沉的天空轻轻地道："大汉国总算没有让我失望到极点！"

没人的时候，云琅总觉得自己才是大汉的神，毕竟，太宰就是这么看的，还把他当神一样地供奉了快一年。事实上，云琅也觉得自己远比大汉人知道得多。在这个时代，只有他的目光能够穿透万里烟云，跨越五湖四海，思绪能够沉浸到马里亚纳海沟，也能飞上珠穆朗玛峰；可以看到非洲大草原上壮观的角马迁徙，也能看到美洲神奇的玛雅人正在祭拜他们的太阳神；似乎能听见罗马长老院里铿锵有力的演说，也能听到北极的野人与巨熊搏斗发出的怒吼……因此，在寂寥无人的时候，他的心灵就会变得极为高大。一个没有神通的"神"落在地面上很凄惨……在面对喜怒无常且喜欢消灭别人肉体顺带消灭别人精神的刘彻，以及他的一干爪牙时，就算云琅有神的眼光、神的思维，在没有神的力量之时，他能做的也只有忍耐，或者臣服。就是这种忽高忽低的感觉，让云琅对这个世界的印象很差，尤其在他的心灵与力量不成正比的时候，他就越发讨厌这个不受他控制的世界。

"你什么时候能给我也做一顿东方朔吃的那种饭食？"吃晚饭的时候，曹襄非常不满，他现在不喜欢吃云氏厨娘做的难吃的红烧肉。

云琅放下饭碗，看着曹襄道："庖厨其实是一门高深的学问，五味的调和、火候的掌握、食材的选择，每一样都是大学问。只有全身心地投入，才能做出美味的饭菜。你到现在都没有做出值得我全身心投入为你做一顿饭菜的事情，所以啊，你就不要想了。"

"耶耶啊，吃一顿饭也能扯到俞伯牙与钟子期的典故，我还是吃符合我身份的饭食吧。不过，那个东方朔吃完你做的饭，为什么连一句道谢的话都没有，反而处处躲着你？"

"他以为我礼下于人必有所求。"

"耶耶啊，又是燕太子丹与荆轲的典故，你从什么时候开始每一句话都带典故了？还好我家学渊源，要是霍去病跟李敢那两个草包在这里，你说的话，他们可能一句都听不懂。"

"我能听懂！"霍去病好听的声音从楼下传来。这家伙是四个少年中最先脱离变声期公鸭嗓子的一个，不但如此，他的那对可笑的卧蚕眉也渐渐长长，变得有棱有角，变成了两道剑眉，再配上他那双冷冰冰的眼睛，一个活脱脱的高傲贵公子形象就跃然于眼前。卸下铠甲，霍去病端起茶壶道："东方朔干了什么让你从心底里佩服的事情？"

云琅探头朝楼下瞅瞅，没看见李敢，就问道："李敢呢？"

霍去病见云琅不太想谈东方朔，就回答道："他父亲被任命为右北平太守，马上就要赴任，所以回家去了。"

云琅见窗外的雪下得越发大了，就笑道："这样的日子，你也不忘操练军卒？"

霍去病喝足了水，盘腿坐在矮几前道："弹汗山、燕然山、卑移山，这几个地方的雪下得都比长安大，还没有出征，总要先尝试一下。"

第一八二章 待机而动

霍去病的抱负是远大的,这一点,从云琅认识他的那一天起就没有改变过。一个人如果矢志不渝地做一件事情,只要坚持的时间够长,总会因为量变的缘故产生质变。且不论霍去病、李敢,就是曹襄这个纨绔子,见霍去病在不断地操练他的八百人马,也不知哪根筋不对,对自己的五百长门宫卫、三百家将也开始了惨绝人寰的冬训,看样子他的目标不是马踏燕然就是直捣龙庭……身为霍去病的司马,长年累月地跟一群极其有上进心并且志向远大的人在一起,云琅倒是常常有尸位素餐的感觉。

冬天就该有个冬天的样子。人人都说,春种,夏长,秋收,冬藏。到了冬天就该躲在暖和的屋子里看简牍等待冬日过去,但总是有一些人不愿意冬藏,他们似乎更喜欢在冬天待机而动。"驾,驾……吁——"马夫抖动着缰绳,艰难地控制着不听使唤的挽马,在平坦的谷场上一遍又一遍地试验云氏的新马车。车夫已经熟练地掌握了马车的性能与驾驶方法,无奈拉车的挽马似乎对拖拽四轮马车非常不习惯。相比拖拽大汉的两轮马车,它需要做更多的反应才能完成车夫传达给它的复杂动作。大雪天练车技是最好的，厚厚的积雪上深深的车辙可以明显地将车夫的每一次操作都记录下来。

阿娇对她的新马车非常关心，车夫不敢有丝毫懈怠，只有等他彻底熟悉四轮马车的操作之后，云氏才会对马车进行定型，做最后的布置。车夫不明白云氏为什么会有这么多的臭毛病，却不敢质问云琅，只能尽忠职守地干好自己的事情。

大雪落下了，偌大的荒原也就逐渐变得安静。那些背着煤石去集市交换粮食或者铜钱的野人，在这样的天气里，依旧艰难地在雪地上跋涉，很快就在白雪皑皑的荒原上踩出一条黑色的道路。只要有钱，有粮食，这些一无所有的野人就能迸发出令人震惊的工作热情。天气寒冷，正是煤石卖价最高的时候，没有哪一个以背煤石为谋生手段的人愿意放弃这种赚钱的好机会。对于疲惫寒冷，他们不是很害怕，他们害怕的是家里没有粮食吃。在这样的冬天，没有食物提供热量，就等于死亡。野人们背着煤石，尽量在靠近云氏的土地上行走，虽然云氏不会给他们提供庇护，他们依然觉得靠近云氏就会多一分安全。只要不伤害他们，就是对他们的最大帮助，这是云琅过了好长时间才弄明白的一个道理。所以，他愿意给这些无助的野人提供一点虚假的安全感。

天气太冷，老虎卧在暖和的地板上，无聊地张着嘴巴，让小虫帮它清理牙齿缝隙里的食物残渣。每次看到小虫把手塞进老虎嘴里，东方朔就想说话，最后也总是忍住不说。他觉得老虎锋利的牙齿会在某一个瞬间，咔嚓一下咬断小虫细细的手腕。

"其实你可以修一条路，一直通到产煤石的地方，虽然中间要过几处山涧，山道也难走，但从你家里的那几座桥梁模型来看，应该难不住你。"自从东方朔吃了云琅那顿非常有仪式感的饭食之后，他总觉得欠云氏什么东西。在度过了忐忑不安的几天之后，云琅并没有提出要他去刺杀某个皇帝，也没有要求他做超出他能力的事情，更加没有任何要招揽他做家臣的举动，这让东方朔每次见到云琅心头都发虚。

"修路当然难不倒我，修桥也是如此。旁光侯刘颖已经跟我说过无数次了，想不要钱帮我修路造桥，统统被我拒绝了。先生难道就没有想明白，我为何会放弃这种不要钱就能得到道路跟桥梁的好处吗？"

东方朔的眉心出现了一道悬针纹，这是他正在思考的表现。东方朔瞅着田野里背着箩筐艰难跋涉的野人，松开紧皱的眉头道："是为了那些野人？"

云琅笑道："是啊，我如果开路、修桥，然后再雇用这些野人用马车拉山里的煤石，相信我很快就能富甲一方。只是这样一来，我就开了一个很坏的头，很快就会有效仿我的人。只要开了这个头，那些野人的末日也就会到来。以我大汉有钱人的德行，那些不需要钱就能获得的野人，此生最好的结果将是老死矿洞，一辈子也洗不干净身上的煤灰，用自己的命去为别人赚钱。这个钱太血腥了，我不敢要。"

"你不做，也会有人做的。"东方朔很不满意云琅的迂腐，"如果由你来做这件事情，那些野人的下场可能还会好一些。"

云琅笑了，东方朔就是这样，总喜欢开头，却不怎么喜欢结尾。也就是说，他只喜欢空洞地描述一张美丽的图画给别人，然后就撒手不管，也不管因为他的建议可能引发的后遗症。在没有现代化采煤机械之前，采煤本身就是一件没什么人性的工作。云琅如果想发财，制造四轮马车都比采煤容易，还没有心理上的负担。他想要云家边上多出一个繁华的城镇，形成城镇的条件很简单，基本上只需要两个条件：一个是人，一个是钱。现在，因为煤石的缘故，那个小小的草市子两样都不缺，如果再有一个强力人士推动，一个因为煤石繁华起来的城镇应该很快就会形成。现在，这些野人采的每一块煤石都属于他们，不管采煤的过程有多苦，有多艰难，有多危险，都是为了他们自己，所以他们没有什么好埋怨的。这么危险、艰苦的工作一旦是为了别人而做，反抗或者不满的心思很容易就会产生。在这个很容易抱团造反的时代里，如果云家没有弄好，让这些野人造反了，刘彻第一个砍掉的脑袋将会是云琅的。云琅喜欢烧煤取暖，但很不喜欢因为烧煤的原因掉脑袋。

"阿娇贵人难道就没有看到这是一桩大财源吗？"东方朔可能想清楚了其中的道理。

云琅给东方朔续上茶水，笑道："阿娇贵人对钱财没有什么概念，而我是不愿意赚这种钱。即便别人看到了其中的商机，在阿娇动手之前，没人敢动手。阿娇贵人最近对做生意很有兴趣，不过啊，她不是很喜欢出力多、见效少、麻烦的生意，她最喜欢从别的地方低价收购东西，然后再高价卖出去，比如云氏的鸡蛋。煤石也是如此，只要阿娇贵人愿意按照现在的价格收购野人的煤石，然后再加一倍的价格卖给城里人，就能坐收无数钱财，同时也算是间接地保护了那些野人。"

东方朔看着云琅，叹息一声道："看来你是希望让我这个聪明人帮你游说阿娇贵人来做这桩生意，是吧？我就知道你的那顿饭吃了会有不好的事情发生。把这个主意给阿娇贵人出了，那些正在草市子上收购煤石的商贾会恨死我的。断人财路，犹如杀人父母，这是大仇。"

云琅站起身，看着东方朔笑了一下，道："你难道不觉得这是还我一饭之恩的最好办法吗？再者，你总想出人头地，总想让自己的才华有一个施展的地方，为阿娇贵人出谋划策，要比你通过威胁那些侏儒优伶直达天听要好一些。"

老虎的肚子咕噜噜地在响，这个可怜的家伙最近总是闹肚子，也不知道吃了什么东西，云琅必须带它出去，免得这家伙毫无顾忌地把屋子弄得臭气熏天。至于东方朔，不用理睬，聪明人总会给自己找一个最合适的理由，最后做出决断。

在大汉，只要下大雪，就算是阻绝了交通，是真正的"千山鸟飞绝，万径人踪灭"的场面。虽然下雪，云家却显得很热闹，尤其是铁匠房，锤子敲击铁块的声响从未断绝。霍去病的八百大军想要重新装备，就离不开云氏的铁匠房，偌大的院子里面堆满了新打造好的矛戈刀剑，还有一捆捆弩箭，以及锤子、斧头、铁鞭一类的重武器。受伤的军卒们也没有闲着，云琅让人打造出很多的铁甲叶子，需要这些人按照木头傀儡的模样，用结实的绳子将甲叶固定在一副副皮甲上面。这样的工作很多，估计这个冬天，在云氏庄园居住的每一个人都不可能有多少空闲时光。

老虎排泄了一大堆东西，云琅捂着鼻子看了，这家伙腹泻的原因找到了，是吃了太多油脂的缘故。这就是小虫的责任了，这个死丫头自己喜欢吃猪油夹热馒头，就很不负责地将她眼中的美食推荐给老虎，于是，老虎就把满满一罐子猪油舔了个干净。云琅忽然笑了，觉得这个世界还是很有趣的，至少，所有的事情都是有因，才有一个不算好的果。

第一八三章 山鬼祈福

《太初历》还没有真正施行，所以大汉国的天文学家落下闳很郁闷。于是，他想出了一个很好的推广《太初历》的办法，那就是过年。年是一种猛兽，是专门吃小孩子，还能给人间带来灾难的殃祸之神，每一个人都要防御它。事实证明落下闳是成功的，不论是《太初历》里的正月初一，还是二月二、三月三……一直到九月九，这些日子都是极阳之日，不是一个适合欢庆的日子，而是大家一起用各种方式抵御灾祸的时刻。

在巫神横行的大汉国，人们对巫婆的崇信达到了一个很高的程度。离正月初一还有十天，刘婆就跟梁翁专门去了落下山，邀请一位能够飞沙走石的神巫来云氏为所有人祈福。为了表示崇敬之心，他们两个是背着干粮，赶着马车，带着两个仆妇、两个工匠，步行去落下山的，同时还带走了云氏一箱子钱、两只羊、一匹驴子。

正月初一当天，那个叫作山鬼的神巫来了。云琅见到神巫的那一刻，眼珠子都要掉下来了。至于曹襄、李敢，口水流得哗哗的。只有霍去病依旧冷冰冰的，面对一位美人儿却没有任何心动的意思。云琅穿得跟狗熊一样厚实，这位山鬼美人儿浑身上下只披着一袭轻纱，她赤着脚走在雪地上，就像走在最柔软的地毯上。

牵着一头小老虎的无聊人士阿娇，瞅了一眼云氏请来的山鬼，详细地询问给了多少礼金之后道："还行。"

云琅小声问阿娇："她不嫌冷？"

阿娇白了云琅一眼道："鬼神附体的时候才叫冷，她们的身子如果是暖烘烘的，哪个阴神敢上身？"

大长秋在一边笑呵呵道："这些女子本身就是极阴之人，平日里在山野中漫步，与虎狼为伴，与鸷鸟相亲，渴饮朝露，饿餐云霞，冥冥中与天人相交，不可亵渎。"

阿娇把小老虎丢给宫女，卸掉手上的丝绢手套，探手拉住山鬼的手道："这家里没有上年纪的老人，还是我来招待你。"山鬼轻轻点头，就随着阿娇去了云氏给山鬼准备的屋子。

曹襄吞了一口口水道："你家那点钱就能请来这样的山鬼？你看见了没有，她的皮肉几乎是透明的，整个就像是玉石雕刻出来的玉美人儿，冰凉冰凉的，不知道搂在怀里是什么感觉。"话音刚落，他的后脑勺就被大长秋狠狠地抽了一巴掌。曹襄自知失言，连忙缩缩脖子，一句话都不敢多说，躲在云琅身后偷看大长秋。"不知好歹的东西，对鬼神都不敬，还能指望你对陛下有多少敬畏之心？哼！"对曹襄不满的不仅仅是大长秋一个人，就连平日里对曹襄卑躬屈膝的刘婆、梁翁这会儿都对他怒目而视。很明显，山鬼的身份地位很高，就算穿得有伤风化，对所有人来说，也是非常正常的一件事。

李敢很开心，其实曹襄刚才说的话他也很想说，不过现在有答案了——有损友的好处就在于他能抢在自己之前把错事干一遍，自己免去了试错成本。

正月初一到了，春天也就正式开始了，只是外面的大雪依旧在飘飞，这预示着元朔二年将是一个丰收年。一个巨大的庄子，最让人欢喜的就是人多，人一多，即便是最简单的欢庆，也会掀起极大的高潮。云家本身就有近五百人，再加上八百多羽林军卒以及五百多长门宫卫，近两千人将偌大的谷场挤得满满当当。

阿娇也带着长门宫里的宫女、宦官、侍卫来云氏玩耍。在方便看热闹的地方，大长秋铺上厚厚的羊毛地毯，又在地毯上放了一张巨大的软榻。披着一身洁白狐裘的阿娇戴着皮帽子慵懒地躺在软榻上，在她脚下的木头架子上，放着四个熊熊燃烧的炭盆。

为了酬谢辛苦了一年的仆妇们，云家今天准备了巨量的吃食，尤其是各色糕点，更是所有人平生仅见。云家的糕点，其实就是白面馒头、白面包子、糜子馍馍、小米糕、白米糕、麻花、油条、面叶、煮熟的鸡蛋、油炸的鸡蛋、腌制的咸鸡蛋、咸鸭蛋，还有一些卤肉、一些可以当水果吃的新鲜菜蔬。馒头上面镶嵌了一些红枣，枣糕上镶嵌一些红枣，糜子馍馍上也镶嵌一些红枣……于是，这些东西就变成了非常高级的糕点，不但好看，还好吃。

阿娇揪着馒头上蒸软的红枣吃，一连吃了四五个才问云琅："花费不薄吧？"

云琅摇头笑道："高兴的时候不说花费。"

阿娇又拿了一根麻花咬了一口道："酥香。咦，不是荤油？"

"豆油，大部分是豆油，还有一点是菜籽油。家里今年油菜种少了，明年准备在野地里也撒一些种子，官府那里就要您去出头了，免得我被张汤抓去长安游街示众。"

阿娇点点头道："在荒地上撒一把种子的事情，都是为了多一口粮食吃，谁敢追问？"

"有些事您怎么做都合适，我要做了后果就惨不忍睹啊。种子还是您派人去撒吧，我实在是害怕。"

阿娇吃完麻花，优雅地擦擦嘴道："有敬畏之心是对的，没了敬畏之心就该杀掉，这种人留着就是祸害。也罢，种子我派人去撒，也派人去收，收成给我一半，我也弄些素油吃，荤油吃多了长肚子。"

"怎么没看见东方朔？"云琅跟阿娇谈完开春种油菜的事情，就东张西望地找东方朔。

"事情没干完出来干什么？看不出来，这个东方朔还是很有能力的。我问你，由长门宫来收那些野人的煤石再卖出去，是不是你出的主意？"

云琅点头道："东方朔是人才，需要一个崛起的由头。"

阿娇笑道："那可找错了人。我现在不干涉朝政是最好的自保之道，两千石以上的官职需要陛下亲自任命，我没有这个本事，也不能这么做。东方朔如果能把买卖煤石的事情办好，再把那个小镇子建起来，陛下自然能看到他的才能，也自然会给他更高的官职让他施展自己的才华。如果连这点事都做不好，就死了这条心吧。好了，现在话说完了，不要挡着我看山鬼祈福。"

山鬼曼妙的身影出现在纱窗上的时候，晚会也就要开始了。看到山鬼在屋子里随意地扭动身体，云琅才算是明白了一件事——巫者，舞也！怪不得刘婆、梁翁他们对山鬼夸张的穿着没有任何意见，不论在任何时代，艺术家总是能得到更多的宽容。

天色刚刚暗下来，梁翁就迫不及待地将一个巨大的篝火堆点起来了。两个手持火把的壮汉赤裸着上身，腰间拴着两条丝绢，腰后各有一个很大的皮囊。只见这两个家伙从皮囊里抓出一大把炭粉猛地砸在火把上，一团团明亮的火焰就轰然爆起。云琅听着阿娇嗷嗷地大叫，第一次觉得这个世界还不错。

老虎很疑惑，趴在云琅跟霍去病两人中间，对那两个戴着老虎面具的家伙非常不满，只是看那两个家伙会弄出大蓬的火焰，这才趴在原地不敢动弹。山鬼跟老虎很配，据说，在山间，山鬼的坐骑就是一头猛虎，或者是一头巨熊，因此，当山鬼出现并且开始扭动腰肢的时候，她的目光总是落在老虎身上。云琅很理解山鬼此时的心情，如果她有一头老虎为伴，估计云氏请她出场卖艺，大概要多花十倍的钱财才成。不过，她很快就把目光落在阿娇脚下趴着的一头小老虎身上，这只小老虎身上拴着链子，已经快被阿娇的宠溺训练弄成一只狗了。"若有人兮山之阿，被薜荔兮带女萝。既含睇兮又宜笑，子慕予兮善窈窕。乘赤豹兮从文狸，辛夷车兮结桂旗。被石兰兮带杜衡，折芳馨兮遗所思。余处幽篁兮终不见天，路险难兮独后来。表独立兮山之上，云容容兮而在下。杳冥冥兮羌昼晦……"也不知道怎么搞的，山鬼刚刚开始唱歌，阿娇就先声夺人地开始唱了，而且唱得还不错。山鬼见贵人有兴致，就不再唱，而是来到主人席这边，挥动白色的纱袖，跳得越发起劲。

一个幽幽的声音在云琅耳边响起："山鬼原本就是一个失爱的怨妇……阿娇贵人有这样的感悟也不错。"云琅转过头，见东方朔坐在他背后，一边饮酒一边喝茶，似乎非常悠闲。

"'乘赤豹兮从文狸'，这句我很喜欢。你想啊，一个美丽的女子骑着老虎……怎么，不对？"云琅说了一半看见东方朔眼神不对，连忙问道。

东方朔抽抽鼻子，不屑地看着云琅道："借您一句话，对你妹啊！这句话是写是那些强壮的山民驱逐赤豹、追捕斑皮虎的壮观豪迈架势，是那些男子炫耀体魄技能，向美丽的'山鬼'邀功求欢，你的老师怎么给你解释成山鬼喜欢乘坐虎豹在山间行走？仅此一点，某家就觉得你的老师也高明不到哪里去。"

第一八四章 来之不易的高兴生活

云琅叹口气道:"你如果不是这么尖酸刻薄的话,你的前途将会无量!"

"某家如果没了本性,要那个狗屁的无量前途做什么?某家自就学以来,日夜苦读,不敢有丝毫倦怠,唯恐辜负了兄嫂的期望。学了一肚子的学问之后,再看看天下净是些蝇营狗苟之辈在操弄权柄,不由得为天下生民大哀!"

"你觉得你行?"云琅顾不上看山鬼因为旋转身体,裙子飞扬起来露在外面的一双大长腿,因为东方朔的话实在太让他吃惊了。

"你不去做,我不去做,一个个都做了缩头乌龟,还有谁会去做?"东方朔烦躁地从云琅面前拿了几根麻花,塞给坐在他身后看山鬼跳舞的平姬。

"汝还记得先民开土的艰辛吗?"山鬼高亢的声音落入云琅耳中。

"我记得!"包括阿娇在内的所有人一起大喊。

山鬼弯曲腰肢盈盈下拜,而后向后伸腰,直到脑袋垂在地上,又喊道:"汝还记得父母养育你们的艰辛吗?"

"我记得!"在场众人一起站起来向山鬼施礼回答。

一个裸身壮汉敲响了鼖鼓，闷雷一般的鼓声雨点般砸过来。山鬼再一次单手撑地，用一只手支撑着自己全身的重量，再次问道："汝还记得五谷是如何从大地里生长出来的吗？"

"永不敢忘！"

山鬼一个旋身，如同一股白色的云雾，两条莹白的长腿如同两条盘旋而上的蛟龙。等衣裙落下，山鬼已经双脚踏地，盈盈下拜，再次问道："匈奴来袭，尔等可曾奋勇作战？"

霍去病等军卒齐齐地捶击一下胸口，大吼道："敢不效死！"

山鬼拜伏于地，似乎在感谢众人，而后抬起头，露出如花娇颜，大笑一声道："如此，来年将五谷丰登，人畜平安！"

云琅起身施礼道："谢！"

山鬼回礼，而后来到云氏给她安排的锦榻，倒了一杯酒，洒在大地上，而后又倒了一杯酒，用手指蘸酒弹向天空，最后倒了一杯酒一饮而尽，姿态优美至极。两个壮汉将皮囊里的炭粉全部洒进巨大的篝火堆里，一团明亮至极的火焰腾空而起，直冲云霄。至此，山鬼的祈福活动才算是结束。

美丽的山鬼给大家跳了半个时辰的美丽舞蹈，不仅如此，她的舞蹈还非常有教育意义，比如问你记不记得祖先的荣耀，问你孝顺不孝顺父母，问你忘没忘种地的本能，最后见云氏家里军人多，还特意问了军卒勇敢不勇敢，非常与时俱进，这个山鬼应该很不简单！

阿娇很大方，赏赐了一盘子金饼子。曹襄也很大方，一枚青鱼玉佩放在盘子里，玉佩晶莹剔透，一看就是好东西。霍去病赏赐的是一枚珠子，就是上次从阿娇家拿的曹襄的珠子，也算说得过去。相比之下，云琅给了一盘子好银，就上不了台面。至于东方朔，他很豪爽地从云琅腰带上解下一枚玉佩放在盘子里。李敢不知道是怎么想的，居然很冲动地把自己的一支羽箭放在盘子里。

阿娇笑得非常厉害，指着盘子里的羽箭对山鬼道："有人想护卫你一生，你愿意不愿意？"

山鬼没有半分羞涩，抬头看着李敢，施礼道："既见君子，云胡不喜？奈何有夫，不敢相从。"

李敢抓着头发道："神巫也会有夫君？"

山鬼大笑道："五岁嫁与山神矣！"

看着李敢那副傻样子，阿娇已经快要笑死了，仆妇们也快要笑死了。霍去病额头上的青筋乱跳。曹襄四脚朝天满地打滚。云琅捂着脸觉得没脸见人。这浑蛋也知道神巫不能嫁人，偏偏要向人家求爱，也不知道他的脑袋里装的都是什么！

东方朔皱眉道："李郎只说护卫神巫，却未说要迎娶神巫，诸位为何如此嘲笑他？即便有求偶之意，少年郎慕少女乃是天性，又有何错？"

被众人笑得不知所措的李敢见有明白人替他说话，一把抱住东方朔，瞬间引为平生知己。云琅以前总以为山鬼、神巫一类的人都阴沉无比，现在见到了一个真正的山鬼、神巫，才发现人家根本就不是他想的那种人。或许是身上有神灵的光环，山鬼即便是跟阿娇一起说话，也谈笑风生的，没有半点隔阂。阿娇素来不喜欢美貌的女子，唯独对山鬼没有什么成见，两人最后挤到一张锦榻上，嘀嘀咕咕的，也不知道在说什么。

丰盛的食物，永远是聚会的重头戏，更不要说云家的糕饼本来就花样繁多。冬日里收获了一些甜菜，弄碎了之后熬糖，云琅居然获得了两斗红糖。红糖数量太少，脱色成糖霜不划算，再者家里女人多，难免会有一些难缠的女人病，虽说用甜菜熬出的红糖没有用甘蔗汁出成的红糖有那么多的功效，作为带着甜味的安慰剂还是很有效果的。一碗滚烫的红糖水就成了云家妇人治疗任何病症的一剂良药，仅仅是因为云琅说这东西对妇人病大有裨益。事实上，阿娇也喝，还告诉云琅非常有效果……糕饼里面多少添加了一点红糖，这对大汉人来说，已经是无上的美味！

云琅喝得醉醺醺的，瞅着谷场上欢乐的人群，觉得很幸福，终于觉得自己对这个世界还是有一些用处的。东方朔在作赋，听不清他在念叨什么。阿娇叫好的声音很大。李敢脱掉上衣，站在火堆旁向其他所有人挑战，号称一人就能摔倒他们所有人。总有不服气的，可能数量有点多，李敢在揍倒了几个人之后，就被人群给淹没了……妇人们也不知道哪里来的胆量，手拉着手围成几个巨大的圈子在学山鬼跳舞，不管跳得好看不好看，全部在跳，全部在笑。山鬼站在圈子中间的桌子上跳舞，舞姿妖娆夸张，丝毫不顾忌春光外泄。阿娇也想上去，大长秋死死地拉住她，不让她上去丢人。小虫披一袭白色纱衣骑着老虎到处乱跑，被一群少年人追逐着，号称自己就是另一个山鬼。孟大早就喝得醉眼蒙眬，大叫着追逐小虫，却总是追不上，摔倒在谷场上，很多孩子从他的身上踩过……红袖守在云琅身边，她也喝了不少的酒，小脸红扑扑的，看见谁都笑，跟傻子一样。梁翁跟刘婆似乎有些纠葛，两人一碗一碗地喝酒，最后纠缠着倒在一起……梁翁那个多病的老婆怎么拉都拉不开。快乐的时候就要快乐，太清醒就没有乐趣了。

霍去病一碗接一碗地往嘴里灌酒，曹襄陪他喝，只是喝一半倒一半的诡计被霍去病发现了，如今霍去病正骑在曹襄身上一拳一拳地揍他，还说已经忍耐他好多年了。

云琅四仰八叉地躺在地毯上，红袖的小脸就在他的眼睛上方，云琅笑嘻嘻地道："你高兴吗？"

红袖笑着道："高兴，最好一辈子都这么高兴！"

"那样的话，我们就要努力了，努力让自己活得高兴，高兴的日子才值得我们用命去换……"

第二天直到中午，云琅才抱着脑袋从房间里出来，家里依旧静悄悄的，没几个人在外面。梁翁倒是很精神，站在院子里指挥一些仆妇收拢昨日散出去的碗碟，见云琅起来了，就要过来见礼。云琅摆摆手，示意梁翁去干自己的事情，不要理睬他，他现在一说话脑袋就疼。找不着红袖，倒是看见小虫一半身子在床上，一半身子在床下拖着，依旧睡得不省人事。云琅强忍着眩晕，点着了红泥炉子，给自己煮茶。昨晚也不知道喝了多少酒，肚子里空荡荡的，一杯热茶下去，整个胃一下子就缩成了一小团，刚刚喝下去的茶水又被他给吐出来了。

霍去病热气缭绕地从外面走进来，这家伙浑身上下就着一条短裤，全身的肌肉油光闪亮，估计已经狠狠地虐待过一遍身体了，整个人如同刚刚从蒸笼里出来一般。见云琅痛苦不堪的模样霍去病很是不满，皱眉道："出去跑十里地，或者打几遍拳，舞动两千次长矛，把身体里的酒气散发出去就没这么难受了。"

云琅摇摇头，他觉得躺在床上可能恢复得更快一些，还没有那么痛苦。

"练好身子骨，我们才能永远享受这样的快活日子。只有获得足够的功勋，我们才能让这里的人永远快活。昨晚品尝到了纯粹的快乐滋味，我不想只能享受一次！"

云琅努力地鼓掌，霍去病这番话说得太好了，不过，他还是决定继续睡觉。

云琅带着笑意，跟跟跄跄地回到了卧室，将身体丢在床上，也不脱衣衫，用毯子把自己包裹得如同将要破茧的蚕。他想趁着这个难得的晴天睡一觉，把所有的不愉快跟悲伤统统埋葬在元朔一年。狠狠地睡一觉，再睁开眼睛的时候，也就该到春天了。